Inspecteur de l'Éducation nationale à la retraite, **Roger Cavalié** *est animé par les découvertes artistiques et culturelles : littérature, photographie, cinéma, voyages. Et c'est avec une évidence toute simple que l'écriture a pris une place importante dans sa vie.*
Largement inspiré de son expérience, L'École des chagrins *est son troisième roman qui fait suite au* Vieux Cartable *et à* Julien l'insoumis.

L'ÉCOLE DES CHAGRINS

Du même auteur

Aux éditions De Borée

Le Vieux Cartable
Julien l'insoumis

TERRE DE POCHE
45, rue du Clos-Four – 63056 Clermont-Ferrand cedex 2

Roger Cavalié

L'École des chagrins

de Borée
TERRE DE POCHE

I

Cours des années 1960

— Ça y est ! Je connais mon poste pour la prochaine rentrée ! claironne Julien en entrant dans l'étable de Laguillemie.

Quelques vaches tournent nonchalamment leurs têtes indolentes vers lui tandis qu'une hirondelle trisse discrètement en pointant son bec hors du nid attenant à une poutre chaulée du plafond.

— Alors, c'est quoi ? demande sa mère, Estérina, occupée à changer la litière des animaux.

— C'est une école à classe unique, à Cours, un petit village près de Prayssas.

— Tu connais l'endroit ?

— Non, mais c'est Moulard qui m'a indiqué où ça se trouvait.

— Il est déjà passé ?

— Oui, il était en avance dans sa tournée alors je l'ai invité à prendre le café avec un coup de gnole. Après quoi il est devenu très bavard. Il m'a expliqué l'itinéraire à suivre, les villages à traverser, Pont-du-Casse, Foulayronnes, Saint-Julien, Laugnac, la distance entre Sauvagnas et Cours, vingt-quatre kilomètres précisément m'a-t-il affirmé.

— Tu comptes faire le trajet tous les jours avec ta vieille 4 CV ?

— Non, il y a un logement de fonction dans l'école. Je viendrai vous voir en fin de semaine. Le reste du temps, je resterai là-bas. Je mangerai à la cantine avec les élèves et, le soir, je grignoterai.

— Alors, fiston, te voilà instituteur pour de bon ! intervient Fernand que personne n'a entendu venir de l'étable.

Depuis des années qu'il est aveugle, il a développé des capacités palliatives dont la plus étonnante est l'acuité auditive. Aucune conversation, aussi éloignée de lui ou aussi basse soit-elle, ne lui échappe.

— Oui, papa ! J'ai toujours essayé d'être un bon disciple de M. Borry et j'en suis récompensé.

— Je suis sûr que lui aussi est content de te voir devenu instituteur à part entière. Tu te souviens de ce soir de mai 1950 où il a débarqué à la ferme à la tombée de la nuit ?

— Tu parles si je m'en souviens ! Je trayais la Blanchette quand il est arrivé et cinq minutes plus tard, tous les deux, vous m'avez demandé quel métier je souhaiterais faire. Moi qui n'avais encore jamais réfléchi à ça, j'ai été inspiré par la présence de M. Borry et j'ai lancé « instituteur » !

— Tu as bien fait. Tu as été bien inspiré.

— C'est vrai. Aujourd'hui, je ne regrette rien.

— Vraiment rien ? demande Estérina.

— Que veux-tu que je regrette, maman ?

— De ne pas avoir déniché une femme à l'École normale, par exemple. À quoi ça sert d'avoir une

École normale mixte ? Soixante filles à ta disposition et tu n'as pas été fichu d'en trouver une à ton goût ?

— Écoute, maman. D'abord, il n'y a pas soixante filles à ma disposition ; je ne suis pas un émir qui peut choisir une favorite dans son harem. Ensuite, je ne suis pas le seul élève-maître : il y a soixante filles mais aussi soixante garçons ; si j'avais eu un penchant pour l'une des normaliennes, rien ne dit qu'elle aurait éprouvé une inclination pour moi en priorité. Et surtout, tu sais bien que je fréquentais Jeanne, même si ça ne te plaisait pas trop que je m'attache à une paysanne et si ses parents ne pouvaient pas me *piffrer* parce qu'ils voulaient la marier au fils unique de leurs voisins pour regrouper, plus tard, les deux propriétés.

— Pourquoi tu parles au passé ? Tu as rompu avec Jeanne ? réagit immédiatement Estérina avec un accent d'espoir.

— Pas exactement. C'est plus compliqué que ça. On se fréquente depuis des années et Jeanne est impatiente de se marier.

— Alors, qu'attendez-vous pour convoler en justes noces ? Tu as quand même vingt-trois ans !

— C'est vrai, j'ai pris une année de retard en ratant la première partie du bac et une seconde en allant suivre un stage d'une année au CREPS de Toulouse. Quoi qu'il en soit, je sors juste de l'EN avec le Certificat de fin d'études normales et, durant la prochaine année scolaire, je dois passer les épreuves pratiques du Certificat d'aptitude pédagogique pour être titularisé. Après, je serai appelé sous les drapeaux. Si la guerre d'Algérie n'est pas terminée, je partirai pour vingt-sept mois.

— Avec de Gaulle, cette guerre ne va plus durer longtemps. Maintenant qu'il a maté le « quarteron de généraux en retraite », il va donner l'indépendance à l'Algérie.

— Oui, mais s'il ne le fait pas tout de suite, ça ne change rien pour moi. Je n'aurai de situation stable que dans trois ans et des poussières. Tu te rends compte ? Quant à Jeanne, elle prépare la première partie du bac : si je l'écoute et qu'on se marie, comment veux-tu qu'on vive avec mon salaire de stagiaire pendant un an, puis avec ma solde de trouffion durant les deux années suivantes ?

— Alors, qu'allez-vous faire ?

— Jeanne m'a dit qu'elle ne voulait pas attendre trois ans de plus, qu'elle préférait mettre notre liaison entre parenthèses et qu'on verrait plus tard.

— Et en attendant plus tard, qu'allez-vous faire ?

— Laisser la vie suivre son cours et, si rien ne vient compromettre nos projets d'union, nous nous marierons.

Estérina ne dit rien. Elle n'a jamais vu d'un bon œil cette relation amoureuse que son fils avait nouée avec Jeanne et qui avait perduré contre vents et marées. Elle a supporté cette liaison pendant des années, en silence, par amour pour Julien dont elle respectait le bonheur mais, aujourd'hui, la décision de Jeanne ranime ses espoirs contrariés : pendant ces trois années de pause sentimentale décrétée par la jeune fille, tant de choses peuvent se passer !

— Julien, pourrais-tu venir m'aider à peser le veau de la Suzette ? demande Fernand. Faroul doit venir le chercher demain.

— Tout de suite papa. Allons-y !

Norbert Faroul, c'est le boucher de La Sauvetat-de-Savères, celui qui achète tous les veaux qui naissent à Laguillemie. Cependant, avant de parvenir à un accord avec Fernand sur le montant de la transaction, il devra se plier à un rituel incontournable : le marchandage. De même que deux chefs de clans tribaux passent une nuit à palabrer sur un problème dont ils possèdent la solution avant d'entamer les débats, Norbert et Fernand vont consacrer une bonne demi-heure à discuter âprement pour finalement s'accorder sur une somme connue dès le départ car les deux protagonistes sont très bien renseignés sur le prix au kilo de l'animal vivant. Seulement voilà ! Fernand ne négocie pas son animal au poids, ça manquerait de piment ; il le vend à *travers*, c'est-à-dire à l'estime, *a vista de nas*[1], comme il dit. Le boucher observera l'animal, le palpera, reculera de trois pas pour l'évaluer globalement, le tâtera à nouveau et osera une offre de prix très modeste.

Fernand, qui aura pesé son animal quelques heures avant l'arrivée de l'acquéreur afin de calculer sa valeur marchande réelle, fera la moue et feindra l'incrédulité.

— Tu n'es pas sérieux, Norbert ! Tu as bien regardé mon veau ? Tu as vu cet arrière-train ? Que du muscle, pas un *pet* de graisse. Élevé sous sa

1. *Expression occitane signifiant « à vue de nez ».*

mère. Regarde un peu son œil : de l'opale. Ça c'est du veau blanc ! De la qualité supérieure.

— Ne te fatigue pas, Fernand ! Dis-moi combien t'en veux.

Fernand annoncera son prix, une somme suffisamment élevée pour qu'il reste gagnant après avoir coupé la poire en deux. Le boucher ne s'en laissera pas conter : il contraindra Fernand à réduire ses exigences et, pour ne pas froisser sa susceptibilité, lui promettra, en sus d'espèces sonnantes et trébuchantes, quelques escalopes tranchées dans la noix. La négociation se poursuivra encore pendant quelques minutes, pour le plaisir de marchander, et débouchera enfin sur un accord.

— Allons chercher la bascule à grains qui est sous le hangar, Julien. Nous la placerons au plus près du veau.

Cette première tâche accomplie, Julien et son père apportent également dans l'étable la cage de transport pour cochons dans laquelle ils emprisonnent le veau. Reste à surmonter la difficulté majeure : soulever les cent quatre-vingts kilos que pèsent le palanquin et l'animal qui, n'appréciant guère le confort rustique de cette geôle, s'agite dans tous les sens.

— Je vais vous aider, propose Estérina.

— Oui, donne un coup de main à Julien.

— Qu'est-ce que tu crois, papa ? Je peux y arriver tout seul, se rebiffe le jeune homme vexé.

— C'est ça ! Fais le flambard ! réplique Fernand. Fais-toi une éventration ou une élongation. Tu seras plus avancé.

— Ton père a raison, renchérit Estérina. Ne va pas t'estropier un mois et demi avant la rentrée scolaire. Allez ! On prend une poignée chacun.

— Vous êtes prêts ? demande Fernand.

— Oui, nous sommes prêts !

— À trois, on y va. Un... deux... trois !

Avec une parfaite synchronisation, Fernand, Estérina et Julien soulèvent la lourde charge et la déposent sur le plateau de la bascule.

— Parfait ! déclare Fernand, satisfait du travail accompli. Nous avons fait le plus dur.

Julien a toujours été fort impressionné par la robustesse de son père. Une vraie force de la nature. Pas très grand mais trapu, musculeux et volontaire jusqu'à l'excès. Redouté de ses voisins à cause de son impulsivité, craint de ses ennemis en raison de ses colères homériques, Fernand sait cependant se montrer doux et généreux avec ceux qui lui témoignent du respect, de l'estime ou de l'affection. Mais gare aux imprudents qui osent l'agresser sans ménagement ou simplement le contrarier ou lui tenir tête !

Julien se souvient d'une scène de son enfance qui l'avait successivement paralysé de peur puis rempli d'allégresse. Il avait une dizaine d'années et jouait dans un pré avec le chien de la ferme.

En fait, cet animal, que Fernand avait baptisé Dick, venait d'une propriété voisine exploitée par une famille d'arriérés qui maltraitaient indifféremment leurs enfants et leurs animaux. Le berger allemand, excédé par la bestialité de ses maîtres, avait fugué et Fernand, attendri par la détresse de l'animal, l'avait adopté sans détour. Des semaines avaient passé et Dick coulait des jours heureux chez les Delsol.

— Allez, Dick ! Rapporte ! ordonnait le garçonnet qu'il était en lançant une petite branche au loin.

L'animal démarrait comme un dératé, rapportait le morceau de bois, le déposait aux pieds de Julien et le jeu recommençait. Jusqu'au moment où, au lieu de revenir vers son jeune maître, Dick s'enfuit vers le bosquet situé à la limite de la prairie. Julien eut beau l'appeler sur tous les tons, l'animal ne se montra pas. Dépité, le jeune garçon regagnait sa maison quand il aperçut l'ancien maître de Dick qui marchait sur le chemin d'accès à la ferme. Il courut aussitôt avertir son père occupé à remplir de fourrage les crèches de l'étable.

— Papa ! Il y a Gargamèl[1] qui arrive.

— Où il est ?

— Près de la maison.

— Qu'est-ce qu'il veut ?

— Je ne sais pas. Je ne lui ai pas demandé mais Dick s'est enfui quand il l'a vu arriver.

— Hé bé, je vais lui demander tout de suite ce qu'il veut. Toi, tu restes là, tu ne bouges pas !

Se saisissant de son bâton d'aveugle, Fernand se dirigea d'un pas décidé vers le portail du hangar et, se repérant par rapport au crissement des semelles du visiteur sur les gravillons de l'allée, tourna la tête vers l'intrus.

— Qu'est-ce que je peux faire pour toi, Achille ?

— Je viens chercher mon chien.

---

1. *Sobriquet attribué à Achille (terme occitan signifiant « crétin »).*

— Toi, tu veux ton chien mais t'as pas de pot : lui ne veut plus te voir.

— Je ne repartirai pas sans lui. C'est mon chien ! Et toi, Fernand, tu n'es qu'un voleur !

Julien, recroquevillé derrière le mur de l'étable, observait la scène avec appréhension. Quand il entendit les dernières paroles du voisin, il comprit instantanément que les choses allaient se gâter. Il se fit un peu plus petit tout en ouvrant bien grand ses yeux pour ne pas perdre une miette de la nouvelle démonstration d'invincibilité que son père n'allait pas manquer d'effectuer aux dépens de cet inconscient d'Achille.

— Répète ce que tu viens de dire si tu oses, Gargamèl !

— Ouais, Fernand. Je le répète, tu m'as volé le chien !

— Et toi, t'auras pas volé la branlée que je vais te mettre ! s'emporta aussitôt Fernand en faisant tournoyer son bâton. Allez ! Si tu en as, viens le chercher ton chien !

Achille se tut et profita d'un moment où Fernand s'immobilisait, tendant l'oreille dans le but de détecter quelque improbable indice sonore lui indiquant la position exacte de son adversaire, pour agripper le gourdin et tenter de l'arracher des mains de l'aveugle.

Mal lui en prit ! De son bras droit, Fernand tira brutalement sur son bâton et lança sa main gauche ouverte vers l'avant où elle rencontra l'infortuné Achille qui n'avait pas eu la présence d'esprit de lâcher prise : les doigts se refermèrent irrésistiblement, à l'instar des brins d'acier d'un grappin à fumier, sur le haillon miteux qui faisait office de veste sur les épaules de Gargamèl. Fernand attira celui-ci vers lui et, d'une vigoureuse détente du bras, l'envoya valdinguer quelques mètres plus loin.

Achille se releva lentement et, sans un mot, reprit piteusement le chemin qui conduisait à sa ferme.

Julien se rua vers son père, cet homme invulnérable qu'il admirait et rêvait d'égaler un jour.

— Qu'est-ce que tu es fort, papa ! Tu lui as mis une bonne dérouillée ! Ça n'a pas fait un pli ! Tu crois que je serai aussi fort que toi quand je serai grand ?

— Si tu manges beaucoup de soupe, tu deviendras fort, toi aussi.

Aujourd'hui, à quarante-sept ans, Fernand possède toujours cette force herculéenne qui, alliée à un tempérament explosif, suscite autour de lui, sauf chez quelques écervelés impénitents, une prudence salutaire.

— Si tu as quelque chose à faire, Julien, tu peux y aller maintenant, indique Estérina. On terminera la pesée avec ton père.

— D'accord. Alors, je vais faire un saut à Cours, juste pour reconnaître les lieux.

— Sois prudent s'il y a des virages, conseille Fernand.

Avertissement superflu car, chaque fois que Julien prend le volant de sa 4 CV, il se remémore la mésaventure vécue deux ans plus tôt.

C'était un jeudi après-midi du mois de mai. Il avait inopinément décidé de faire le mur avec trois copains de promo pour une petite virée en 4 CV. Sans but précis, seulement pour le plaisir de transgresser le règlement interne de l'École normale et de contempler les beaux paysages que la campagne lot-et-garonnaise offre aux regards complaisants de ceux qui ne se lassent jamais de l'admirer parce qu'elle est leur terre natale.

Après une bonne heure de route, nos quatre déserteurs s'étaient arrêtés pour prendre un verre à la terrasse du Café du Centre, à Monsempron-Libos.

— Et si on allait voir l'église du patelin ? avait proposé Michel, l'un des élèves-maîtres originaire de la commune.

— Pourquoi pas, avait acquiescé mollement Julien, peu enclin à ce genre de visite.

Cinq minutes plus tard, la petite 4 CV se garait devant le parvis du lieu de culte catholique.

— Je vous attends ici. Je vais nettoyer mon pare-brise pendant que vous vous promenez à l'intérieur.

Julien avait tout juste terminé la tâche qu'il s'était fixée quand ses trois copains avaient réapparu.

— Tu aurais dû venir avec nous, Julien. Ça valait le coup d'œil.

— Tant mieux pour vous ! Allez ! embarquez ! On rentre !

Après avoir traversé le village du Caoulet, Julien avait amorcé la descente vers Agen. Il conduisait prudemment sur cette route sinueuse rendue glissante par une ondée récente. Il connaissait bien le défaut originel de la 4 CV qui, équipée d'un moteur placé à l'arrière, présentait un caractère survireur très prononcé affectant dangereusement sa tenue de route dans les courbes.

Malgré la nette conscience qu'il avait de ces facteurs de dangerosité, Julien n'avait pu éviter que, dans un virage à gauche un peu plus serré que les autres, les roues arrière ne dérapent vers la droite. Aussitôt, il avait contre-braqué mais l'arrière de la voiture avait glissé en sens inverse et il s'en était suivi une succession de contre-braquages et d'embardées d'amplitude croissante, jusqu'à ce que la 4 CV parte en tête-à-queue. Le malheur avait voulu que le train arrière de la petite berline bute sur une saignée du bas-côté de la route qui stoppa subitement le dérapage, provoquant le renversement de l'automobile. Celle-ci avait effectué un demi-tonneau et parcouru une trentaine de mètres, le toit ripant sur le goudron dans un bruit d'enfer qui n'avait cessé que lorsque la 4 CV s'était immobilisée.

En silence, les quatre occupants s'étaient extirpés de l'habitacle et avaient rampé sur la chaussée avant de se redresser, tout ébahis d'être indemnes, puis, instinctivement, s'étaient étreints pour bien se convaincre qu'ils n'étaient pas sujets à des hallucinations et qu'ils avaient réellement survécu au capotage de l'auto.

Quelques minutes plus tard, une 203 était arrivée en sens inverse et s'était arrêtée. Son conducteur s'était approché, son regard incrédule allant de l'épave aux rescapés et vice versa.

— Aucun d'entre vous n'est blessé ? avait-il demandé.

— Non, nous avons eu de la chance ! avait répondu Julien.

— Vous pouvez le dire ! J'étais sur la route de Cahors, dans la vallée, quand j'ai entendu des crissements de pneus, puis le bruit sourd d'un choc suivi du hurlement prolongé de tôles raclant le bitume. Je me suis dit : « Ce doit être grave ! Faut que j'aille voir ! » Me voilà rassuré. Si vous voulez, je vous descends en ville.

C'est ainsi qu'après avoir poussé la 4 CV sur l'accotement, les quatre normaliens avaient regagné l'École normale sans tambour ni trompette.

Le lendemain, surprise !

— Monsieur Delsol, la directrice veut vous voir à 16 heures précises, avait nasillé le surveillant général.

Julien s'était creusé la tête pour deviner la raison de cette convocation. Il avait conjecturé le pire et pourtant, le spectacle qu'il avait découvert en pénétrant dans le bureau directorial augurait d'un dénouement bien plus sombre que celui qu'il avait imaginé. Il avait dû faire front à trois regards intimidants : celui de la directrice, *alias* « la Grande », réprobateur, et ceux, soupçonneux, de deux gendarmes.

— Eh bien, monsieur Delsol, vous êtes vraiment un incorrigible récidiviste ! Vous avez à nouveau quitté illégalement notre établissement, hier après-midi, n'est-il pas vrai ?

— C'est exact, madame la directrice, avait spontanément avoué Julien.

— Vous connaissez la sanction que vous encourez ?

— Oui, madame la directrice. Quinze jours d'exclusion.

— Bien. Capitaine, cet élève-maître est à votre disposition.

— Merci, madame la directrice, avait répondu le représentant de la maréchaussée. Donc, monsieur

Delsol, vous avez quitté cet établissement, hier après-midi. Pouvez-vous me détailler ce que vous avez fait durant votre escapade ?

En quelques phrases, Julien avait raconté l'excursion qu'il avait faite la veille, sans omettre le moindre détail et, lorsqu'il avait abordé la visite de l'église, il avait décelé un regain d'intérêt chez son interlocuteur qui avait aussitôt demandé :

— Pourquoi êtes-vous resté à l'extérieur pendant que vos camarades visitaient l'église ?

— Parce que je l'avais déjà vue. J'en ai donc profité pour nettoyer mon pare-brise.

— Vous n'étiez donc pas resté dehors pour faire le guet ?

— Faire le guet ?

— Oui, afin d'avertir vos camarades si un quelconque quidam venait à s'approcher de l'église.

— Mais pourquoi aurais-je fait le guet ?

— Monsieur Delsol, nous avons reçu une plainte contre vous de la part d'une personne qui assure que vous faisiez le guet pendant que vos camarades pillaient les troncs de l'église.

Julien en était resté coi.

— Qu'avez-vous à répondre au capitaine, jeune homme ? avait demandé la Grande.

— Mais, madame la directrice, je trouve cette accusation absurde ! Ce n'est pas maintenant que nous allons commencer à gagner notre vie que nous allons nous mettre à voler dans les églises ! D'ailleurs, je mets mon accusatrice au défi d'apporter la moindre preuve de ce qu'elle avance.

— Comment savez-vous qu'il s'agit d'une accusatrice et non d'un accusateur ? avait réagi le gendarme.

— Je n'en suis pas sûr mais je m'en doute. J'ai aperçu une dame âgée qui tirait un coin du rideau de sa fenêtre dans la maison située en face de l'église.

— Et vous n'avez pas alerté vos complices ?

— Ce ne sont pas mes complices, monsieur. Ce sont mes camarades. Et pourquoi les aurais-je avertis ? Il n'est pas interdit de visiter les églises.

— Monsieur Delsol, je vous remercie pour votre franchise. Rien n'a été dérobé dans les troncs et, à la lumière de ce que vous nous avez déclaré, il apparaît que vous et vos camarades n'étiez animés d'aucune mauvaise intention en vous rendant dans cette église. Nous allons donc classer cette plainte sans suite. Merci pour votre bonne coopération, monsieur Delsol. Merci pour votre accueil, madame la directrice.

Les gendarmes ayant pris congé, Julien s'était apprêté à suivre leur exemple.

— Monsieur Delsol, asseyez-vous donc ! avait ordonné la Grande. Et maintenant, donnez-moi les noms des élèves-maîtres qui ont participé à cette escapade.

— Je ne peux pas faire cela, madame la directrice.

— Vous pouvez, bien sûr, mais vous ne voulez pas, c'est bien cela.

— C'est bien cela, madame la directrice. Je ne suis pas un indic.

— Eh bien, jeune homme, je me passerai de vos renseignements mais je saurai néanmoins qui vous accompagnait. Votre sens de l'honneur vous coûtera cher, un jour ou l'autre, monsieur Delsol. Allez ! Déguerpissez !

— Avant de me retirer, madame la directrice, pourrais-je connaître la date de mon exclusion ?

— Déguerpissez, vous dis-je ! Et gardez-vous bien de recommencer car mon indulgence n'est pas inexhaustible !

Même s'il n'avait pas saisi le sens de ce dernier mot, qui lui était totalement inconnu jusqu'à cette date, Julien était sorti du bureau, soulagé. Il avait compris que la spontanéité de ses aveux et son refus de dénoncer ses amis avaient favorablement impressionné la Grande au point, une fois n'est pas coutume, de la rendre magnanime.

— Que te voulait la Grande ? lui avait demandé Michel.

— Ne m'en parle pas ! Elle est au courant de notre balade d'hier.

— Comment peut-elle être au courant ?

— Parce que quelqu'un qui croyait qu'on allait piller les troncs dans l'église de ton bled nous a mouchardés aux cognes. Ils m'attendaient dans le bureau.

— La vache ! Et alors ?

— J'ai eu du pot. Ils vont classer l'affaire sans suite et la Grande, pour une fois, s'est montrée sympa.

— Elle sait qui était avec toi ?

— Elle m'a pressé de le dire mais je n'ai pas parlé.

— Et elle t'a dit qui nous a balancés ?

— Non, mais je crois savoir qui c'est. Une petite vieille qui habite en face de l'église n'a pas arrêté de nous épier. Toutes les deux minutes, elle écartait le rideau de sa fenêtre et lorgnait vers moi.

— Ah oui ! Je vois qui c'est. C'est la mémé Pélagie. Elle s'emmerde comme un rat mort ; alors, elle passe son temps à surveiller tout ce qui bouge devant chez elle. Je vais en parler à ma mère ; elle va te lui passer un de ces savons à cette cafteuse !

Dans le courant du mois suivant, Fernand et Estérina, conscients que leur fils aurait pu laisser la vie dans cet accident, avaient fait réparer la 4 CV sans émettre la moindre objection, sans énoncer le plus petit reproche. « Il faut bien que jeunesse se passe ! » avaient-ils déclaré avec fatalisme.

Depuis cet avatar, Julien est devenu extrêmement prudent et, aujourd'hui, sur cette route étroite, bordée de haies qui réduisent la visibilité, il ne se laisse pas surprendre par les dangers que constituent les innombrables virages.

Lorsqu'il débouche sur le plateau, il aperçoit le village endormi sous le soleil ardent de juillet. C'est une petite bourgade dominée par l'église autour de laquelle se répartissent cinq maisons habitées, dont une propriété agricole avec de vastes dépendances, une épicerie-boulangerie flanquée d'une cour où le commerçant élève quelques cochons, et une ferme restaurée abritant la mairie dans une aile et la cantine scolaire dans l'autre. Un peu à l'écart, sur un terrain rectangulaire situé exactement en face de l'église, apparaît l'école publique ; sur la gauche, un logement de fonction et deux salles de classe attenantes occupent toute la longueur du rectangle et s'ouvrent sur l'espace herbu qui fait office de cour de récréation.

Les bâtiments datent de deux ou trois ans tout au plus.

Julien entre dans l'épicerie. Une odeur familière flatte ses narines. Rien d'étonnant : toutes les épiceries de village dégagent ce mélange d'effluves émanant des filets de morue séchée, des harengs saurs, des épices proposées au détail, du vin vendu à la tireuse, du fromage trop fait grouillant parfois d'asticots… Aucune présence ne se manifeste.

— Il y a quelqu'un ?

Une jeune femme accorte paraît dans l'encadrement d'une porte latérale qui vient de s'ouvrir.

— Bonjour, monsieur. Vous désirez ?

— Bonjour, madame. Je suis le nouvel instituteur du village. Je venais simplement me présenter et prendre quelques renseignements.

— Mais ne restez pas là, debout, monsieur l'instituteur ! Allons nous asseoir dans ma cuisine, nous serons mieux pour discuter.

Julien emboîte le pas à l'épicière et pénètre dans une pièce rustique plongée dans la pénombre.

— Asseyez-vous, monsieur l'instituteur. Je vais ouvrir complètement les volets. Je les avais tirés pour maintenir un peu de fraîcheur à l'intérieur… Ainsi, vous êtes le nouvel instituteur ?

— Oui, madame.

— Vous venez pour rester toute l'année j'espère.

— Oui, bien sûr. Pourquoi me demandez-vous cela ?

— Parce qu'on en a marre des remplaçants ! L'an dernier, ma fille a eu une dizaine d'instituteurs.

Vous comprenez, ça suffit comme ça. Si ça avait dû recommencer cette année, nous étions bien décidés à descendre à Agen pour manifester devant l'inspection académique. Vous vous rendez compte ? Il y a quatre ans, la municipalité a fait construire une école à deux classes toute neuve avec une belle villa pour loger le directeur et son épouse institutrice, et ne voilà-t-il pas qu'un an plus tard l'académie nous sucre un poste. Après ce coup tordu, une instit a accepté de venir en classe unique avec vingt-neuf élèves ; elle a tenu deux ans et l'an dernier, personne pour la remplacer ! Alors, on a eu droit à une succession de remplaçants. Résultat des courses : aucun élève reçu au certificat, aucun élève admis en sixième !

— Rassurez-vous, madame. Je suis affecté ici pour y rester jusqu'à ce que je parte à l'armée, c'est-à-dire pour un an au moins.

— C'est une bonne nouvelle ! Mon mari sera content de l'apprendre quand il rentrera de sa tournée, tout à l'heure. Vous voulez boire quelque chose ?

— Non, merci madame. Vous savez combien d'élèves sont inscrits cette année ?

— Une trentaine environ. Si vous voulez plus de précisions, il vous faut aller trouver le maire, M. Desgranges. C'est un paysan qui habite à la ferme de Bésigue. C'est en bas de la descente vers Laugnac, sur la droite.

— Eh bien, je vous remercie beaucoup madame, pour la gentillesse de votre accueil et pour les renseignements que vous m'avez fournis. Nous nous reverrons donc à la rentrée.

— Avec plaisir, monsieur l'instituteur. Merci pour votre visite. Ce sont les parents qui vont être contents quand je vais leur annoncer la bonne nouvelle !

— J'en suis ravi, madame. Je vous dis donc à bientôt !

En quittant le village, Julien tente d'imaginer ce que sera sa vie pendant la prochaine année scolaire. Seule certitude : dans cette commune d'une centaine d'habitants, il est espéré comme le messie. Saura-t-il répondre aux attentes pressantes des parents ?

À Bésigue, il est reçu par l'épouse du premier édile en train de jeter du grain à la volaille.

— Bonjour, monsieur. Que puis-je pour vous ?

— Bonjour, madame. Je suis le nouvel instituteur du village. J'aurais voulu parler à monsieur le maire.

— Je suis désolée, monsieur l'instituteur. Il est parti chercher de l'engrais à Prayssas et je ne sais pas quand il reviendra. Si c'est au sujet de l'école, il vous faut voir la secrétaire de mairie, mais elle ne vient que le dimanche matin. Sinon, vous pouvez rencontrer le premier adjoint, M. Irénée Bonnevent. Il habite aux Chanterelles. Il vous faut remonter au village et prendre la route de Villeneuve. Là, vous demanderez.

Appliquant à la lettre les instructions de Mme Desgranges, Julien se présente au domicile de la famille Bonnevent. On y accède par une large allée goudronnée, bordée de majestueux mélèzes qui ne laissent entrevoir au visiteur qu'une petite partie de la maison. Au fur et à mesure que l'on progresse, le champ de vision s'élargit jusqu'à englober, dans son intégralité, l'élégant manoir dont la façade de pierre, encadrée par deux tours carrées, est recouverte d'un épais tapis d'ampélopsis jusqu'au premier étage.

Sur la droite, un peu à l'écart, se dressent les dépendances : étables, grange, lapinières, poulailler, porcherie… Sous l'un des hangars ouvert aux quatre vents sont entreposées des machines agricoles, en particulier un tracteur Massey-Ferguson, flambant neuf ou presque, ainsi qu'une rutilante moissonneuse-batteuse Massey-Harris dont les premiers modèles sont apparus cinq ou six ans plus tôt dans la région, conférant à leurs rares acquéreurs le statut de riches propriétaires agricoles.

Dès que Julien descend de la 4 CV, deux molosses, issus de nulle part, se précipitent vers lui, tous crocs dehors, en aboyant rageusement. À son grand soulagement, un coup de sifflet strident brise net l'élan des deux chiens-loups qui font demi-tour et, à regret, rejoignent leur maître qui vient de sortir de la grange et se dirige vers le visiteur.

C'est un homme de grande taille, aux cheveux noirs taillés en brosse, au visage carré avec des yeux d'un bleu délavé qui tranche avec la couleur noir d'encre des épais sourcils qui les surplombent. Il est vêtu d'une veste de velours lavande sur un pantalon taillé dans du jean, cette nouvelle étoffe que les GI's ont introduite en France, il y a seulement une quinzaine d'années, au moment de la Libération.

— N'ayez pas peur. Ils ne vous feront pas de mal ; ils sont bien dressés. Bonsoir, monsieur. Que me vaut l'honneur de votre visite ?

Le maître des lieux s'exprime d'un ton sonore, empreint à la fois de chaleur et de morgue. Une voix qu'affectent les personnalités ambitieuses et narcissiques.

— Bonsoir, monsieur Bonnevent. Je suis Julien Delsol, le nouvel instituteur. Mme Desgranges m'a conseillé de venir vous voir pour parler de la rentrée scolaire.

— Et elle a très bien fait car c'est moi qui m'occupe de tout ce qui a trait à l'école. Et de beaucoup d'autres choses également. En réalité, c'est moi qui administre la commune, même si M. Desgranges occupe le fauteuil de maire. Aux élections, c'est moi qui suis arrivé en tête mais, que voulez-vous ? Je n'allais pas lui prendre une place qu'il occupe depuis plus de trente ans !

— En somme, c'est par respect de son âge que vous l'avez reconduit dans sa fonction mais le vrai maire, c'est vous.

— Vous avez tout compris, jeune homme ! Vous m'êtes très sympathique. Allez ! Entrez un moment pour parler de l'école.

Julien emboîte le pas à M. Bonnevent qui s'efface pour le laisser pénétrer dans le vestibule du manoir.

— Nous allons nous installer dans le salon ; ainsi, nous serons tranquilles. C'est la porte qui est ouverte, sur votre gauche.

Julien pénètre dans une vaste pièce dallée de marbre blanc veiné de gris, aux plafonds bordés de corniches à gorge, à la décoration harmonieuse, au mobilier de style Régence posé sur de superbes tapis persans.

— Asseyez-vous, monsieur Delsol. Je vous sers un petit apéritif ?

— Non, merci. Je ne bois pas d'alcool.

— Un jus de fruit, alors ?

— Non plus, merci.

— Comme vous voudrez. Allez ! Parlons école. Ainsi, vous êtes le nouvel instituteur. Vous savez, mon fils Joël entre en CM2 cette année. Je vous fais confiance pour le préparer à l'entrée en 6e. L'an dernier, il n'a pas fait grand-chose. Ce n'est pas de sa faute. L'Éducation nationale nous a envoyé une dizaine de remplaçants. Une catastrophe, monsieur Delsol ! Je suis descendu à Agen pour rencontrer l'inspecteur d'académie. Sa secrétaire ne voulait pas me laisser entrer dans son bureau. Sans doute parce qu'elle me trouvait trop remonté contre l'administration. Je n'ai fait ni une ni deux, j'ai traversé la pièce, j'ai frappé à la porte de l'inspecteur qui ne m'a pas répondu et je suis entré. Quand il m'a vu, il a failli paniquer. Je peux vous dire qu'il n'en menait pas large. Entre quatre-zyeux, je lui ai expliqué pourquoi j'étais là. Il n'a pas *moufté* ! Je suis reparti avec sa promesse de nous envoyer quelqu'un de bien pour l'année entière. Et vous voilà ! Alors, que voulez-vous savoir de plus ?

— J'ai déjà appris de votre bouche que c'est grâce à vous que je suis affecté à l'école de Cours et je vous en suis reconnaissant. De plus, si j'ai bien entendu, l'inspecteur d'académie vous a promis quelqu'un de bien. Je suis donc très flatté qu'il m'ait choisi et j'essaierai de ne pas lui faire regretter sa décision.

— Vous avez vu l'école ? C'est une construction récente qui a conduit la commune à souscrire un gros emprunt dont elle va supporter le remboursement pendant une quinzaine d'années. Deux classes et un logement nous avait conseillé l'académie. Un an plus tard, suppression d'une classe. Quant au logement, il est resté inoccupé pendant cette dernière année ; il n'intéressait pas les remplaçants. Vous, monsieur Delsol, vous allez l'occuper ?

— Oui, bien sûr ! Pour des raisons pratiques, car mes parents habitent à plus de vingt kilomètres d'ici, et pour des motifs professionnels, car je serai ainsi à la disposition des élèves et des parents vingt-quatre heures sur vingt-quatre.

— À la bonne heure ! Vous verrez, les gens d'ici vous accueilleront avec gentillesse et vous sauront gré de bien vous occuper de leurs gosses.

— Au fait, monsieur Bonnevent, pourriez-vous me donner le nombre d'élèves inscrits pour cette rentrée ?

— Trente tout rond. De la classe enfantine au cours Fin d'études 2e année.

— Et pour les fournitures scolaires ? Comment cela se passe-t-il ?

— Vu l'endettement de la commune, nous les laissons à la charge des parents, sauf pour le matériel pédagogique à usage collectif à condition que vous ne soyez pas trop exigeant.

— Merci pour toutes ces informations, monsieur Bonnevent. Je vais vous laisser vaquer à vos occupations et nous nous reverrons en septembre.

— Entendu comme ça. Bonne route monsieur Delsol. Ah ! Avant que vous partiez, il faut que je vous donne un ou deux petits conseils d'ami. D'abord le curé ; il est très susceptible et très vieux jeu ; faites en sorte de ne pas le braquer. Ensuite Justine, l'épicière ; elle a le feu aux fesses, vous voilà averti. Enfin, Mathilde, la cantinière, une médisante de première, copine de Justine de surcroît ; donc, méfiance.

— J'en prends bonne note. Merci pour tout, monsieur Bonnevent. Pendant le trajet du retour, Julien établit mentalement le bilan de son incursion à Cours.

« Que dois-je retenir de cette première visite ? se demande-t-il. D'abord, la physionomie de la classe que je prendrai en charge à la rentrée. Ensuite, le contexte social et, en particulier, la personnalité de l'adjoint au maire avec lequel je devrai traiter pour l'entretien de l'école et les fournitures scolaires. Enfin, les risques potentiels de complications inhérents à la présence d'un prêtre chatouilleux, d'une commerçante torride et d'une cantinière cancanière. »

Quand il rentre dans la cuisine de Laguillemie, Julien est interpellé par Pingeaud, le vieux domestique qui, retraité depuis deux ou trois ans, continue néanmoins à venir, de temps à autre, donner un coup de main aux Delsol.

— Allez, *lo regent*[1] ! Viens faire *chabrot* avec nous pour ne pas oublier que tu es un vrai fils de paysans !

Piqué au vif par la provocation du vieux briscard, Julien prend place à la table familiale et, sans un mot, se sert une louchée de bouillon de pot-au-feu, empoigne le goulot de la marie-jeanne et verse

1. *Terme occitan signifiant « l'instituteur ».*

dans son assiette creuse l'équivalent d'un demi-verre de gros rouge. Avec sa cuillère à soupe, il touille consciencieusement le mélange où surnagent d'innombrables perles graisseuses. Puis, il porte l'assiette à sa bouche et, à longs traits, ingurgite ce breuvage de croquants.

— C'est bien, petiot ! Tu fais honneur aux paysans.

— Peut-être, mais c'est dégoûtant ! s'exclame Solange, la jeune sœur de Julien.

— En tout cas, ce n'est pas très raffiné, ajoute Estérina, aussitôt rabrouée par son mari.

— Vous, les femmes, vous n'y connaissez rien ! Le chabrot, c'est réservé aux hommes ! C'est un tonifiant de première, bien plus efficace que la Quintonine et tous ces fortifiants que nous prescrivent les diafoirus d'aujourd'hui !

Julien n'en croit pas ses oreilles.

— Dis, papa, où as-tu appris ce mot ?

— Quel mot ?

— Diafoirus.

— À l'école, pardi !

— Vous avez abordé les œuvres de Molière à l'école primaire ?

— Et qu'est-ce que tu crois, monsieur l'instituteur ? Moi, je suis entré à l'école en 1920. À la maison, on ne parlait que le patois. Le premier jour de classe, l'institutrice nous a dit : « Pas un mot de patois à l'école. Ici on n'utilise que la langue de Molière ! » Il a donc bien fallu voir comment parlait Molière.

— Et tu connais d'autres auteurs contemporains de Molière ?

— Bien sûr ! Il suffit de se rappeler de la phrase suivante : la corneille perchée sur une racine de la bruyère boit l'eau de la fontaine Molière.

— Et vous appreniez tout ça à l'école primaire ?

— Et pardi, tiens ! On apprenait aussi les règles de la versification, les racines carrées et les volumes, les départements français avec leurs chefs-lieux et leurs sous-préfectures, les dates importantes, de l'Antiquité à la fin de la guerre 14-18.

— Vous aviez le temps de faire tout cela ?

— Oui, parce qu'on allait à l'école trente-quatre heures par semaine pour étudier et pas pour perdre son temps à faire des sorties, monter des pièces de théâtre ou cultiver un jardin scolaire.

Pingeaud ne dit rien. Et pour cause ! Il n'a jamais mis les pieds dans une école. Donc, lecture et écriture lui sont étrangères. Tout juste s'il sait compter. « Pour être domestique à vie, c'est bien suffisant ! » explique-t-il avec fatalisme.

II

« Duos habet et bene pendentes ! »

DURANT LES SEMAINES de juillet et d'août 1961 qui précèdent la rentrée scolaire, Julien ronge son frein. Rien ne vient calmer son impatience d'endosser la blouse d'instituteur chargé d'école à classe unique.

Il y a seulement sept ou huit ans, de mai à septembre, de précieuses journées de convivialité agrémentaient la vie rurale. Dans un élan de solidarité désintéressée, les paysans se prêtaient main-forte pour venir à bout des fenaisons, des moissons, du battage des blés ou des vendanges. On travaillait dur, mais l'atmosphère festive de ces rassemblements, où s'exprimaient la jovialité rabelaisienne et la verve égrillarde de ces campagnards endurcis, égayait leurs longues journées de labeur.

Aujourd'hui, tout a changé et Julien, en son for intérieur, éprouve une inépuisable gratitude envers le directeur de la communale, M. Borry, qui l'a judicieusement orienté vers le collège, lui évitant de végéter dans une petite ferme vouée à disparaître, annexée par de grands propriétaires terriens, seuls capables de répondre financièrement aux défis de la révolution agricole contemporaine.

Il y a sept ans, son grand-père maternel, Artémio, toujours à l'avant-garde de l'innovation dans tous les domaines, avait été le premier agriculteur de la commune de Sauvagnas à se doter d'une superbe moissonneuse-batteuse rouge de marque Massey-Harris. Ses deux fils, Mario et Luigi avaient aussitôt entrepris de rentabiliser l'investissement en proposant aux paysans du canton de tondre leurs champs de blé contre espèces sonnantes et trébuchantes.

Les deux frères auraient souhaité que Julien intégrât l'entreprise et, sans en parler à leur neveu, ils s'en étaient ouverts à leur sœur Estérina qui avait catégoriquement refusé.

— Laissez mon fils tranquille pendant les vacances. Il doit se reposer avant d'entamer une nouvelle année scolaire, avait-elle argué.

— Mais il te ramènera de l'argent et ça vous sera bien utile à toi et à Fernand, avait insisté Mario.

— L'argent, ce n'est pas ce qu'il y a de plus important pour nous, avait rétorqué sa sœur.

Ce n'est que trois ou quatre ans plus tard que Julien avait eu vent de la démarche de ses oncles et de la décision de sa mère, une femme généreuse et pudique, capable d'une secrète abnégation pour protéger ses enfants.

Les deux frères entrepreneurs parcouraient donc la campagne au volant de leur mastodonte rutilant, renvoyant à l'obsolescence les moissonneuses-lieuses et les batteuses, réduisant les journées de moissonnage, de construction des gerbières et de battage, qui nécessitaient le regroupement de dizaines de voisins solidaires dans leur effort comme dans leur gaillardise, à quelques heures d'incursion dans les emblavures de chaque ferme de ce monstre vorace guidé par une seule personne.

Début août, la moissonneuse-batteuse avait débouché au bout de l'allée de Laguillemie et s'était arrêtée à l'orée du grand champ en déclive douce qui déroulait son épais tapis de blés dorés, de la ferme jusqu'au petit ruisseau bruissant qui court au fond du vallon.

— Julien, tu peux venir remplacer un moment mon frère qui est allé chercher de l'essence ? avait demandé l'oncle Mario.

Julien n'en espérait pas tant.

Pendant quatre bonnes heures, il s'était enivré de l'odeur de paille brisée qui montait du chaume et avait, à maintes reprises, plongé ses mains dans les sacs, en quête d'un contact charnel avec ce grain précieux dont la pénurie avait engendré, de tout temps, famines, jacqueries et révolutions. Tout en faisant ruisseler entre ses doigts ce blé produit par les paysans, il se disait qu'il tenait là l'une des principales sources de nourriture du monde et la simple pensée que le terme « paysan » puisse parfois être utilisé comme injure le révoltait.

Durant la semaine précédant la rentrée scolaire fixée au vendredi 15 septembre, Julien effectue plusieurs trajets afin de déposer dans le logement de fonction de l'école de Cours le strict nécessaire qui lui permettra de se sédentariser du lundi au samedi : matériel de camping pour le couchage, vieux poêle à bois, un minimum de vaisselle et d'ustensiles de cuisine, pupitre et, surtout, documents pédagogiques. Une installation volontairement spartiate afin qu'il puisse consacrer toute son énergie et tout son temps à sa mission, loin de tout confort émollient.

— C'est ton dernier dimanche de vacances, Julien. Profites-en bien ! lui conseille sa mère.

— Que veux-tu que je fasse de plus que les autres dimanches ? À part aller à l'église ou au café, il n'y a pas grand-chose à faire au village.

— He bien ! Va donc prier pour ton mécréant de père ! plaisante Estérina.

— C'est une bonne idée mais je pourrais aussi prier pour toi, maman, car on ne te voit guère assister à la messe qu'à Pâques ou à Noël !

— Tu peux parler, toi qui ne mets les pieds dans l'église qu'à la messe de minuit !

— C'est vrai, il faudrait donc que je prie aussi pour moi. Ça fait beaucoup trop de prières à débiter ! Tout compte fait, je vais aller voir mon oncle et ma tante au café.

Julien a bien précisé « au café », car trois frères et une sœur de son père constituent l'essentiel de la population du village. Il y a l'oncle Saturnin, charpentier, l'oncle Jean, maçon, l'oncle Léopold, cantonnier et fossoyeur, puis vient la tante Marie, mariée à l'oncle David. Tous deux tiennent l'épicerie qui jouxte l'église ; ils possèdent aussi le café attenant où coexistent le bar, la cabine téléphonique publique et un imposant billard français.

— Bonjour Tatie ! Comment ça va ? demande Julien en entrant dans l'épicerie.

— Ça va, ça va ! Et chez toi, comment se portent tes parents ?

— Ils vont bien malgré tout le travail qu'ils doivent abattre.

— C'est sûr ! Ils en ont du travail ! Plus qu'ils ne peuvent en faire ! Tu as bien fait de te tirer de la campagne ! Trente heures par semaine avec un salaire garanti, trois ou quatre mois de vacances, une bonne retraite à l'arrivée ! Ah ! Ce n'est pas comme pour les paysans et les commerçants !

— Et les artisans ! complète ironiquement Julien qui connaît bien cette antienne. Bon, je vais faire la bise à tonton.

Depuis belle lurette, Julien a renoncé à polémiquer avec ceux qui, plus ou moins intentionnellement, le provoquent en dénonçant les prétendus privilèges des fonctionnaires, en particulier des enseignants. Comment leur expliquer que le métier d'instituteur ne s'exerce pas seulement pendant les trente heures hebdomadaires passées en présence des élèves ? Qu'après la classe, viennent les corrections des devoirs, la préparation détaillée des leçons à venir afin de limiter les risques de l'improvisation, la recherche et l'exploitation de documents pédagogiques pertinents, le dialogue avec les parents...

— *Tè ! Vaquí lo regent*[1] *!* claironne Jules tout en continuant à jouer au billard avec Christian et Émile. Tous les trois ont fréquenté la communale avec Julien dans les années 1940.

Le premier, archétype par excellence du cancre, avait désespéré l'institutrice adjointe, puis le directeur d'école, qui avaient tous deux présumé de l'efficience de leurs dons pédagogiques pour extirper le jeune élève de son ignorance crasse. Jules avait quitté l'école sans maîtriser la langue

1. *En occitan-français : « Tiens ! Voilà l'instituteur ! »*

française et continuait à s'exprimer, la plupart du temps, dans sa langue maternelle, le patois de nos troubadours gascons.

Quant à Christian et à Émile, tous deux brillants élèves, leur légitime espoir d'accès à des études plus poussées avait été brutalement contrarié, les décès prématurés de leurs pères les ayant contraints à quitter l'école pour aider leurs mères dans les travaux des champs.

— Salut mes potes ! Alors, Jules ? Toujours aussi patoisant ! Mais, si tu veux te perfectionner dans la langue de Molière, je peux te donner des cours particuliers.

— Pourquoi ? À Molières, ils parlent pas la même langue qu'à Sauvagnas ?

— Mais si, couillon ! intervient Émile. Julien ne te parle pas du village qui s'appelle Molières, il te parle du dramaturge, de l'auteur de pièces de théâtre. Tu ne te rappelles pas ? M. Borry nous avait fait apprendre un extrait de *L'Avare*.

— Tu sais, je suis jamais été très *culturé* alors, Molière, *L'Avare* et tout le reste…

— Ce n'est pas très grave, Jules. Cela ne t'a pas empêché d'élever tes vaches et de travailler tes terres : chacun cultive ce qu'il peut, conclut Christian, fataliste.

— Ouais, mais si j'aurais pu poursuivre mes études, je m'aurais moins fatigué !

— Tu as raison, Jules. N'en parlons plus, tranche Julien. Alors ? Je peux jouer avec vous ?

— Bien sûr, Julien, répond spontanément Christian. Tu es bien d'accord, Émile ? Et toi aussi, Jules ? Allez ! C'est toi qui commences, Jules.

— Posez d'abord vos mises à côté de la mienne. Après, je jouerai.

— Putain ! Ce que tu peux être circonspect ! laisse échapper Julien.

— Ah ! Commence pas, Julien, à employer des mots savants pour te foutre de ma gueule !

— Mais non, Jules. Je ne me moque pas de toi. Je veux dire que tu es méfiant, que tu ne nous fais pas confiance et tu as tort. Regarde, voici nos mises. Allez ! Joue maintenant.

— Au fait, cousin, Jeanne et toi, vous vous êtes séparés à ce qu'on dit ? demande Christian.

— Écoute Christian, je ne suis pas venu pour raconter ma vie amoureuse.

— On peut quand même t'en parler, insiste Émile. Ne serait-ce que pour connaître la vérité, car tu sais bien ce que c'est que la rumeur.

— Vous n'avez qu'à aller demander à Jeanne. Mais, au fait, pourquoi vous me demandez ça ? En quoi ça peut vous intéresser ?

Tout en ajustant ses coups gagnants, Jules avance une hypothèse :

— Tu sais bien, Julien, que la nature a horreur du vide.

— Sacré Jules ! Voilà que tu me cites Aristote, maintenant ! Tu me surprendras toujours ! Et alors ? Qu'est-ce que tu veux dire ?

— C'est pas Aristote qui a dit ça, c'est M. Borry. Mon père lui disait toujours : « Faites ce que vous pouvez pour mon petit Jules mais je vous avertis, son crâne, c'est une coquille vide. » Et M. Borry lui répondait toujours : « Mon cher Barthélémy, il entrera bien quelque chose dans ce crâne car la nature a horreur du vide. »

— D'accord, c'est M. Borry qui a dit cela et, comme d'habitude, il avait raison. La preuve ? Tu as appris à jouer au billard comme un pro ! Mais tu ne m'as toujours pas précisé ce que tu voulais dire avec cette citation.

— Pour un *regent*, tu as plutôt la comprenette un peu rouillée ! Je vais donc t'expliquer. Jeanne est jolie. Si elle n'a plus de *calinhaire*[1] ça peut donner des idées à pas mal de tes copains pour occuper la place vide. Encore faut-il qu'ils savent si elle est libre ou non.

— Eh bien ! Qu'ils aillent le demander à Jeanne !

— Te mets pas en boule, continue obstinément Jules. Comme vous avez toujours été comme cul et chemise, qu'on te demande ou qu'on demande à Jeanne, c'est kif kif bourricot !

— Écoute, Jules ! Tu joues au billard ou tu joues au Sherlock Holmes ? s'emporte Julien.

— Et si on parlait d'autre chose ? propose opportunément Émile.

— Vous avez écouté la radio ce matin ? demande Christian. Ils ont dit qu'on avait arrêté un certain de Villemandy.

— Qui c'est çui-là ? s'enquiert Jules.

— C'est celui qui a essayé, avant-hier, de faire exploser une bombe au passage de la voiture du général de Gaulle, précise Christian.

— Vous n'avez pas de nouvelles plus réjouissantes à rapporter ? s'énerve Émile.

---

1. *En occitan-français : « amoureux », « galant ».*

— Si, annonce Jules en se rengorgeant, moi j'en ai une.

— … ?

— Même qu'elle est polissonne !

— Alors, raconte, suggère Christian.

— Je blague pas, c'est pas un canular, c'est la vraie vérité !

— Bon, tu accouches ou on te fait une césarienne ? s'excite Émile.

— Si vous me pressez, je vous dis rien.

— Nous ne te pressons pas, Jules. Il nous tarde seulement d'apprendre cette nouvelle, intervient Christian sur un ton apaisant.

— Alors, écoutez bien, c'est un scoop ! Vendredi dernier, notre voisine a surpris le curé et la mère Julia dans Las Canelles.

— Tiens, tiens. Que faisaient-ils ensemble dans ce ruisseau ? interroge Christian.

— Ils pêchaient.

— Ça la fout mal pour notre curé, glose Émile.

— Pourquoi tu dis ça ? s'étonne Jules.

— Parce qu'un bon curé doit empêcher ses ouailles de pécher !

— Et pourquoi donc ?

— Devine ! intervient Christian. Alors, tu dis qu'il pêchait avec la mère Julia ?

— Ouais ! Ils pêchaient les écrevisses.

— En soutane ? demande Émile.

— Non, en short !

— Vous êtes sûrs que c'était l'Irlandais[1] qui était en short ? questionne Julien, incrédule.

---

1. Surnom donné au prêtre d'origine irlandaise.

— Ma main à couper ! La voisine a dit à ma mère qu'il avait caché sa soutane dans l'herbe, derrière un buisson pour qu'on ne la voie pas depuis la route.

— Alors, comment ta voisine a-t-elle pu l'apercevoir ? lance Émile, suspicieux.

— Parce qu'elle s'est cachée pour observer ce qu'ils faisaient et elle a vu le curé sortir discrètement du ruisseau puis disparaître derrière le fourré avant de réapparaître, comme si de rien n'était, revêtu de la soutane, le chapelet pendu à son cou et la calotte vissée sur le ciboulot.

— Et la mère Julia ? demande Christian. Elle était en short, elle aussi ?

— La voisine ne sait pas parce qu'elle n'a vu que sa tête puis plus rien. Elle devait se douter que ma voisine était dans les parages et elle a dû se planquer dans le ruisseau.

— Tiens ! s'exclame Émile. Voilà justement l'Irlandais qui vient écluser un whiskey. On pourrait lui demander s'il a fait bonne pêche vendredi !

— Ah non ! s'affole Jules. Il saurait tout de suite que c'est moi qui vous en ai parlé !

— Mais non, Jules, je plaisante ! Allez ! Continuons à jouer.

La partie terminée, Julien rentre à Laguillemie et, au cours du déjeuner, évoque l'information colportée par Jules. Personne ne semble surpris du comportement du curé du village et encore moins de celui de la mère Julia.

— Mais vous vous rendez compte ? s'insurge Julien. Vous trouvez ça normal ? Le curé qui fricote avec la mère Julia ?

— Si les curés pouvaient se marier, cela n'arriverait pas ! lance Estérina.

— Il ne manquerait plus que ça ! intervient Fernand, toujours prompt à contredire sa femme.

— Et pourquoi pas ? demande Julien. Ils se mariaient bien dans les premiers siècles du christianisme.

— Où t'as vu ça qu'ils se mariaient ?

— Bien sûr qu'ils se mariaient, papa. Ce sont les conciles de Latran des XIIe et XIIIe siècles qui ont interdit l'ordination des hommes mariés et le concubinage des prêtres.

— Là, tu m'en apprends une bonne ! Tu es sûr de ce que tu dis ?

— Oui, papa. Même que les papes se mariaient et avaient des enfants. Même que certains fils de papes ont succédé à leurs pères.

— Tu m'en diras tant ! Et pourquoi n'y aurait-il pas des papesses, tant que tu y es ?

— Mais oui, papa ! Longtemps on a cru qu'avait existé une papesse Jeanne déguisée en homme. On aurait découvert l'imposture parce qu'elle aurait accouché pendant une procession ; elle aurait été traînée hors de Rome et lapidée. Et pour qu'une telle mystification ne se reproduise pas, l'Église aurait décidé de s'assurer dorénavant de la masculinité des papes nouvellement élus.

— Et comment cela se passait-il ? demande Fernand, très intrigué.

— Le nouveau pape devait s'asseoir sur un siège de porphyre percé sous lequel se glissait le plus jeune des diacres qui, après vérification de la présence des attributs masculins, s'écriait « *Duos habet et bene pendentes !* »

— Ce qui veut dire ?

— Ce qui se traduit par : « Il en a deux et bien pendantes ! » Mais ni l'existence de la papesse Jeanne ni l'anecdote du siège percé ne sont prises au sérieux. Il s'agit de simples légendes.

— En tout cas, aujourd'hui, ce n'est plus comme au temps de tes papes ; les papes, tout comme les prêtres, ne doivent avoir ni femme, ni concubine, ni maîtresse. Alors, si tu veux mon avis, notre Irlandais n'est pas très catholique, tranche Fernand.

— En plus, il batifole avec la mère Julia, en short, sans soutane ! s'indigne Pingeaud, le vieux domestique.

— Ça aussi, c'est interdit ! renchérit Fernand. Le port de la soutane est obligatoire pour les curés.

— Continuez à tout leur interdire à ces pauvres curés et bientôt les séminaires seront désertés, assène Estérina. Après être allés chercher des curés en Hollande, en Irlande, en Italie, nous recruterons des prêtres africains, indiens, vietnamiens, chinois et que sais-je encore ? Il faudra bien, un jour, adapter leur statut au monde moderne, sinon il n'y aura plus de curés et les églises fermeront les unes après les autres.

— *As rason ! Mèrca te detz*[1] *!* balance abruptement Fernand, reprenant son expression favorite pour conclure toute controverse sans abdiquer.

Il y aurait pourtant beaucoup à dire sur le comportement de l'Irlandais et encore plus sur celui

1. *En occitan-français : « Tu as raison ! Marque-toi dix ! »*

de la mère Julia dont les cinq enfants, selon la *vox populi* locale, n'auraient aucun père en commun. L'aîné serait le fils naturel du directeur d'école, le deuxième du curé, le troisième du maire, l'avant-dernier du secrétaire de mairie, et le benjamin du médecin du canton... Mais personne n'étant en mesure d'apporter un témoignage probant capable d'étayer irréfutablement ces affirmations hypothétiques, les uns se réfugient derrière le paravent des on-dit, des ouï-dire brefs, des sources indéfinies, inépuisable réservoir de fantasmes, clabaudages et autres calomnies, tandis que les autres se taisent mais n'en pensent pas moins.

Les Delsol font partie de ces derniers. Chez ces gens-là, on n'extériorise pas, on intériorise.

— Sers-toi la soupe tant qu'elle est chaude, Julien, conseille Estérina qui vient de remplir l'assiette de Fernand à ras bord.

Julien s'exécute, aussitôt imité par le vieux domestique de la ferme, sa sœur Solange et enfin sa mère.

— Comment trouvez-vous mon bouillon ? demande Estérina.

— Délicieux, maman, répond Julien. Ta recette de poule au pot est parfaite. Henri IV peut être fier de toi !

— Ne te moque pas de moi, Julien.

— Mais je suis sincère, maman. Y a qu'à voir comme papa et Élie le descendent. On ne les entend plus parler.

— Par contre, on les entend manger ! ironise Solange.

— Et maintenant, un bon chabrot va achever de nous requinquer, enchaîne bientôt Pingeaud en saisissant fermement le col de la marie-jeanne et en se versant, dans le bouillon qu'il a réservé au fond de son assiette, une bonne rasade de ce vin râpeux, pur produit du terroir de Laguillemie.

Du mélange couleur brique montent aussitôt des effluves miellés associés à des arômes acidulés.

— C'est dégoûtant, ça sent mauvais ! peste Solange.

Pour la énième fois, le vieux domestique taquin tend son assiette vers la jeune fille en réitérant son éternelle plaisanterie :

— Tiens, petite. Il te faut le goûter et tu ne pourras plus t'en passer !

Et pour la énième fois, avec une moue de dégoût, Solange repousse le bras de Pingeaud en répliquant :

— Vous pouvez vous l'avaler votre dégueulis ! Personne ne vous le piquera.

— Tu ne seras jamais une vraie paysanne, tranche Pingeaud avant d'ingurgiter, en quelques goulées indiscrètes, sa mixture reconstituante.

Julien ne dit rien. Il respecte le vieil homme analphabète que les intérêts supérieurs de la patrie en danger avaient arraché, en 1914, à ses activités pacifiques de journalier agricole pour l'envoyer faire la guerre. Héros anonyme, charitablement décoré du titre dérisoire de poilu, il avait repris sa vie de paysan rustique, avait vu passer la Seconde Guerre mondiale sans y participer, en raison de son âge déjà avancé, avait assisté avec une relative indifférence à l'irruption du machinisme dans nos campagnes sans changer ses comportements et ses méthodes de travail. Pour Julien, Pingeaud est un brave qui s'ignore mais n'en mérite pas moins la reconnaissance des jeunes générations pour avoir défendu la France au risque de sa vie.

III

« Tout ce que je sais c'est que je sais que je ne sais rien »

Le grand jour est enfin arrivé. Vendredi 15 septembre 1961, 9 heures.
Cela fait plus de dix ans que Julien attend cet instant ! Il voudrait tant que tout s'arrête quelque temps, que la planète s'immobilise, que l'univers se fige, que l'irruption inéluctable du futur marque enfin une pause… Tout simplement pour goûter, pendant quelques minutes, à cette plénitude atteinte après une décennie de cheminement obstiné vers un objectif obsessionnel : revêtir un jour l'uniforme de ces nouveaux hussards laïques, la blouse que son maître d'école de Sauvagnas portait avec une prestance toute magistrale.

Aujourd'hui, il se tient là, l'air grave, devant le préau de l'école à classe unique de Cours, face aux trente enfants âgés de cinq à treize ans dont il a consciencieusement consigné, la veille, les noms, prénoms et dates de naissance sur la liste épinglée au tableau d'affichage, à côté du programme annuel imposé par les Instructions officielles, de la progression des activités scolaires de septembre, de l'emploi du temps hebdomadaire et de la liste des chants et poésies dont l'étude est prévue pendant le premier trimestre… autant de documents placardés dans le strict respect du règlement en vigueur dans toutes les écoles laïques de France.

— Bonjour, les enfants ! lance-t-il en souriant.

— Bonjour m'sieur ! répondent à l'unisson trente voix espiègles.

— Très bien ! Mettez-vous en rang deux par deux.

Les élèves obéissent avec empressement, les anciens aidant les plus jeunes à se placer dans les rangs en fonction de leur niveau : devant, ceux qui entrent à l'école en section enfantine, puis ceux du cours préparatoire, des cours élémentaires, des cours moyens, et enfin ceux qui fréquenteront les cours Fin d'études.

Groupés derrière le portail de l'école, une demi-douzaine de parents observent la scène. Julien reconnaît l'épicière, cette insatiable nymphomane si l'on en croit le peu charitable adjoint au maire, M. Bonnevent qui, lui, n'est pas venu assister au spectacle qu'offre toute rentrée scolaire.

— Allez ! Avancez maintenant !

— M'sieur ! On ne chante pas ? demande André, un élève du cours de Fin d'études.

— Si, bien sûr ! Que voulez-vous chanter ?

— *À la claire fontaine*, m'sieur !

— Bien ! Allons-y !

— Vous nous donnez le ton, m'sieur ?

Julien fait un effort pour ne rien laisser paraître de son désarroi. Durant toute sa scolarité, le chant a été sa bête noire. À l'école, au collège et à l'École normale.

« Tout ce que je sais c'est que je sais que je ne sais rien »

Ses maîtres avaient très vite diagnostiqué son inaptitude au chant et avaient fait tout leur possible pour l'aider à la surmonter ; en vain. Ses professeurs qui soutenaient *mordicus* qu'il n'existe pas d'oreille inéducable avaient dû, eux aussi, amèrement déchanter au vu du constat d'échec affligeant de leur postulat. Et voilà que maintenant, dès le premier contact avec ses élèves, l'un d'eux, involontairement, le met en porte-à-faux. Trente regards curieux le fixent dans un silence sépulcral qui n'en finit pas de durer. Il est urgent qu'il trouve une échappatoire pour sauver la face. Il s'adresse à l'élève qui l'a interpellé :

— Tiens, Renaud, je suis sûr que tu chantes juste. Je te confie la responsabilité de diriger le chant du matin pendant une semaine. Allez, viens près de moi et fais chanter tes camarades.

Fier de la confiance qui lui est accordée, l'élève accourt et s'acquitte de sa tâche avec brio, au grand soulagement de son maître qui invite ensuite le groupe à rejoindre la salle de classe.

C'est la première fois que Julien bénéficie d'une totale autonomie dans l'exercice de son métier, mais il sait que cette liberté d'action implique, en contrepartie, une obligation de résultat.

Personne ne supervisera, minute par minute, son action pédagogique mais tout le monde l'attendra au tournant ; en premier lieu, les autorités hiérarchiques incarnées par l'inspecteur primaire qui débarquera à l'improviste dans la classe pour évaluer son travail et, ensuite, tous les parents qui sont unanimement convaincus que leurs moutards ne sauraient être autrement qu'intelligents, donc aptes à réussir leurs études. Soumis à cette pression environnementale, Julien est surtout guidé par sa conscience qui n'admettra aucun laxisme, aucun manquement à son devoir d'instituteur. Ces enfants, aux yeux brillant d'impatience et reflétant une entière confiance en l'adulte chargé de les guider sur le chemin de leur émancipation, lui imposent de ne pas les décevoir.

Les élèves s'installent dans la salle de classe. Spacieuse, claire, accueillante, la pièce – au même titre que l'ensemble du groupe scolaire comportant une deuxième salle de classe et un logement de fonction – témoigne de la volonté de la population locale d'offrir aux enfants de la commune et à leurs maîtres les meilleures conditions matérielles de travail.

L'un des murs est percé de quatre larges baies vitrées donnant sur l'espace herbu qui fait office de cour de récréation, tandis que les trois autres sont tapissés de documents pédagogiques dont les incontournables tableaux Rossignol illustrant les grands moments de l'Histoire de France, les affiches Armand Colin présentant des squelettes et des corps humains écorchés, les cartes de géographie Vidal Lablache… Derrière le bureau magistral campé sur l'estrade, un large tableau mural noir assorti de deux vantaux montés sur charnières et repliables en triptyque occupe une grande partie de la paroi. Plus récent, un tableau pivotant vert, sur pied de faible hauteur, est placé sur le parquet de la salle, en face des élèves les plus jeunes, donc les plus petits.

— Je vais procéder à l'appel. À l'énoncé de votre nom, vous vous lèverez et me préciserez votre adresse. C'est compris ?

— Oui monsieur ! crient les enfants.

— C'est quoi l'adresse, monsieur ? demande l'un des trois élèves de la section enfantine.

— C'est le nom de ta maison, lui répond Jacques, un enfant du CM2. Toi, Lucien, tu habites à *Lebrats*. *Lebrats*, c'est ton adresse, celle qui est écrite sur les lettres que t'apporte *lo clòp*. Tu as compris ?

— Si je comprends bien moi aussi, intervient Julien, *lo clòp* c'est le facteur.

— C'est ça, monsieur, confirme René, un grand garçon de FE 2e année.

— Vous pouvez me dire pourquoi vous l'avez surnommé « l'éclopé » ?

— Waouh ! Vous connaissez le patois, monsieur ? réagit aussitôt Francine, une élève du CM1.

— Bien sûr ! Je suis un enfant de la campagne, comme vous, et mes parents sont des paysans, comme la majorité de vos parents.

— Vous savez alors ce que veut dire *Lebrats* ? demande Hervé, élève de FE 1re année.

— *Lebrats* se traduit en français par « Levrauts ». Et maintenant, le patois, c'est terminé. En classe, on ne parle et on n'écrit que la langue française. Sauf pour les dictées où l'on aura parfois recours au patois pour les accents circonflexes et les terminaisons des participes passés. Allez ! Faisons l'appel.

Julien comprend qu'il vient de gagner, en quelques minutes, la confiance de ses élèves. Désormais, il incarne pour eux un modèle auquel ils vont s'identifier. Lui-même, lorsqu'il n'était encore qu'un petit sauvageon de la campagne, n'a-t-il pas pris pour exemple son directeur de l'école communale, M. Borry, fils d'ouvrier agricole ?

Bien commencée, cette première matinée de classe se déroule on ne peut mieux. Pendant l'interclasse, Julien partage le repas de la cantine avec ses élèves, ce qui lui donne l'occasion de faire la connaissance de Mathilde, qualifiée de « médisante de première » par l'adjoint au maire.

— Monsieur l'instituteur, vous savez que vous avez ma fille dans votre classe, annonce-t-elle avec un sourire entendu.

— Appelez-moi « monsieur Delsol », ce sera plus simple.

— Comme vous voudrez, monsieur Delsol, et vous, vous m'appellerez Mathilde. Je disais donc que vous avez ma fille dans votre classe. C'est Catherine. Elle est en CM2, tout comme Germaine, la fille de l'épicière. Vous la connaissez Justine.

— L'épicière ? Oui, je l'ai rencontrée à deux reprises.

— Méfiance, monsieur Delsol, méfiance ! C'est une sacrée drôlesse, vous savez ! Je ne vous en dis pas plus aujourd'hui mais nous en reparlerons.

— C'est ça, Mathilde, nous en reparlerons plus tard, promet Julien en remerciant mentalement M. Bonnevent de l'avoir averti de la propension de la cantinière à ragoter à tout bout de champ.

Le déjeuner terminé, Julien et ses élèves regagnent la cour de récréation.

— Vous mangerez à la cantine tous les jours, monsieur ? demande ingénument une élève de CE1.

— Oui, Lucienne. Tous les jours.

— Et vous mangerez les mêmes choses que nous ?

— Bien sûr. Ça t'étonne ?

— Les autres instituteurs ne mangeaient pas avec nous, lâche Julienne avec un léger ressentiment dans la voix. Regardez, monsieur ! Le curé est dans la cour !

— Allez ! Va jouer en attendant que nous rentrions en classe.

— Bonjour monsieur Dusoleil ! lance l'homme d'Église. Je suis le père Porcher de Laugnac.

C'est la première fois que l'on écorche son nom, mais Julien ne s'en offusque pas et s'abstient de toute remarque. Il a constaté à maintes reprises que l'emploi de moyens mnémotechniques réserve parfois des surprises cocasses, surtout quand le procédé utilisé est lui-même difficile à mémoriser ou lorsqu'il n'est qu'approximativement maîtrisé. Son instituteur de la laïque avait un jour enseigné aux élèves, dont il était, la phrase interrogative suivante pour appréhender la liste des conjonctions de coordination : « Mais où est donc Ornicar ? » Jules, l'indécrottable cancre de l'école, l'avait restituée ainsi, provoquant la consternation de M. Borry et l'hilarité du reste de la classe : « Mais où est donc ce connard ? »

— Bonjour, monsieur Porcher. Je suis heureux de faire votre connaissance, répond Julien, s'imaginant avec un sourire amusé la tête du prêtre s'il l'avait gratifié d'un sonore « Bonjour monsieur Cochon » ! Que me vaut l'honneur de votre visite ?

— Hé bien ! Je suis venu vous informer que j'enseigne le catéchisme aux enfants de la commune tous les mardis à midi, pendant une demi-heure.

Je vous demande donc de les libérer à midi tous les mardis.

— Pour ceux qui vont déjeuner chez eux, il n'y a pas de problème, monsieur Porcher, mais pour les autres qui restent à la cantine, je dois demander aux parents l'autorisation écrite de les laisser sortir de l'école pendant l'interclasse.

— Vous me paraissez bien vétilleux, monsieur Dusoleil. Vos prédécesseurs se montraient moins regardants.

— Monsieur Porcher, mes prédécesseurs agissaient comme ils le souhaitaient. Croyez-moi, je ne nourris aucune prévention à votre égard. Dès que j'aurai obtenu l'accord des parents, les enfants vous rejoindront à l'église à midi sonnant.

— Très bien, monsieur Dusoleil. C'est parfait. Je vous souhaite une bonne rentrée scolaire. Au revoir monsieur Dusoleil.

— Au revoir, monsieur Porcher. Merci de votre visite.

Julien se félicite de cette première entrevue avec l'abbé du village voisin. Il redoutait d'avoir affaire à un prêtre ultramontain prêt à en découdre avec les instituteurs, ces moines agnostiques issus des séminaires laïques qu'incarnent les Écoles normales d'instituteurs. Au lieu de cela, ses relations avec le curé de Laugnac promettent d'être sereines et courtoises, voire cordiales comme l'étaient celles qui régnaient entre son directeur d'école de la primaire de Sauvagnas, M. Borry, et le cureton hollandais de la paroisse. À tel point que les deux missionnaires, respectivement laïc et clérical, se réunissaient périodiquement en soirée, en compagnie de l'épouse du premier et de la bonne du second, pour taper la belote jusqu'à des heures indues.

— Allez ! Mettez-vous en rang ! ordonne Julien en claquant des mains.

Les enfants accourent en pépiant.

— C'est pour le *catoche* que monsieur le curé est venu ? demande André, élève du CE1.

— Oui, pour le catéchisme, rectifie Julien.

— Il vous a dit que M. Gilbert l'avait mis à la porte de l'école, l'an dernier ?

— Écoute, André, je ne veux pas savoir ce qu'a fait M. Gilbert. Je ne suis pas là pour me fâcher avec monsieur le curé, que je respecte. Pendant les heures de classe, vous travaillez avec moi, et pendant les heures de catéchisme, vous travaillez avec lui. Compris ?

— Oui, monsieur.

— Allez ! Avancez !

Julien sait que les élèves sont prompts à tirer profit des conflits entre adultes qui ont autorité sur eux. Aussi est-il bien décidé à maintenir de bons rapports, autant avec les parents qu'avec le curé et le maire.

L'après-midi de classe débute par une exégèse du règlement intérieur de l'école suivie d'une présentation de l'emploi du temps détaillé, applicable à chacun des niveaux de la classe. Enfin, Julien soumet tous les élèves, sauf les trois nouveaux de la section enfantine, à un test écrit afin de répertorier les savoirs et savoir-faire maîtrisés ainsi que les lacunes à combler prioritairement.

Après la récréation de 15 h 30, Renaud, l'un des élèves du cours Fin d'études, lève le doigt.

— Oui, Renaud. Je t'écoute.

— À une heure, vous avez dit, monsieur, que vous respectiez le curé. Mon père dit que la religion est l'opium du peuple et que les curés sont des imposteurs.

— Tu vois, Renaud, ton père exprime ce qu'il pense de la religion et des curés. Ce faisant, il utilise un droit inscrit dans la Déclaration universelle des droits de l'homme : la liberté d'expression. Cependant, toi et tes camarades devez savoir qu'il n'existe pas de droits sans devoirs. Ainsi, il est du devoir de chacun de nous de ne pas profiter de cette liberté pour exprimer des propos incitant à la haine ou à la violence par exemple. De plus, chacun de nous doit respecter les opinions de ceux qui disent qu'ils ne pensent pas comme nous, car eux aussi ont droit à la liberté d'expression. Ce respect d'autrui, de sa pensée, de ses convictions, cela s'appelle la tolérance.

— Le père de Renaud, c'est un bolchevik fanatisé. C'est ce que dit mon père, monsieur, intervient Bernard, élève de Fin d'études, lui aussi.

— Et ton père, c'est un cul-bénit ! réplique Renaud avec véhémence.

— Silence ! ordonne Julien qui craint de perdre le contrôle de la situation. Je viens de vous parler de la liberté d'expression et de ses limites. Une prochaine fois, nous parlerons de la liberté de conscience qui garantit à chaque citoyen le droit d'être croyant ou pas, de choisir sa religion et d'en changer librement s'il le souhaite. Toujours dans un climat de tolérance qui exclut les insultes, les outrages et autres offenses. Compris ?

« Tout ce que je sais c'est que je sais que je ne sais rien »

— Oui, monsieur ! répondent en chœur les deux garçons.

Julien n'est pas sûr qu'ils aient compris l'intégralité du message qu'il a voulu faire passer.

A-t-il utilisé le registre de langage qui convient ? N'a-t-il pas été trop pontifiant, trop abstrait ? Improviser de la sorte, n'est-ce pas courir le risque de digressions confuses et stériles ?

Première leçon d'humilité induite par ce doute salutaire dont aucun pédagogue ne devrait jamais se départir : nul ne possède la science infuse. Julien se promet de toujours préparer, jusque dans le détail, toutes ses séquences pédagogiques à venir, quitte à différer les réponses à des questions imprévisibles qui le mettraient dans l'embarras.

Mais alors, que vont en déduire les élèves ? Qu'il n'est pas à la hauteur de la mission qui lui est confiée ? À la première occasion, sans reprendre la célèbre citation paradoxale de Socrate[1] afin de ne pas les décourager, Julien essaiera de leur faire comprendre que le savoir, comme l'univers, est infini et ne peut être entièrement maîtrisé par un seul cerveau humain, fut-il le plus puissant de la terre. Chacun de nous, quel que soit son âge, quel que soit son niveau d'instruction, est donc en perpétuelle quête de connaissances nouvelles sans espérer pouvoir un jour atteindre le savoir absolu car, comme dans la découverte de l'espace, force est de constater que chaque conquête réalisée

1. *Citation attribuée à Socrate : « Tout ce que je sais c'est que je sais que je ne sais rien. »*

ouvre exponentiellement de nouveaux champs d'exploration jusque-là ignorés.

À 16h30, les élèves quittent la salle de classe par petits groupes, échangeant leurs premières impressions sur cette rentrée scolaire. Passé le portail, ils se dispersent tranquillement vers leurs foyers.

Julien est satisfait de cette première journée passée en compagnie de ses trente élèves, mais son travail n'est pas terminé. Il rejoint le logement de fonction accolé aux salles de classe et s'attelle à la préparation des séquences pédagogiques du lendemain. Ce n'est pas chose facile de prévoir les activités scolaires dans une école à classe unique comportant huit cours distincts, de la section enfantine comptant trois élèves de cinq ans au cours Fin d'études 2e année comportant deux élèves de treize ans !

Plongé dans son travail, il sursaute lorsqu'on frappe à la porte.

— Entrez ! s'écrie-t-il en tournant la tête.

La poignée tourne, mais la serrure résiste.

— Fichtre ! J'voudrais ben mais j'peux pas ! La porte est *clavée* ! objecte une voix rocailleuse.

Julien se lève, déverrouille la porte qu'il entrouvre et se trouve nez à nez avec un inconnu.

— Bonsoir, monsieur. Quel bon vent vous amène ?

— Bonsoir, monsieur l'instituteur. Je suis le maire de la commune, M. Desgranges.

— Oh ! Veuillez m'excuser, monsieur le maire. Je n'avais pas l'honneur de vous connaître jusqu'à ce jour. Entrez donc vous asseoir !

— Je ne veux pas vous déranger.

— Vous ne me dérangez pas du tout, monsieur le maire. Au contraire, je suis heureux de faire votre connaissance. Vous prendrez bien un petit quelque chose avec moi ? Un Ricard ? Une bière ?

— Si vous avez un verre de vin rouge, ça m'ira très bien.

— J'ai du vin rouge, en effet, mais il provient de la propriété de mes parents, et ce n'est pas de la première qualité !

— Ça ira très bien ! Vous savez, je suis habitué à ces pinards que chaque paysan produit pour sa consommation personnelle. Dans chaque ferme, il a un goût différent dû aux cépages cultivés et à la futaille utilisée. Ça peut surprendre mais c'est du vin naturel, sans mélanges, sans ajout de blanc d'œuf, de sang séché ou de gélatine et c'est bien mieux comme ça !

Pendant que Julien apporte deux verres et la bouteille de vin, M. Desgranges poursuit :

— Ainsi, vos parents sont paysans ! Ça, c'est bien ! Il faudrait que tous les instituteurs nommés en milieu rural soient issus de la campagne, qu'ils aient vécu ce que nous avons vécu et ce que nos enfants vivent : les kilomètres à parcourir à pied ou à bicyclette pour se rendre à l'école par tous les temps, les devoirs du soir à faire sur la table de la cuisine après avoir aidé les parents dans leurs travaux agricoles, l'odeur de suint ou de lisier qui imprègne les vêtements et les cheveux et que l'on traîne jusque dans la classe. Vous n'êtes pas de mon avis, monsieur l'instituteur ?

— Appelez-moi tout simplement Julien, monsieur le maire.

— Allons pour Julien ! Alors, Julien, vous n'êtes pas de mon avis ?

— C'est difficile d'avoir un avis tranché, monsieur Desgranges. Vous savez, beaucoup d'instituteurs débutent en zone rurale, et si quelques-uns y restent pendant toute leur carrière, beaucoup demandent à être mutés en ville dans une école à plusieurs classes dès que leurs barèmes leur donnent une chance d'y parvenir. Vous comprenez, nous sommes capables de nous adapter aux populations scolaires auxquelles nous avons affaire, donc notre origine sociale importe peu.

— Vous aussi, Julien, vous nous quitterez pour aller à Prayssas, à Villeneuve-sur-Lot ou à Agen ?

— Ça m'est difficile de vous répondre aujourd'hui. L'an prochain, je serai appelé sous les drapeaux et je ne sais même pas pour combien de temps. Ce que je ferai ensuite, je n'en sais rien, monsieur Desgranges.

— Nous allons tout faire pour vous donner envie de revenir après votre service militaire. Vous avez vu ? Nous avons une école qui est pratiquement neuve avec un beau logement de fonction et les parents sont ravis d'avoir enfin un instituteur pour l'année entière. Ils vont vous gâter à leur façon. Ils s'en sont tellement vus avec les remplaçants qu'ils vous attendaient comme le messie. Allez ! Buvons à votre arrivée dans notre village.

Dès la première goulée, le premier magistrat de la commune ne peut retenir une grimace très expressive.

— Je vous avais averti, monsieur Desgranges, ce n'est pas un Mouton Rothschild !

— En effet. Il décape le gosier, votre vin ! Mais, au moins, il n'est pas trafiqué. Il suffit de s'y habituer, répond le maire avant d'ingurgiter stoïquement le restant de son verre de picrate. Ah ! Je voulais vous dire, Julien, vous avez mon petit-fils comme élève en section enfantine. C'est le petit Blaise, le garçon de ma fille. Il est comme son père, pas très fute-fute ; mais il est gentil. Je vous demande simplement d'être patient avec lui car même avec la meilleure volonté du monde, on n'en fera pas un génie.

— Ce n'est pas plus mal, monsieur Desgranges, car on dit qu'il n'y a pas de génie sans un grain de folie. Ne vous en faites pas pour Blaise. Vous verrez, il vous surprendra peut-être. Nous en reparlerons dans un mois et nous mettrons au point une action concertée pour aider Blaise à progresser. Je rencontrerai d'ailleurs tous les parents afin de les associer à mon action pédagogique.

— Excusez-moi si je vous coupe, mais je dois vous dire que certains parents ne mettront jamais les pieds dans cette école.

— Même si je les invite à des soirées cinéma ?

— Vous organiseriez des soirées cinéma comme les instituteurs de Laugnac ?

— Pourquoi pas ? La Fédération des œuvres laïques du Lot-et-Garonne met à la disposition des écoles un projecteur 16 mm et des films. Pourquoi n'en profiterions-nous pas ?

— Ça, c'est une bonne initiative. Dites, Julien, tant que j'y pense : dans deux ans notre secrétaire de mairie partira à la retraite. Je vous propose de la remplacer. Qu'en dites-vous ?

— C'est très gentil de votre part, monsieur Desgranges. Votre proposition m'intéresse, et si, dans deux ans, les circonstances le permettent, je veux bien occuper ce poste.

— À la bonne heure, Julien ! Sur ce, je vous quitte car ma femme va s'inquiéter.

À nouveau seul, Julien analyse les informations que lui a communiquées le maire. S'agissant de Blaise, il n'accorde aucun crédit aux déclarations subjectives du grand-père. Il se souvient du jour où lui-même, âgé de quatre ans, avait été confié au directeur de l'école communale de son village. C'est son père qui l'avait accompagné et, sous un des marronniers de la cour de récréation, avait dit à M. Borry :

— Je vous amène le petit. Vous savez, c'est un caillou ! N'hésitez pas à le corriger, ce n'est pas moi qui viendrai me plaindre !

M. Borry n'avait tenu aucun compte de ce commentaire à l'emporte-pièce et Julien lui en était reconnaissant pour le restant de ses jours.

Quant au poste de secrétaire de mairie, Julien doute de la sincérité du maire. Sous des airs bonasses de paysans candides, ces édiles ruraux dissimulent parfois une malice inouïe. Il n'est que de voir les tripatouillages dont Truffasse se rend coupable dans sa baronnie communale de Sauvagnas. Fausses factures, attributions frauduleuses de marchés gratifiées de substantiels pots-de-vin, travaux surfacturés sont monnaie courante et lui permettent de se constituer une caisse noire avec laquelle, à la veille des échéances électorales, il achète la conscience d'une majorité d'électeurs. Tous les administrés sont au courant, mais tous se taisent, les uns par prudence, les autres par connivence. Dans le cas présent, Julien n'accorde guère de crédit à la proposition du maire, qu'il assimile à une simple manœuvre de séduction.

Au deuxième jour de classe, l'organisation des activités pédagogiques se précise et les premières difficultés apparaissent. Ce ne sont pas les élèves qui posent problème, ce sont, d'une part, la juxtaposition de plusieurs niveaux dans une classe unique, et d'autre part, un emploi du temps très segmenté et contraignant. Aussi, ce samedi soir, Julien quitte-t-il le village l'esprit passablement préoccupé.

III

L'inspecteur et son alter ego

LORSQU'IL STOPPE SA 4 CV devant la porte de Laguillemie et que le chien de la ferme accourt avec sa fougue habituelle, il sent monter en lui ce bonheur que ressent tout être déraciné qui réintègre le foyer familial sur les lieux de son enfance.

— Nous t'attendons pour souper, lui annonce sa jeune sœur Solange apparue sur le seuil. Dépêche-toi !

Julien pénètre dans la maison. Autour de la grande table ovale de la cuisine, il aperçoit son père, Fernand, silencieux, éreinté par une dure journée de travail, le béret rivé sur son crâne au-dessus de ses yeux éteints et, en face de lui, le vieux Pingeaud, le nez et les joues sévèrement couperosés, comme si l'excès de vin ingurgité coulait dans les vaisseaux dilatés de sa peau.

Estérina se tient près de la cheminée, où les flammes furtives du feu de bois dansent autour de la marmite de bouillon en se reflétant dans les prunelles du chien venu se tapir près de l'âtre.

— Bonsoir tout le monde. Comment allez-vous ?

Chez les Delsol, il n'est pas de mise de *poutouner*. Les démonstrations ostentatoires d'amour sont bannies, comme si laisser paraître des sentiments relevait d'une immaturité affective ou d'une propension à l'exhibitionnisme.

— Nous, ça va, c'est la routine ! Mais c'est à toi qu'il faut le demander. Comment s'est passée cette rentrée ? demande Fernand.

— Bien ! Je vous raconterai tout ça en mangeant.

Tout au long du souper, Julien relate ses deux premières journées de classe.

— Les élèves ne sont pas trop dissipés ? demande inopinément Fernand entre deux goulées de chabrot.

— Non, ils sont très gentils. Ce qui me gêne le plus, c'est l'organisation de mes créneaux d'intervention. Avec tous ces niveaux, ce n'est pas évident. Demain après-midi, j'irai demander conseil à M. Borry, à Saint-Pierre-de-Gaubert.

— Tu sais qu'il ne fait plus classe, qu'il s'occupe maintenant de la FOL[1], précise Estérina.

— Je le sais, mais il a une longue expérience de la classe et il saura me conseiller. Je lui téléphonerai demain matin pour lui annoncer ma visite.

— *Bona nèit a tots*[2] *!* articule machinalement Pingeaud en se levant de table pour regagner sa chambre.

— *M'en vau dromir jo tanben*[3], annonce Fernand en imitant son domestique.

---

1. *Fédération des œuvres laïques.*

2. *Expression du patois gascon signifiant : « Bonne nuit à tous ! »*

3. *Expression du patois gascon signifiant : « Je m'en vais dormir moi aussi. »*

Restés seuls, Julien, sa sœur et sa mère s'installent près de la cheminée et, le regard posé sur les bûches embrasées, laissent leurs pensées vagabonder à l'instar des flammèches éphémères qui jaillissent des braises pour aller se perdre dans le manteau de la cheminée.

De temps en temps, l'amorce d'une conversation brise le silence.

Estérina parle des semailles à venir, des canards à gaver et des cochons à engraisser. Julien écoute, en proie à une profonde et muette admiration pour sa mère. Elle aurait pu devenir institutrice, elle aussi, si seulement son maître d'école avait essayé de convaincre la famille de la laisser continuer ses études. Venue de Lombardie à l'âge de quatre ans, Estérina avait décroché son Certificat d'études à onze ans avec la mention « Première du canton » et pouvait espérer entrer au collège. C'était sans compter avec les desseins de son père Artémio qui avait besoin de bras pour exploiter la propriété agricole récemment acquise. Son destin était désormais scellé : elle serait paysanne.

La pendule égrène placidement les douze coups de minuit ; un dernier bouquet d'escarbilles incandescentes jaillit du foyer.

— Et si on allait dormir, maintenant ? suggère Estérina.

Solange répartit quelques pelletées de cendres sur les braises assoupies et, après un simple « bonne nuit ! » jeté laconiquement à la cantonade, chacun se dirige vers sa chambre.

Julien est brusquement réveillé, dès l'aube, par un coq qui s'égosille à clamer sa joie de vivre sous sa fenêtre. Furieux, il saute du lit, pousse les volets et houspille ce satané volatile qui, loin de s'enfuir, se dresse fièrement sur ses ergots, bombe effrontément son poitrail et continue à s'époumoner de plus belle.

— Bonjour ! Tu es déjà réveillé ? demande ironiquement Solange qui, accompagnée d'Estérina, porte un plein seau de pommes de terre bouillies aux cochons.

— Un jour, je vais finir par la trucider, cette maudite bestiole ! peste Julien

— Tu n'es guère respectueux de notre emblème national ! plaisante sa mère. De plus, c'est notre précieux réveille-matin et il a droit à notre gratitude. Tu as déjà oublié qu'on se lève tôt à la campagne ? Papa est en train de tirer le lait depuis une bonne heure.

— C'est vrai, tu as raison maman. Il est l'heure de se lever pour moi aussi. Je vais déjeuner et je file à Sauvagnas pour téléphoner à M. Borry.

— Et surtout pour voir tes copains ! ajoute malicieusement Estérina.

En effet, une heure plus tard, après avoir rejoint le village, Julien entre dans l'épicerie tenue par la tante Marie.

— Tiens, voici l'instituteur ! comment vas-tu, Julien ?

— Très bien, tata ! Je suis venu téléphoner ; je peux y aller ?

— Bien sûr ! Tu sais où il est !

Tout le monde sait où se trouve la cabine téléphonique, la seule qui existe dans la commune.

Julien pousse la porte qui donne sur le café. Il va embrasser son oncle qui s'affaire derrière son comptoir puis, se frayant un passage entre les tables de joueurs de belote, parvient à la cabine téléphonique dans laquelle il s'introduit, en prenant bien soin de refermer la porte pour échapper à la rumeur parasite de la vaste salle.

Lorsqu'il ressort, il est interpellé par Émile :

— Qu'est-ce que tu fais là, Julien ? Tu viens jouer avec nous ?

— Je n'ai pas trop le temps ; je dois préparer mes cours. Vous allez bien tous les trois ?

— Allez, Julien ! Tu feras tes préparations cet après-midi ! Tu ne vas pas nous snober maintenant ? Tu as bien un petit moment pour nous ! insiste son cousin Christian.

— Ouais, il a raison. C'est pas parce qu'on est des *païsans*[1] mal *instructionnés* que tu dois nous mépriser, ajoute ce cancre de Jules.

— Qu'est-ce que tu es *colhon*[2], mon pauvre Jules ! Je ne vous méprise pas mais il faut que tu comprennes que j'ai la responsabilité d'une classe.

— Tu parles, trente heures par semaine ! C'est ce qu'on fait en deux jours à la campagne.

— Oui, Jules, j'ai la charge des élèves pendant trente heures par semaine mais j'ai aussi des heures de préparation de classe et de corrections, des réunions avec les parents, des démarches auprès de la municipalité. Tu sais, je ne dois pas être loin des heures de travail que tu passes dans ta ferme.

---

1. *Terme occitan signifiant « paysans ».*

2. *Terme occitan signifiant « couillon ».*

— C'est que tu te débrouilles mal. M. Borry trouvait bien le temps d'aller à la pêche et d'aller jouer à la belote avec le curé.

— Oui, mais M. Borry n'était pas un débutant. D'ailleurs, je vais le voir cet après-midi pour lui demander des conseils.

— Bon ! Si vous arrêtiez de perdre du temps à discutailler, on pourrait peut-être faire une partie de billard, fait remarquer fort opportunément Émile. Allez, tu commences, Julien.

En cours de jeu, Jules, décidément peu enclin à la circonspection, ne tarde pas à mettre les pieds dans le plat :

— T'as vu Jeanne, ce matin ?

— C'est pour me parler de Jeanne que tu m'invites à jouer ?

— Te fâche pas Julien ! Je disais ça histoire de dire quelque chose.

— Allez, Jules, ferme ta boîte à camembert et joue ! ordonne vertement Christian.

— Oh ! Je sais pourquoi tu ne veux pas que je parle de Jeanne, toi non plus.

— Alors, Jules ? Tu joues, oui ou non ? Tu nous fatigues à la fin ! s'emporte Émile.

Jules n'insiste pas mais Julien n'est pas dupe. Si Christian et Émile ont si promptement cloué le bec à Jules, c'est qu'ils ont intérêt à ce que certaines informations concernant Jeanne restent secrètes.

— Dis donc, Jules, pourquoi tu me demandes si j'ai vu Jeanne, ce matin ?

— Tout bonnement parce que moi je l'ai vue passer ; elle allait à la messe.

Sacré ballot ! Il n'a jamais été très futé mais, cette fois, le message subliminal des deux autres camarades de jeu a fait tilt et, inconsciemment, Jules a compris qu'il devait s'abstenir de dévoiler certaines choses. Lesquelles exactement ? C'est la question que Julien ne cesse de se poser pendant la demi-heure de jeu et, lorsqu'il quitte le village, il n'a toujours pas découvert la réponse.

Après le déjeuner, il prend congé de sa famille et, au volant de sa 4 CV, se dirige vers Saint-Pierre-de-Gaubert où il a rendez-vous avec son éminent mentor, M. Borry.

L'accueil qu'il reçoit est on ne peut plus chaleureux.

— Eh bonjour, notre cher collègue ! lui lance d'emblée son ancien maître d'école, sous le regard amusé de son épouse. Le poids des mots est bien faible par rapport à celui des sentiments.

Collègue de ces enseignants émérites, lui, le jeune instituteur stagiaire dont les états de service se résument à deux jours d'expérience professionnelle réelle ? Sur un pied d'égalité avec ces pédagogues chevronnés auprès desquels il vient quémander quelques précieux conseils ? Jeune collègue ou nouveau collègue, à la rigueur ? Même pas ! Il ne lui viendrait jamais à l'idée de se comparer à l'un ou à l'autre de ses anciens maîtres d'école. Le voudrait-il qu'il ne le pourrait pas tant il les a mythifiés depuis le jour où il a mis les pieds dans leurs classes.

Pendant les deux heures de conversation qui s'ensuivent, Julien ne peut s'affranchir de l'ascendant que ses interlocuteurs exercent involontairement sur lui. Ils ont beau lui sourire, plaisanter, tout faire pour le désinhiber, il reste prisonnier de cette relation hiérarchique instaurée depuis des décennies avec, certes, l'évolution de son statut d'élève vers celui de disciple.

Quand il va pour prendre congé du couple, M. Borry pose sa main pattue sur sa nuque et, dans un élan paternel, l'attire contre lui.

— Allez, mon grand ! Nous te souhaitons bon vent ! Et fais ce que je t'ai dit, tu ne le regretteras pas.

Dès son retour à Cours, Julien applique à la lettre le conseil de M. Borry.

De sa plus belle plume, il s'attelle à la rédaction d'une demande d'aide pédagogique qu'il va adresser, dès le lendemain, à un certain M. Boquet. « C'est un de mes amis, lui a confié M. Borry. C'est un ancien instituteur devenu conseiller pédagogique auprès de ton inspecteur primaire. Il est là pour aider les stagiaires comme toi et les titulaires débutants. »

Julien ignorait l'existence de ce nouveau rouage dans sa hiérarchie, mais cela ne le surprend guère. En raison de l'imprévoyance des pouvoirs publics, les écoles normales départementales ne sont plus adaptées pour former un nombre suffisant d'instituteurs susceptibles de répondre aux besoins engendrés par un accroissement du nombre d'élèves. Dans la précipitation, le ministère de l'Éducation nationale embauche à tout va et confie une majorité de classes d'élèves à des enseignants destinés à être formés sur le tas par les inspecteurs primaires auxquels on vient donc d'adjoindre, pour les seconder, des conseillers pédagogiques choisis parmi les instituteurs les plus expérimentés.

Le vendredi suivant, alors qu'il débute sereinement sa matinée de classe, Julien suit les regards de ses élèves qui, avec une remarquable synchronisation, décrochent du tableau magistral sur lequel ils se concentraient pour se porter, par-delà les fenêtres, sur un intrus qui vient de franchir le portail de l'école.

— Monsieur, c'est l'inspecteur ! murmure craintivement une élève.

— Non, Catherine, ce n'est pas l'inspecteur. Et même si c'était lui, tu n'aurais rien à craindre. Le jour où il viendra, ce ne sera pas pour inspecter les élèves mais pour contrôler mon travail.

— Les instituteurs avant vous nous disaient que si nous n'étions pas sages ou si nous ne répondions pas bien, l'inspecteur nous punirait sévèrement ! rapporte Bernard.

— Je vous répète que l'inspecteur viendra un jour pour évaluer mon travail. Bien sûr, il vous posera des questions pour vérifier que je vous ai bien fait travailler, mais en aucun cas il ne vous punira. J'espère seulement que, ce jour-là, vous serez encore plus sages et que vous vous appliquerez encore plus.

— Oh oui, monsieur ! répondent en chœur les enfants.

Cette connivence spontanée de ses élèves conforte Julien dans son parti pris de sincérité envers eux. Il s'est approprié le précepte d'Isocrate, ce rhéteur grec qui, quatre cents ans avant notre ère, recommandait : « Que votre autorité ne tire sa force, ni de la dureté du commandement, ni de la rigueur des châtiments, mais de la supériorité de votre sagesse. » L'application de ce conseil semble lui réussir.

Le visiteur impromptu qui traverse à présent la cour intrigue Julien. Costard sombre tiré à quatre épingles, mocassins en cuir de chevreau, lunettes en écaille de tortue abritées sous un borsalino foncé orné d'un galon de satin noir, serviette en maroquin beige pendue à la main, tout laisserait à penser que ce gandin est un émissaire de la haute administration. Un recteur d'académie ? Un inspecteur général de l'Éducation nationale ? Invraisemblable. Qu'auraient-ils à faire d'un petit instituteur débutant qui n'a défrayé la chronique par aucun acte suffisamment délictueux pour entacher l'image de son administration et lui valoir la visite inquiétante d'un haut fonctionnaire ?

Peut-être n'est-ce qu'un représentant de Hatier, Bordas, Nathan, ou autre maison d'édition de manuels scolaires ? Beaucoup de ces VRP qui sillonnent la France s'imaginent, à tort ou à raison, que s'ils se présentent sapés comme des milords, ils impressionneront davantage leurs interlocuteurs.

On frappe à la porte de la salle de classe. Les élèves retiennent leur souffle.

— Entrez ! lance Julien d'une voix assurée.

Le pseudo milord s'introduit dans la pièce, marche vers l'estrade, la main tendue vers l'avant.

— Bonjour, monsieur Delsol ! Je suis M. Boquet, l'*alter ego* de l'inspecteur primaire et je viens vous voir à la suite du courrier que vous m'avez adressé.

— Enchanté, monsieur Boquet.

Sans ambages, le conseiller pédagogique autopromu *alter ego* de l'inspecteur primaire s'installe au bureau magistral non sans avoir, au préalable, essuyé la chaise avec son mouchoir.

— Bon, mon cher ami, continuez votre leçon. Faites comme si je n'étais pas là.

Julien n'en revient pas. Il croyait naïvement recevoir dans sa classe un collègue chevronné venu l'épauler amicalement, le faire bénéficier de son expérience, le conseiller dans l'organisation concrète de son travail et – pourquoi pas ? – illustrer ses propos par l'action, en prenant momentanément en charge les élèves de la classe pour démontrer la pertinence de ses préconisations pédagogiques. Au lieu de cela, Julien subit la présence parasite de ce soi-disant pédagogue aux allures de croque-mort qui le regarde patauger dans ses difficultés.

Il a distribué des devoirs écrits aux grands afin de pouvoir se consacrer à l'apprentissage de la lecture avec les enfants du cours préparatoire, tandis que ceux de la section enfantine s'affairent avec un jeu de construction. Un quart d'heure. Puis, il conduit une leçon de calcul en CE1. Un quart d'heure. Et de quart d'heure en quart d'heure, il court ainsi du CP au Fin d'études en passant par le CE1-CE2 et le CM1-CM2, pour terminer avec la classe enfantine, durant seulement cinq minutes, car il en a laissé dix en route, au cours de cette succession d'étapes contre la montre qui précèdent le quart d'heure de repos.

Il est 10 h 45. Pendant une heure et quart, il s'est efforcé de donner le meilleur de lui-même, mais il a pleinement conscience de ne pas avoir été aussi efficient qu'il souhaitait l'être. Sans doute en raison d'un manque d'expérience que le conseiller pédagogique va peut-être l'aider à combler par de judicieux conseils pratiques. Pendant que Julien se démenait comme un beau diable avec ses élèves, l'*alter ego* a, en effet, griffonné plusieurs pages.

— Monsieur Boquet, c'est l'heure de la récréation. Je vais sortir dans la cour avec mes élèves car je dois les surveiller. Je vous invite à nous suivre. Ainsi nous pourrons discuter de ma prestation de ce matin.

— Mon cher ami, je n'ai pas grand-chose à vous dire en dehors du fait que ce que vous faites n'est pas très fameux. J'ai d'ailleurs noté tout ce qui n'allait pas dans mon rapport que je vous enverrai dès que ma secrétaire l'aura dactylographié. J'espère que vous en tiendrez compte et que vous vous serez amélioré lorsque je repasserai vous voir dans deux ou trois mois. Sur ce, je vous quitte en vous souhaitant bon courage car il va vous en falloir pour vous remettre en question et combler les lacunes que j'ai identifiées et que vous lirez à réception de mon compte rendu.

— Monsieur Boquet, pourriez-vous me laisser lire votre brouillon afin que je puisse prendre en compte vos remarques immédiatement ?

— Mon jeune ami, j'ai un autre enseignant en difficulté à voir avant midi. Vous comprendrez que je ne peux pas m'attarder davantage ici. Au revoir, monsieur Delsol.

— Je comprends, monsieur le conseiller pédagogique. Au revoir. Merci d'être venu et, si vous voyez M. Borry, dites-lui à quel point je lui suis reconnaissant de m'avoir conseillé de solliciter votre aide.

Pour toute réponse, l'*alter ego* hoche la tête avec une telle condescendance que Julien en déduit que son visiteur du matin n'a pas été sensible à l'ironie de la dernière phrase qu'il lui a adressée.

Julien dispose des quinze minutes de récréation pour relativiser l'avanie qu'il vient d'essuyer. Oui, il est un « enseignant en difficulté ». Oui, ce qu'il fait « n'est pas très fameux ». Oui, il va falloir se « remettre en question et combler les lacunes ». Oui, il va devoir faire preuve de « courage ». Après deux semaines de classe, le bilan est calamiteux.

Encore heureux que les élèves n'aient pas entendu les propos de ce pédagogue de haut vol que l'administration a jugé trop émérite pour continuer à enseigner dans une classe. Que penseraient-ils de leur jeune maître inexpérimenté ?

Sans attendre la réception du rapport que doit lui envoyer M. Boquet, Julien est bien décidé à trouver le moyen de résoudre les difficultés qui le préoccupent. À la fin de la journée de classe, il se rend au village voisin de Laugnac afin de rencontrer Lucien Gaby, ancien instituteur chargé de classe unique devenu directeur d'école à plusieurs classes.

— Bonjour, Lucien. Je viens me présenter. Je suis Julien Delsol, ton collègue de Cours. Je ne te dérange pas trop ?

— Pas du tout, pas du tout ! Je suis content de faire ta connaissance. J'ai déjà entendu parler de toi. Les parents de Cours sont ravis d'avoir un instituteur à l'année.

— Justement, je voulais t'en parler. Ils se sont démenés pour mettre fin au défilé de remplaçants et, maintenant que je suis là, ils attendent beaucoup de moi.

— C'est normal. Mets-toi à leur place. Leurs gosses ont dû prendre du retard et ils comptent sur toi pour les mettre à niveau.

— Je les comprends mais, tu sais, je débute et je ne suis donc pas au top.

— Je te donne un tuyau, Julien. Écris à l'inspecteur pour qu'il t'envoie son conseiller pédagogique.

Julien sourit amèrement.

— Si, si, Julien, je t'assure ! C'est ce que tu as de mieux à faire !

— C'est ce que tu as fait, toi, quand tu as débuté en classe unique ?

— Ça n'existait pas à l'époque. J'ai dû me débrouiller tout seul. Au début, j'ai galéré ; puis, au bout d'un mois, ça a commencé à aller mieux et, après un trimestre, je n'avais plus de problèmes. Avec l'aide d'un conseiller pédagogique, j'aurais été complètement performant en quinze jours.

— Ça dépend.

— Ça dépend de quoi ?

— Du conseiller pédagogique.

— Qu'est-ce que tu veux dire ?

— Celui que j'ai reçu aujourd'hui ne m'a rien apporté, au contraire. Il m'a fait vivre une journée à marquer d'une pierre noire, si tu vois ce que je veux dire.

Julien relate alors, dans le détail, la mésaventure qu'il vient de vivre le matin même.

— Écoute, Julien. Moi, j'ai passé huit ans dans une classe unique. Je peux te prêter des documents que j'ai conservés dans mes malles :

des préparations, des modèles d'organisation, des méthodes pédagogiques adaptées à la situation, et cætera. Et si tu veux des explications orales ou des conseils spécifiques, tu peux venir quand tu veux.

— Merci, Lucien. J'accepte tout ce que tu me proposes et j'essaierai de ne pas abuser de ta gentillesse qui m'apporte un précieux réconfort après ma déconvenue de ce matin.

Julien regagne Cours et, dans la foulée, épluche les archives remises par Lucien. Dès le lendemain, il met en pratique les enseignements qu'il a tirés de la lecture de cette abondante documentation et, en fin de semaine, après avoir glané, à deux reprises, d'utiles conseils auprès de son collègue, il maîtrise suffisamment la conduite de sa classe pour envisager l'avenir avec optimisme et recouvrer sa confiance, un instant ébranlée par la funeste visite de M. Boquet.

Début octobre, le facteur remet à Julien le rapport de l'*alter ego* de l'inspecteur. Un tissu de critiques caustiques sans l'ombre d'un conseil ou d'une simple suggestion. Le soir même, Julien se fend d'une lettre bien léchée dans laquelle il demande au conseiller pédagogique d'annuler toute nouvelle visite car, écrit-il narquoisement, « à la lecture des préconisations particulièrement pertinentes que vous développez dans votre rapport après les avoir préalablement explicitées oralement lors de votre visite constructive du mois dernier, je m'imprègne avec enthousiasme des solutions que vous mettez à ma disposition pour m'extraire de ma médiocrité professionnelle et me dispenser ainsi de toute nouvelle visite de votre part »...

Les vacances de Noël approchent. Sorti de l'école normale d'Agen avec son CFEN[1] en poche, Julien doit passer les épreuves pratiques du Certificat d'aptitude pédagogique avant la fin de l'année. Depuis deux mois, il a sérieusement amélioré l'efficacité de son action pédagogique, et c'est avec sérénité qu'il attend le jury qui doit venir statuer sur son sort. Pas d'excès de confiance, cependant. Il n'oublie pas que cela lui a joué de mauvais tours.

À l'oral du bac sciences expérimentales, il s'était présenté devant le jury de physique avec une assurance confinant à l'aplomb.

— Sur quoi préférez-vous être interrogé, l'optique, le magnétisme, l'électricité ? lui avait courtoisement demandé l'un des examinateurs.

— Ce que vous voudrez monsieur ! avait-il répondu en toute bonne foi, sûr de maîtriser tous les domaines du programme de physique.

— Parfait ! Vous voulez bien nous parler de la pile Volta.

Satanée pile ! Il avait été foudroyé par cette question ciblée sur une ou deux pages du cours, les seules qu'il avait négligé d'apprendre, sans doute parce qu'elles lui avaient semblé négligeables au regard de l'importance revêtue par le contenu des autres trois cents pages.

---

1. Certificat de fin d'études normales, examen passé par les élèves des écoles normales primaires à l'issue de leurs quatre années d'études. L'obtention de ce diplôme conférait le statut de stagiaire et dispensait des épreuves théoriques (écrites et orales) du certificat d'aptitude pédagogique (CAP).

L'impact des détails sous-estimés est imprévisible. Ainsi, hier soir, après avoir libéré ses élèves, Julien avait préparé la séquence de lecture destinée aux trois enfants du cours préparatoire qui devaient aborder l'apprentissage des graphies « in » et « on », ce matin, dès 9 heures. Il s'était appliqué à dessiner sur le tableau un superbe dindon noir aux caroncules rouge sang et, sous le volatile, il avait écrit « un dindon », le « in » et le « on » tracés à la craie écarlate afin de contraster avec les autres lettres de couleur blanche.

Aucun doute : les jeunes élèves ne pourraient que reconnaître le somptueux gallinacé représenté sur le tableau.

Aujourd'hui, 9 heures. Entrée en salle de classe. Transmission des consignes de travail aux grands. Retour vers les petits.

— Voyons, les enfants ! Qui peut me dire ce qu'il voit sur le tableau ?

Trois bras se tendent vers le plafond tandis qu'un sourire malicieux éclaire les trois petites frimousses espiègles.

— Allez ! Je vous écoute !

Avec un ensemble émouvant de certitude, les trois élèves crient :

— Un *piot* !

Les enfants des autres niveaux s'esclaffent et leur hilarité surprend les petits qui ont soudain l'intuition de s'être ridiculisés. Ils tournent leurs petites bouilles désemparées vers le maître, visiblement en quête de protection.

— C'est très bien, mes enfants ! C'est un *piot*, comme on dit chez nous en patois. Mais maintenant, vous allez me dire le nom de cet oiseau en langue française.

Les paroles de Julien produisent instantanément un double effet sur les enfants : la dissipation de l'inquiétude des petits et l'extinction subite des éclats de rire des grands.

Une fillette lève la main en claquant des doigts pour manifester son impatience de donner la bonne réponse.

— Je t'écoute, Lydie.

— C'est un dindon, monsieur !

— C'est très bien, Lydie !

C'est très bien, en effet, car le déroulement de la séquence peut reprendre normalement, c'est-à-dire selon le schéma préalablement établi par le maître.

Vers la mi-décembre, un lundi matin, alors que Julien referme le cahier d'appel, Renaud donne l'alerte.

— Monsieur ! Y a des gens qui entrent dans la cour !

Julien tourne la tête vers l'extérieur de la salle de classe.

Depuis la rentrée scolaire de septembre, seuls le curé, le facteur et le conseiller pédagogique se sont autorisés à franchir le portail de l'école. Et voici maintenant un petit commando qui fait irruption sans crier gare. Une pensée fulgurante surgit dans l'esprit de Julien : c'est le jury chargé de lui faire passer les épreuves pratiques du CAP qui débarque dans l'école. Dès qu'il ouvre la porte de la classe, son intuition se confirme.

— Bonjour monsieur Delsol. Je suis M. Bernis, votre inspecteur, et voici Mme Florian, conseillère pédagogique, et M. Débras, directeur d'école. Nous venons vous faire passer le CAP.

— Bonjour messieurs-dame. Entrez, je vous en prie.

Tous les élèves se sont levés et demeurent silencieux, à la grande satisfaction de leur maître.

— Asseyez-vous ! ordonne l'inspecteur, favorablement impressionné par le comportement des enfants.

Spontanément, René et Bernard vont chercher trois chaises dans la pièce voisine et les déposent sur l'estrade, près de celle du maître.

— Non, pas là, les enfants. Placez-les vers le fond de la classe, précise l'inspecteur. Monsieur Delsol, que nous proposez-vous ce matin ?

Julien communique son programme à son supérieur qui semble s'en satisfaire, et le trio de visiteurs s'installe derrière les élèves, à proximité du poêle.

Une heure quinze plus tard, l'inspecteur range ses documents dans sa serviette et traverse la salle.

— Monsieur Delsol, nous allons vous laisser continuer seul. Nous vous dispensons des séquences d'éducation physique et de chant car vos professeurs d'école normale nous ont garanti que vous possédiez les compétences requises dans ces domaines spécifiques. Vous recevrez confirmation de votre succès au CAP dans une dizaine de jours, avec une note globale de douze sur vingt.

Ni la conseillère pédagogique ni le directeur d'école n'ont prononcé de commentaires.

Quand il voit les visiteurs du matin rejoindre leur voiture sur le parking de l'église, Julien émerge lentement d'un état second où l'avait plongé la surprise. Tout s'est passé comme dans un rêve. Il savait pourtant qu'il devait subir ces épreuves un jour ou l'autre, que les jurés allaient rappliquer sans avertir, mais il n'allait pas rester sur le qui-vive vingt-quatre heures sur vingt-quatre et sept jours sur sept pendant plusieurs semaines ! Il s'en était donc remis à la fatalité et son anxiété s'était progressivement assoupie pour se réveiller brutalement ce matin, sous forme d'un trac inhibiteur d'une telle intensité qu'il ne devait qu'à ses réflexes et ses automatismes d'avoir assuré une prestation convenable.

Aux moments de mal-être succèdent heureusement des périodes d'euphorie… et l'on ne prend réellement conscience des uns qu'en contrepoint des autres. C'est ainsi que Julien, après cette matinée de tension psychologique exacerbée, termine le premier trimestre avec une fougue communicative dont les élèves tirent le meilleur profit.

IV

« Mon Dieu, gardez-moi de mes amis, quant à mes ennemis, je m'en charge ! »

Les parents de Julien accueillent la nouvelle de son succès au CAP d'instituteur avec satisfaction, mais sans manifestation ostensible de joie.

C'est ainsi depuis toujours. Concours d'entrée en sixième, certif', BEPC, concours d'entrée à l'école normale d'instituteurs d'Agen, bac, CFEN et maintenant CAP d'instituteur, toutes ces épreuves que Julien a surmontées pour accéder au statut d'instituteur n'ont jamais fait bondir de joie ses parents, pour qui tout cela n'est que le fruit légitime du travail. En réalité, c'est normal. Et Julien doit en convenir.

Ses parents ne sont pas démonstratifs, mais ils lui ont donné une multitude de preuves d'amour. Ils ont accepté son départ de la ferme alors qu'ils avaient besoin de lui pour accomplir les travaux agricoles, ils ont contracté momentanément des dettes pour payer sa pension en ville, ils se sont privés du nécessaire pour qu'il puisse bénéficier du superflu : une belle moto dès ses seize ans, une 4 CV dès ses dix-huit ans ! Et lorsqu'il lui arrive de se dégager un tant soit peu de cette gangue d'égoïsme inconscient qui colle à la peau d'une majorité d'adolescents, il ne peut que vénérer ce père et cette mère qui ignorent le mot abnégation tout en l'incarnant divinement.

Alors, que pèsent les manifestations d'amour expansives, l'expression exubérante des sentiments quels qu'ils soient, l'étalage impudique des émois intimes, face à la discrétion et à la pudeur des comportements qui préservent du galvaudage les émotions les plus pures et les plus intenses ?

— Je suis content pour toi, a simplement dit Fernand.

— C'est bien. Te voilà tiré d'affaire, a ajouté sa mère.

— Un jour, tu seras peut-être nommé directeur à Sauvagnas, suppute sa sœur Solange.

— Il ne te reste plus qu'à faire ton régiment, lance le poilu Pingeaud.

— Vous voulez rire ? Faire mon régiment ? Vous n'y êtes plus Élie ! Si je devais partir maintenant, ce serait comme EOR[1] à Cherchell pendant six mois puis dans une unité combattante dans le djebel pendant vingt-deux mois. Vous appelez ça faire le régiment ?

— La guerre d'Algérie sera peut-être terminée quand tu seras appelé, avance le vieux domestique.

— Je l'espère parce qu'aujourd'hui ce n'est pas *giron* ! Les soldats du contingent sont pris entre deux feux : celui des *fellouzes* et celui des terroristes de l'OAS[2] !

---

1. *Élève-officier de réserve.*

2. *Organisation Armée Secrète.*

— Tout cela devrait s'arranger. On raconte que de Gaulle a envoyé des commandos de barbouzes en Algérie pour détruire l'OAS et qu'il couvre les pourparlers engagés entre le prisonnier Ben Bella et l'émissaire du GPRA[1], Ahmed Bouteflika, en prévision de la prochaine indépendance de l'Algérie, rapporte Estérina.

— On verra bien, conclut Julien, fataliste. Pour le moment, je vais profiter de ces vacances pour me reposer et faire quelques préparations pour la rentrée de janvier. Demain matin, j'irai faire un tour au village et ensuite, si vous avez besoin d'un coup de main, je serai disponible.

Le tintement cristallin de la cloche de l'église annonçant l'imminence de la messe dominicale parvient aux oreilles de Julien dès qu'il arrête le moteur de sa 4 CV sur la place du village. Les ouailles de la paroisse, essentiellement les épouses des mécréants qui préfèrent avaler le pastis de l'oncle David que l'hostie du curé irlandais, disparaissent sous l'imposante nef gothique.

Julien pénètre dans le café et, après avoir salué son oncle et les paysans endimanchés, assidûment engagés dans leurs parties de belote hebdomadaires, il s'approche du billard où Jules et Émile ont entamé une partie de *bouchon*[2].

---

1. *Gouvernement Provisoire de la République Algérienne.*

2. *Forme de jeu de billard que les puristes nomment « Poule au bouchon » et qui se pratique avec deux billes (rouge et blanche), deux petites quilles et une autre, plus grande, appelée bouchon.*

— Bonjour mes amis. Vous êtes seuls aujourd'hui ?

— Salut ! On attendait justement *lo regent* pour jouer l'apéro.

— Arrête, Jules, avec ton *regent* !

— Bonjour Julien. Fais pas attention à ce qu'il dit, tu le connais ; il ne dit pas ça méchamment. Faut dire qu'il a été marqué par son instituteur.

— En effet, il a fait piquer de belles colères à M. Borry ! Pas vrai, Jules ? Tu as épuisé tout l'arsenal de châtiments dont il disposait, *del viramarion al caucic al cuol*[1]. Mais le résultat est là ! Tu es devenu un très brillant joueur de billard !

— C'est ça, fous-toi de moi ! Mais, si je me rappelle bien, toi aussi t'as pris quelques coups de pied au cul de sa part !

— C'est vrai, Jules. Et, *a posteriori*, je lui en suis reconnaissant car il nous a ainsi maintenus sur le droit chemin.

— Bon ! On la fait cette partie ? intervient Émile.

— Christian ne vient pas aujourd'hui ? demande Julien.

— Non, répond Jules. Il est à la messe.

— Mon cousin à la messe ? C'est une plaisanterie !

— Non Julien. Jules dit vrai. Christian est allé à la messe.

— Qu'est-ce qu'il fout à l'église ? Saint Salvy[2] lui est apparu un jour qu'il gardait ses vaches ?

— Non, c'est pas ça, c'est…

---

1. *En occitan : « De la gifle au coup de pied au cul. »*

2. *Saint dont les reliques sont conservées à Sauvagnas, dans l'église éponyme.*

— Écoute Jules ! Julien est assez grand pour se renseigner lui-même auprès de Christian. On est là pour jouer, pas pour cancaner. Allez ! Joue en premier !

Jules s'exécute sans dire un mot de plus mais l'intervention abrupte d'Émile a mis la puce à l'oreille de Julien, qui a la désagréable impression qu'on lui cache quelque chose au sujet de son cousin.

Une heure plus tard, après avoir quitté ses deux partenaires de jeu, il monte dans sa 4 CV et attend la sortie de la messe qui survient au bout de quelques minutes. Les femmes s'attardent sur le parvis de l'église tandis que les hommes se dirigent allègrement vers le café. Sauf cinq ou six jouvenceaux qui préfèrent la proximité de la gent féminine à celle de leurs homologues masculins. Parmi cette demi-douzaine de damoiseaux, Julien aperçoit Christian et Maurice, qui parlent avec Jeanne. Son sang ne fait qu'un tour.

Maurice encore, passe ! Ça fait des années et des années qu'il bave de convoitise devant la jeune fille comme Quasimodo devant Esmeralda, sans aucune chance. Jeanne l'a déjà éconduit à plusieurs reprises, bravant la volonté de ses parents et de ceux de Maurice, qui voyaient dans cette possible alliance de raison entre deux enfants uniques de propriétaires terriens l'occasion de réunir les deux fermes contiguës, de superficies moyennes, pour constituer le plus important domaine agricole de la commune.

Maurice et Jeanne auraient fait figure d'hobereaux, lui pouvant prétendre déboulonner Truffasse de son socle de premier magistrat de la commune, elle endossant le rôle de dame patronnesse de la paroisse. « Il pleut toujours où c'est mouillé », assure un vieux proverbe breton. Inique mais réel. L'argent attire l'argent et, bien pis, il draine le pouvoir. Ce cumul de fortune et de puissance fait que les gens riches sont à la fois honnis et honorés par ceux qui ne le sont pas autant qu'eux. Honnis silencieusement parce qu'ils possèdent ce que tout un chacun, moins fortuné qu'eux, leur envie ; honorés ostensiblement parce qu'ils sont trop puissants pour être supplantés et qu'il est plus confortable d'être courtisan que frondeur.

Jeanne n'est pas de nature à troquer ses aspirations affectives contre une union utilitaire, aussi pourvoyeuse d'opulence soit-elle, et ce pauvre Maurice devra s'en accommoder.

Reste le cas de Christian. Comme Julien, c'est un indécrottable agnostique. Tous deux ont servi la messe, au temps du curé hollandais, mais un jour, après leur communion solennelle, ils en ont eu assez des sermons et des litanies, des homélies et des capucinades, des génuflexions, des cantiques, de l'encensoir et des burettes. Sans nier catégoriquement l'existence de Dieu, ils ont pris leurs distances par rapport à l'Église catholique romaine et ne fréquentent guère le lieu de culte du village qu'à l'occasion des messes de Pâques et de Noël, ou lors des baptêmes, mariages, funérailles… Par respect de la tradition et non par convictions religieuses.

Qu'est-ce qui a donc pu attirer Christian dans les travées de la nef ? L'évidence que son subconscient refusait d'admettre s'impose soudain à l'esprit de

Julien : son cousin est amoureux de Jeanne. Au point de renier apparemment son irréligion pour complaire à la jeune fille. Jeanne vaut bien une messe, après tout ! En fait, elle vaut bien plus que cela et ce pauvre Christian n'est qu'un acteur involontaire de cette comédie humaine si fertile en illusions perdues. C'est du moins ce que se force à penser Julien car, de retour parmi les siens, à Laguillemie, il a beau afficher une joyeuse insouciance, il n'abuse point Estérina qui, l'air faussement désinvolte, demande :

— Ça s'est bien passé, cette matinée au village ?

— Très bien.

— Tu as rencontré tes copains ?

— Oui. J'ai fait une partie de billard avec Jules et Émile.

— Y avait pas Christian ?

— Pourquoi tu me demandes ça, maman ?

— Pour rien. Comme ça. J'ai parlé avec sa mère, la semaine dernière. Il lui tarde que Christian lui ramène une belle-fille pour la soulager un peu de tout ce travail qu'elle a à faire à la propriété.

— Et elle a une idée du type de belle-fille qui lui conviendrait ?

— De préférence, une fille unique de la campagne, de Sauvagnas ou d'une commune voisine, capable de seconder efficacement Christian dans les travaux agricoles et, surtout, de le décharger de toutes ces tracasseries administratives de plus en plus nombreuses qui accablent maintenant les paysans.

— Hum ! Ça sent bon le poulet rôti ! On va bientôt manger ? lance Julien, bien décidé à changer de sujet de conversation.

— Oui, dans un petit quart d'heure, quand ta sœur aura fini de raser papa, précise sa mère. Tu peux déjà avertir Élie.

Julien gravit le raidillon qui longe le mur ouest de la grande bâtisse et frappe furtivement à la porte vitrée avant d'entrer dans cette pièce rustique de deux mètres sur trois, pompeusement baptisée depuis des lustres « chambre du domestique ». En réalité, il ne s'agit que d'une pauvre turne, sommairement équipée d'une armoire-penderie sans portes et d'un lit d'une place constitué d'un sommier métallique sur pieds surmonté d'une paillasse bourrée de spathes de maïs. Le vieux poilu est actuellement étendu de tout son long sur son pageot, les yeux rivés sur les solives du plafond.

— Bonjour, Élie. C'est l'heure de déjeuner.

— J'arrive, petiot. Alors ? Ça y est ? Tu es un vrai instituteur maintenant ?

— Oui, Élie. Ça y est.

— *Ara, te cal trobar una femnota*[1].

— Ça ne presse pas, Élie. J'ai encore le service militaire à faire.

— Petiot, le temps passe vite. Ne rate pas le coche sinon tu pourrais le regretter. Je ne dis pas ça pour t'embêter, tu sais. C'est seulement que je t'aime bien.

---

1. *En occitan : « Maintenant, il te faut te trouver une petite femme. »*

— Je sais, Élie, je sais. Allez ! Venez à table maintenant.

Sacré Élie, va ! Aucune instruction. Aucune culture. Brisé par l'atrocité des quatre années de la Grande Guerre. Et, malgré cela, toujours habité d'un indéniable bon sens et d'une humanité à toute épreuve. S'il donne ce conseil à Julien, ce n'est pas par hasard.

En 1914, quelques jours avant de partir pour le front, prétextant que ce n'était pas raisonnable de convoler en justes noces au moment où il allait risquer sa vie pour sauver la patrie, il avait différé son mariage avec Jacotte, une brunette du coin. Quatre ans plus tard, arraché à l'enfer des tranchées par l'armistice du 11 novembre 1918, il était revenu dans son village, le cœur débordant d'espoir et la tête pleine de projets. Hélas, sa promise, lassée d'attendre, s'était fait la valise avec un beau Transalpin de passage et personne n'entendit plus parler d'eux. Personne sauf Julien, pendant les veillées d'hiver au coin du feu, quand le vieux Pingeaud, entre deux vins, se laissait aller à ressasser ses malheurs de jeunesse.

Dès le lendemain, Julien s'attelle à ses préparations. Entendez par là l'élaboration de fiches pédagogiques présentant, pour chaque matière abordée en classe et pour chaque niveau d'élèves, le fond et la forme de la séquence en fonction des objectifs fixés par les instructions officielles de l'Éducation nationale.

De temps à autre, pour se détendre, il parcourt les pages du *Petit Bleu*, la feuille de chou locale à laquelle ses parents sont abonnés. Plus particulièrement, il essaie de s'informer sur l'évolution de la situation en Algérie, sujet qui le préoccupe au premier chef car son sursis d'incorporation prendra fin dans quelques mois. Aussi guette-t-il le moindre indice susceptible d'augurer une fin prochaine de ce conflit. Et, paradoxalement, c'est l'homme providentiel des inconditionnels de l'Algérie française, le général de Gaulle, qui, en mai 1958, délaissant l'écriture de ses *Mémoires de guerre* dans sa vaste demeure de La Boisserie, à Colombey-les-Deux-Églises, pour venir pallier l'impuissance d'une IVe République à l'agonie, va le rasséréner par le biais du chef du gouvernement.

En effet, le Premier ministre, Michel Debré, inquiet des dérives du Mouvement pour la coopération – autrement dit le commando de barbouzes discrètement dépêché en Algérie par le général de Gaulle pour décimer l'OAS par tous les moyens, y compris les moins élégants – vient de demander au délégué général Jean Morin de mettre fin aux basses besognes de ces agents plus ou moins secrets. C'est bon signe : les derniers terroristes de l'OAS sont en déroute et se terrent désormais dans une clandestinité précaire.

Cela fait trois ans que Julien scrute les déclarations officielles relatives aux évènements d'Algérie, autant de discours révélateurs du changement de stratégie du Général. Il se souvient de ce vibrant « Je vous ai compris ! » lancé à la foule réunie sur le forum d'Alger en ce 4 juin 1958. Le surlendemain, à Mostaganem, le Général enfonçait le clou en s'écriant : « Vive l'Algérie française ! » Mais un an et demi plus tard, le 16 septembre 1959, il évoque pour la première fois, à la télévision, le « droit des Algériens à l'autodétermination » puis, l'an dernier « une Algérie algérienne liée à la France » et une « République algérienne »… pour finalement asséner, le 11 avril 1961, à tous ceux qui l'avaient porté au pouvoir pour conserver l'Algérie française, la perspective d'« un État souverain » algérien. Dix jours plus tard survenait le putsch des généraux qui ne fit pas long feu. Sous l'autorité du général de Gaulle, dont l'objectif est le « délestage du boulet algérien », selon ses propres dires, le gouvernement français s'achemine donc, à la grande satisfaction de Julien, vers un règlement rapide du conflit franco-algérien.

— Allez ! Nous allons souper ! À table ! claironne Solange.

— Taillez-vous le pain dans vos assiettes pendant que le bouillon chauffe, conseille Estérina après avoir copieusement garni d'épaisses tranches de miche l'assiette creuse de Fernand.

Dans l'âtre, sous l'œil alangui du chien de ferme étalé de tout son long devant la cheminée, s'élèvent de longues langues de feu qui viennent lécher le ventre rebondi de la marmite suspendue à la crémaillère ; à intervalles rapprochés, de petites bouffées de vapeur soulèvent insensiblement le couvercle et se mêlent à la fumée qui monte vers le toit.

— Solange, tu veux bien mettre la marmite sur la table ? demande Estérina.

La jeune sœur de Julien s'exécute et, dès que la maîtresse de maison a servi son mari, chacun des autres convives humecte abondamment le pain qui garnit son assiette. Le souper débute dans un concert de succions dont les meilleurs solistes sont Fernand et Pingeaud. Il y a belle lurette qu'Estérina et ses enfants ont renoncé à stigmatiser la rustrerie de ces horribles borborygmes qui perdurent jusqu'à l'ingurgitation de la dernière goutte du chabrot et qui expriment l'identité paysanne, au dire de Fernand tout au moins.

— Dis, Julien, tu vas à la messe de minuit, ce soir ? s'enquiert Solange.

— Oui, je ne l'ai jamais manquée bien que je ne sois pas pratiquant. J'y vais pour marquer Noël.

— Tu peux m'y conduire ?

— Bien sûr. Si quelqu'un d'autre veut venir, il y a de la place dans la voiture.

Estérina décline discrètement l'offre de son fils. Fernand également, en citant cependant, par pure provocation, les paroles de Karl Marx, « La religion est l'opium du peuple », avant d'ajouter :

— Vous avez belle mine ! Jésus n'est même pas né à la date que vous croyez !

— Qu'est-ce que tu en sais, toi, qui ne mets jamais les pieds à l'église ! s'insurge Solange.

— Je ne l'ai pas inventé, c'est un prêtre qui a dit à la radio que c'est un moine, Denys le Petit, qui s'était trompé en datant le début de l'ère chrétienne.

— Tout le monde peut se tromper, y compris un moine, intervient Julien qui est au courant de cette erreur de datation. Ce n'est pas si grave que ça. Noël n'en demeure pas moins une belle fête.

C'est donc en compagnie de sa sœur que, trois heures plus tard, Julien roule vers Sauvagnas. Il est tout juste minuit lorsqu'il gare sa 4 CV sur la place du village, en face du parvis de l'église. La première chose qu'il distingue en s'approchant des fidèles rassemblés devant le grand portail de l'édifice religieux, c'est la présence de Jeanne flanquée de ses deux soupirants assidus, Christian et Maurice. Sans l'ombre d'une hésitation, il se dirige vers le trio, mais avant qu'il ne le rejoigne, trois tintements aigus annoncent le début imminent de l'office et les paroissiens s'engouffrent dans la nef centrale. Jeanne disparaît dans les travées de droite, à proximité de la statue représentant Jeanne d'Arc brandissant martialement une oriflamme flamboyante tandis que ses deux prétendants, que leur rivalité condamne à rester ensemble pour mieux se surveiller l'un l'autre, se placent à sa hauteur, dans le bas-côté gauche réservé aux hommes.

Comme d'habitude, Julien se glisse au dernier rang.

Adolescent, il affectionnait cette place au fond de l'église où, en compagnie de ses copains de classe, dont faisaient partie son cousin et Maurice, il pouvait chahuter sans s'attirer les foudres de l'officiant. C'était l'époque mémorable de ce brave curé hollandais qui ne maîtrisait que très approximativement la langue française, ce qui le conduisait à émailler ses sermons de perles dont la cocasserie provoquait l'hilarité des jeunes gens, au grand dam de quelques punaises de sacristie qui tournaient ostensiblement leurs têtes inquisitoriales vers ces mécréants irrévérencieux.

Aujourd'hui, s'il a choisi de rester à côté de l'imposant bénitier en marbre situé près de la sortie, ce n'est pas pour se moquer impunément du prêtre irlandais – car celui-ci, avec un inévitable accent anglo-saxon, manie un français très académique –, mais pour avoir l'œil sur les deux lascars qui s'autorisent à venir draguer dans son pré carré.

Pendant l'office, Julien ne constate rien d'anormal. Ce n'est qu'à la fin de la messe qu'il remarque le petit manège des deux intrigants qu'il surveille. Mine de rien, ils rejoignent l'allée centrale au moment précis où Jeanne quitte sa travée et tous trois se dirigent vers la sortie en devisant familièrement. Julien les rejoint lorsqu'ils atteignent le parvis et, sans détour, dépose un baiser surprise sur les lèvres de Jeanne.

— Bonsoir, mon ange. Tu vas bien ?

— Bonsoir, Julien. Ça va, ça va. Tu es en vacances ?

— Oui, encore pour une semaine. Je viens de passer mon CAP. Une bonne chose de faite. Maintenant, il me reste encore à me libérer de mon service militaire et puis l'avenir nous appartiendra. Et tes études avec le CNTE[1], Jeanne, ça marche comme tu veux ?

— Oui, j'espère bien avoir mon bac d'ici deux ans et entrer en formation professionnelle à l'École normale.

— Si je peux t'aider, n'hésite pas à me le dire. Pendant le week-end, je suis disponible.

— Merci, Julien. Pour l'instant, ça va. Restons-en à notre accord. On avisera à ton retour de l'armée.

— Tu sais que je risque de revenir plus tôt que prévu. Le bruit court que des émissaires du général

1. *Centre National de Télé-Enseignement (enseignement par correspondance).*

de Gaulle et du FLN négocient secrètement un accord de cessez-le-feu.

Julien se retourne légèrement et feint de découvrir la présence de son cousin et de Maurice.

— Tiens ! Vous voilà tous les deux ! Je me demandais si vous étiez venus.

— Tu sais bien qu'on vient à chaque messe de Noël ! réplique Christian.

— Même qu'on se *poilait* bien du temps du curé hollandais ! ajoute Maurice. Aujourd'hui, avec l'Irlandais, c'est pas marrant !

— Alors, mon petit Maurice, si le curé te barbe, peux-tu m'expliquer les raisons de ta présence ici ?

— Je suis venu accompagner ton cousin, c'est tout.

— C'est signe que vous vous entendez bien tous les deux.

— Pourquoi tu dis ça, Julien ? On s'entend bien avec toi aussi.

— D'accord, mais vous deux, vous êtes devenus inséparables.

— C'est parce qu'on a des intérêts communs puisqu'on est tous les deux paysans et qu'on va même s'associer pour acquérir du matériel agricole, des semences, des engrais, enfin tout ce qui nous est nécessaire pour rentabiliser au maximum nos terres, précise Christian. Si tu étais resté avec nous à la campagne, on t'aurait proposé de te joindre à nous.

— Vous êtes vraiment trop aimables, fait observer sardoniquement Julien. Et donc, je présume que si vous collez aux basques de Jeanne c'est parce que vous avez incorporé sa famille dans votre embryon de coopérative. Autrement dit, là aussi, vous êtes liés par des intérêts communs strictement agricoles. Je me trompe ?

— Oui, répond Maurice. Les parents de Jeanne ne sont pas partie prenante de notre projet.

— Ah ! Bon ! Alors, qu'est-ce qui explique que vous vous acharniez à suivre Jeanne jusque dans cette église ?

— On n'est pas venus pour suivre Jeanne, objecte Christian. On est venus assister à la messe. Et toi, Julien ? Tu as bien assisté à la messe toi aussi.

— Figure-toi que ce n'est pas à la messe que je suis venu assister mais à votre petit manège de soupirants opportunistes. Car ce n'est pas de Jeanne que vous êtes épris mais des hectares que compte la propriété dont elle héritera et des services que vous attendez d'elle en matière de gestion administrative et de comptabilité. Que lui donnerez-vous en retour ? Serez-vous capables de la considérer autrement que comme une bonne affaire, une secrétaire à moindre coût et, en plus, une paire de bras bienvenue pour les travaux de la ferme, une bonniche affectée au ménage, à la cuisine, une éleveuse de volailles et de lapins ? Ne croyez-vous pas qu'elle peut espérer mieux que ça ?

Inconsciemment, Julien a haussé le ton. Quelques paroissiennes, pieusement chapeautées de leurs coiffes de circonstance, ont jeté des regards intrigués vers les trois jeunes hutins qui troublent l'ordre public sur le seuil de l'église. Afin d'éviter que l'incident ne prenne des proportions regrettables, Jeanne sort de son silence :

— Arrêtez donc de vous disputer comme des gamins tous les trois ! Je ne suis la propriété de personne et je garde l'entière liberté de choisir celui avec lequel je souhaite partager ma vie. Tenez-vous-le pour dit, bande de machos !

Les trois jeunes hommes marquent quelques secondes de perplexité, le temps de s'imprégner de la signification de la tirade envoyée par Jeanne. Christian est le premier à réagir :

— Jeanne a raison. Ça ne sert à rien que tu nous agresses puisque c'est elle qui a les atouts en main.

— C'est vrai, renchérit Maurice, c'est elle qui décide, pas nous.

— D'accord, concède Julien. On s'en remet à elle mais vous arrêtez de la harceler.

— C'est bien comme ça, cousin. On repart comme avant et on va sceller notre réconciliation avec un petit apéro.

Les trois gaillards se dirigent vers le bistrot pour procéder à la consécration profane de cette triple entente fallacieuse qui n'a de réalité que le nom, car personne n'a renoncé à ses prétentions égoïstes.

Maurice continue de penser qu'il garde ses chances, avec le soutien de ses parents et de ceux de la jeune fille, de circonvenir celle-ci, pour peu qu'il ne renonce pas à la poursuivre de ses assiduités en faisant valoir un argument de poids : la constitution d'un vaste domaine agricole par le regroupement des deux fermes.

Christian raisonne identiquement en ce qui concerne les terres. Sa propriété agricole n'a rien à envier à celle de Maurice. Les deux prétendants, lutteraient-ils donc à armes égales ? Christian est persuadé, toute immodestie mise entre parenthèses, qu'il a deux avantages décisifs sur son rival : son sex-appeal et son intelligence.

Quant à Julien, que son assurance rend magnanime, il considère, avec condescendance, que Maurice et Christian se méprennent totalement sur les desseins de Jeanne. Il se doute bien que tous deux essaieront encore de lui disputer les faveurs de la jeune fille mais il n'en a cure tant il est sûr que leurs manœuvres sont vouées à l'échec.

V

Le voleur de bicyclette

À LA FIN DES VACANCES de Noël, Julien retrouve ses élèves. Aucun ne manque à l'appel et tous, sans exception, ont beaucoup de choses à raconter à leur maître qui les écoute patiemment, corrigeant discrètement un énoncé incorrect de phrase par ci, une forme verbale erronée par là, tout en modérant la prolixité des plus bavards et en encourageant les plus discrets à s'exprimer.

Après ce moment de dialogue improvisé, Julien, soucieux de remettre sérieusement ses élèves au travail, impose de nouveau un rythme soutenu qui ne laisse guère de place ni aux digressions stériles ni aux divagations oniriques. Les contenus de chaque séquence sont solidement cadenassés, les stratégies pédagogiques verrouillées, les objectifs bien ciblés : c'est exactement l'application des enseignements du professeur de psychopédagogie de l'École normale qui ne jurait que par Alain, philosophe décédé depuis une dizaine d'années.

— Souvenez-vous toujours des propos d'Alain sur la façon de présenter les devoirs à vos élèves, serinait-il d'une année sur l'autre : « Présenter toujours les exercices scolaires comme des exercices de volonté. Faciles si on veut, impossibles si on ne veut pas. À l'excuse : “je ne sais pas”, il faut pouvoir répondre : “vous ne voulez pas”. »

— Alors que faire pour que tous les élèves veuillent ? demandaient invariablement les élèves-maîtres.

Et le docte professeur de s'en tirer par une pirouette :

— Exactement ce que nous faisons, nous, vos professeurs, pour que vous ayez la volonté de travailler !

— Nous voilà bien avancés ! avait pesté Chady, l'éternel contestataire du groupe de normaliens.

— Il suffit que tu les motives, avait conclu Narric, le numéro 1 de la classe.

— Et comment tu fais ?

— Comme tu peux, mon vieux, avait conclu le major de la promo.

Dans la classe de Julien, tous les élèves semblent intéressés par le travail qui leur est imposé. Le silence règne, les attitudes reflètent une attention soutenue, les yeux pétillent d'intérêt, tous les enfants semblent adhérer pleinement aux activités en cours. En particulier le petit-fils du maire scolarisé en classe enfantine, le jeune Blaise, qui boit les paroles du maître avec une telle avidité et une telle permanence que celui-ci est soudainement pris d'un doute.

Afin d'en avoir le cœur net, Julien, pendant une séquence de vocabulaire, s'adresse à Lucienne, une élève de la section enfantine assise près de Blaise :

— Voyons, Lucienne. Connais-tu le nom de cet animal représenté au centre de cette gravure ?

— C'est un gros lézard qui se baigne dans la rivière, monsieur.

— Oui, Lucienne. Cet animal ressemble à un gros lézard de plusieurs mètres de long. Il est très dangereux et porte un nom particulier : c'est un crocodile.

Blaise, légèrement affaissé sur son banc, semble écouter avec une authentique ferveur ; ses yeux brillent de curiosité et un petit sourire de connivence éclaire son visage poupin.

— C'est un crocodile, répète Julien avant d'ajouter :

— Comment se nomme cet animal, Blaise ?

Toujours souriant et apparemment attentif, l'enfant ne réagit pas. Abritées derrière un faux-semblant de convenance, les pensées de Blaise ont délaissé la classe, le maître, la gravure et son reptile pour s'évader vers un univers personnel où l'imagination musarde, affranchie de toute contrainte scolaire.

En douceur, Julien s'emploie à faire redescendre le jeune rêveur sur terre, et plus précisément dans la classe, parmi ses copains d'école.

— Bienvenue chez nous, Blaise. Tu m'entends ?

— Oui Monsieur, répond l'enfant en redressant son corps.

— Alors, Blaise ? Quel est le nom de ce gros lézard ?

— Ah ! Monsieur ! J'ai oublié, mais si vous me le dites je m'en rappellerai !

Sacré petit bonhomme, plus futé que ne l'imagine son grand-père ! Et si attachant !

Julien se garde bien de le sermonner. Pour l'être humain, il est tellement essentiel d'entrer, de temps à autre, dans cet univers merveilleux que Victor Hugo nomme « le palais des rêves ».

C'est à la fois pour réunir informellement les parents d'élèves et pour les faire s'évader, eux aussi, de la réalité de leur dure condition de paysans, ne serait-ce que l'espace de quelques heures, que Julien a décidé d'organiser une soirée cinéma dans la salle de la cantine. Jeudi après-midi, il a rapporté, dans le coffre de sa 4 CV, le gros projecteur 16 mm et un film gracieusement prêtés par la FOL de Lot-et-Garonne.

Manque de chance, vers 20 heures, un douloureux mal de tête doublé d'une violente poussée de fièvre le contraint à appeler le médecin de Prayssas depuis la cabine téléphonique installée dans l'épicerie.

— Monsieur l'instituteur, vous pouvez vous installer dans ma chambre pour attendre le docteur, propose gentiment l'épicière.

— Maintenant que nous nous connaissons mieux, madame, appelez-moi simplement Julien.

— D'accord, Julien. Et vous, vous pouvez m'appeler Justine.

— Pas de problème. Ceci dit, je ne voudrais pas vous déranger.

— Mais vous ne me dérangez pas du tout, Julien. Mon mari, accompagné de notre fille, est allé fêter l'anniversaire de son frère dans le Gers et il ne rentrera pas avant demain. Vous pouvez donc occuper la chambre pour la nuit si vous le souhaitez. Allez, suivez-moi et allongez-vous Julien. Voici une couverture pour que vous ne preniez pas froid. Je vous laisse. Je vous avertirai quand le docteur arrivera.

Terrassé par une soudaine fatigue, Julien avait suivi Justine.

À présent, recroquevillé sous l'épaisse couverture, il parvient enfin à maîtriser les tremblements convulsifs qui agitent son corps enfiévré et, les paupières closes, sombre insensiblement dans une douce somnolence.

Une main veloutée effleure son front ; un doigt glisse sur l'arête de son nez, chute sur ses lèvres brûlantes qu'il palpe délicatement. Il n'ose bouger de crainte d'interrompre la volupté de cette caresse subreptice. Puis il entrouvre les paupières et distingue, dans la pénombre, le visage souriant de Justine.

— Ça va un peu mieux, Julien ? lui demande-t-elle en retirant furtivement sa main. Le docteur sera là dans quelques secondes. Il gare sa voiture devant l'église. Je vais le rejoindre et le conduire ici.

— Merci, Justine. Vous êtes trop gentille.

La jeune femme s'éloigne. Au moment de sortir de la pièce, elle se retourne, le regard trouble, et lance audacieusement avant de disparaître :

— Je peux l'être encore plus, vous verrez !

Quand Justine réapparaît, elle est accompagnée d'un colosse d'ébène, véritable sosie de Louis Armstrong, dont le visage avenant se fend sur une superbe denture d'une blancheur étincelante.

— Voici le docteur Calixte Mayoulika qui va vous remettre sur pied, Julien, annonce Justine.

— Bonjour mon ami ? Alors, que vous arrive-t-il ?

Julien s'efforce de traduire en paroles les douleurs qu'il endure ainsi que les sensations anormales qu'il ressent et, pendant que le mercure monte dans le thermomètre fiché dans son fondement, il adjure le toubib de faire tout ce qui est en son pouvoir pour le rendre opérationnel dès samedi, pour la séance de cinéma.

— D'accord mon brave, déclare le toubib après avoir ausculté Julien et vérifié sa température. Voici donc ma prescription : dès ce soir, votre femme va d'abord vous poser les ventouses dans le dos puis elle vous administrera un lavement. Vers 22 heures, elle vous appliquera un sinapisme et vous ferez une inhalation. Enfin elle vous fera une piqûre intramusculaire. À cet effet, madame, je vais vous indiquer où vous devrez piquer dans la fesse de votre mari. Vous, monsieur, baissez votre pantalon et votre slip. Approchez-vous madame.

Pris de vitesse par les évènements, Julien et Justine s'exécutent sans mot dire. Le médecin sort un stylo-bille de sa sacoche et, consciencieusement, trace un petit cercle sur la fesse droite du malade.

— Vous voyez, madame, c'est au centre de ce rond que vous devrez enfoncer l'aiguille.

Puis, avant de rétracter sa pointe Bic, il rédige une ordonnance qu'il remet à Justine.

— Vous pouvez aller chercher tout ça à la pharmacie de Prayssas dès ce soir. Il vous suffira d'utiliser la sonnette de nuit. L'apothicaire loge au-dessus de son officine. Votre mari devrait se requinquer rapidement sinon rappelez-moi. Allez ! Au revoir, monsieur, et laissez-vous dorloter par votre charmante épouse.

Pour toute réponse, Julien esquisse un sourire en direction du docteur qui, accompagné de Justine, regagne la cuisine.

L'épicière ne tarde pas à revenir au chevet de Julien. Le plus naturellement du monde, elle pose sa main sur le front du malade.

— Vous avez de la fièvre, Julien. Je vais vous soigner comme si j'étais votre femme puisque le docteur a cru que vous étiez mon mari.

Pressentant confusément un danger potentiel dans ce jeu de rôle que suggère l'accorte épicière à la réputation sulfureuse, Julien préfère remettre immédiatement les pendules à l'heure.

— Disons plutôt que vous êtes mon infirmière d'un soir et je vous en suis très reconnaissant.

— Vous êtes bien tous pareils, les hommes ! Les infirmières ! Les infirmières ! Ah ! Elles vous font fantasmer les infirmières ! Vous les imaginez nues sous leurs blouses blanches et ça vous provoque des poussées de testostérone ! Ne me dites pas non, Julien. Je connais bien les hommes, vous savez ! Bon ! Avant de vous enfiler la canule à lavement là où je pense, je vais demander à ma copine Mathilde d'aller chez le pharmacien.

Sitôt dit, sitôt fait, et voici Justine qui revient, place une grande casserole d'eau sur son réchaud à gaz et, pendant que le liquide chauffe, prépare tout l'attirail nécessaire pour l'application des ventouses. Du coin de l'œil, Julien observe la jeune femme que la *vox populi* qualifie de croqueuse d'hommes. Il doit reconnaître qu'elle possède du sex-appeal. Mais il sait qu'il ne doit en aucun cas se laisser circonvenir par cette prédatrice sous peine de perdre toute respectabilité dans la commune et toute crédibilité dans sa classe.

— Allez ! Asseyez-vous dans le lit et mettez-vous torse nu ! ordonne Justine.

Julien obtempère placidement. Sur la table de nuit, l'épicière a disposé une demi-douzaine de pots à yaourt consignés, un flacon d'alcool, du coton et des allumettes. Avec une assurance et une dextérité dignes de la plus professionnelle des infirmières, elle enflamme un bout de coton imbibé d'alcool et le jette dans un premier pot de verre qu'elle colle dans le dos de son patient avant même que la flamme ne soit éteinte. Appréhendant une éventuelle brûlure, Julien se cabre légèrement. Sans raison. La seule sensation qu'il perçoit, c'est une aspiration exercée par la ventouse, une succion vive qui lui donne l'impression qu'une portion de sa peau se décolle de son corps.

— Détendez-vous, Julien. Vous voyez que ce n'est pas la mer à boire, susurre Justine en appliquant une deuxième ventouse.

En cinq sec, l'affaire est pliée. Les six ventouses solidement cramponnées à son dos comme des berniques à leur rocher, Julien n'ose plus bouger. Assis en tailleur dans le lit, les mains posées sur ses genoux, il s'attire une boutade ironique de sa pseudo-infirmière.

— Bravo, Julien ! Vous êtes un très bon yogi. Vous maîtrisez parfaitement la posture du lotus. Méditez encore pendant dix minutes puis nous passerons au lavement. En parlant de posture du lotus, vous savez qu'elle est une des positions répertoriées dans le Kamasoutra ?

— Vous m'en direz tant, Justine ! Vous semblez plus férue de culture indienne que je ne le suis. Mais ce pour quoi je dois surtout vous féliciter aujourd'hui, c'est pour votre savoir-faire en matière de soins médicaux. Une infirmière diplômée n'aurait pas mieux posé les ventouses que vous.

— Merci, Julien. Je ne souhaite que vous soulager et, si vous le vouliez, je pourrais faire bien plus pour vous, insinue effrontément l'épicière avant de regagner sa cuisine en ondulant lascivement des hanches.

Elle revient déposer près du malade tout l'attirail nécessaire pour un clystère classique et, après avoir retiré les ventouses, va chercher la bassine d'eau tiède.

— Bon ! Maintenant, mettez-vous à plat ventre et baissez votre futal !

— Écoutez, Justine, je ne suis pas malade au point de ne pouvoir bouger. Occupez-vous de préparer le bock et moi je m'occupe du reste.

Julien se saisit du clysoir, se glisse sous le drap, baisse son pantalon et introduit la canule entre ses fesses.

— Voilà ! je suis prêt. Vous pouvez brancher le tuyau et ouvrir le robinet.

Bien que légèrement contrariée d'avoir perdu la direction des opérations, la luronne s'exécute. Les premières sensations ressenties par Julien se révèlent agréables. Une tiédeur diffuse dans son bas-ventre mais, au fur et à mesure que le bock se vide, provoquant la dilatation du colon sous l'effet d'une surpression graduelle du liquide introduit, des douleurs intestinales apparaissent au point de le faire grimacer.

— Vous semblez bien douillet, Julien ! assène Justine.

— Je voudrais bien vous y voir ! Vous croyez que c'est agréable tout ce liquide qui progresse à contre-courant dans les boyaux ?

— Allez ! Taisez-vous donc et retenez pendant vingt minutes. Ensuite vous pourrez aller sulfater la cuvette des vécés qui se trouvent au fond du couloir.

Julien retire précautionneusement la canule de son anus et, les genoux relevés sous le drap, se concentre sur la contraction de son sphincter. Au bout de quinze minutes, n'y tenant plus, il se précipite vers les vatères pour expulser ces deux litres d'eau devenus incoercibles.

Au retour, il tombe sur Mathilde qui revient de la pharmacie.

— Bonjour, Julien. Voici ce que le docteur martiniquais vous a prescrit.

— Merci beaucoup, Mathilde. Posez tout cela sur la table de la cuisine. Justine va revenir dans quelques minutes. Elle est allée chercher son lait à la ferme des Berthier.

— Alors j'en profite pour vous mettre en garde, Julien. Justine, c'est ma copine mais elle est incorrigible : c'est une séductrice impénitente. Je l'adore car elle a un cœur gros comme ça – après tout, son appétit sexuel, c'est son problème et tant pis pour ses proies –, mais là, avec vous, c'est différent. Vous êtes l'instituteur de nos enfants et nous tenons à vous. Faut pas qu'elle vous compromette, vous comprenez ?

— Bien sûr que je vous comprends. Cependant, je vous rassure : vous n'avez pas à vous inquiéter. Je suis majeur et vacciné et je ne me laisserai pas vamper par Justine. En tout cas, merci pour l'attention bienveillante que vous me témoignez.

— Oh ! ce n'est pas que je doute de vous, mais Justine sait se montrer tellement persuasive quand elle veut attirer un homme dans son lit que bien peu de mâles lui résistent. Tiens ! Je vais vous raconter le coup qu'elle m'a fait pendant les dernières vacances de Noël. Son mari était parti faire sa tournée d'épicier avec son fourgon. Il avait emmené leur fille Germaine avec lui. Sur ces entrefaites, un fringant représentant en vins débarque dans la boutique de Justine. Il n'en fallait pas plus pour booster la libido de ma copine. Les voilà qui débarquent tous les deux chez moi avec champagne et petits boudoirs. Ma fille Catherine étant en vacances chez son père, dans le Var, où celui-ci habite depuis notre divorce, j'étais donc seule. Culottée comme pas une, la Justine me demande : « Tu peux nous prêter ta chambre pour un petit moment ? » « T'en as pas une de chambre chez toi ? » que je lui réponds. « Si, mais ici on sera plus tranquilles, tu comprends ? Si jamais Édouard rentre avec la petite plus tôt que prévu… » qu'elle me dit avant d'ajouter, en tendant la main vers son VRP, apparemment multicarte puisqu'en sus de ses vins et spiritueux qu'il fourgue aux épiciers, il se charge également de combler le désir de certaines de leurs épouses insatisfaites : « Je te présente François, mon amant. Comment le trouves-tu ? Si tu veux, tu peux te joindre à nous, tu sais, je ne suis pas jalouse. » Vous vous rendez compte, Julien ?

— Ça, c'est une vraie copine ! Elle est prête à tout partager avec vous.

— Mais pour qui qu'elle me prend ? Du coup, je lui ai dit : « Tu sais où est la chambre ? Fais gaffe à pas tacher mes draps, c'est tout ce que je te demande. Je m'en vais à l'église prier pour toi et je reviens dans une heure. » Et c'est ce que j'ai fait. Quand je suis rentrée chez moi, tout le monde avait disparu. Si je vous dis tout ça, ce n'est pas pour débiner Justine, c'est seulement pour vous mettre en garde. Si les gens d'ici découvrent que vous avez passé la nuit dans sa chambre, vous êtes cuit.

— Écoutez, Mathilde, vous commencez à me faire peur. Voulez-vous me rendre service ?

— Si je peux, bien sûr !

– Vous allez me faire la piqûre et m'appliquer le *rigollot*. Puis, vous me raccompagnerez à l'école avant que Justine ne réapparaisse. Vous lui expliquerez que j'avais quelques cahiers à corriger avant de revenir en classe demain matin et vous n'oublierez pas de la remercier de ma part pour tout le dérangement que je lui ai causé.

— D'accord, Julien. Nous allons faire comme ça. Vous pouvez me faire confiance.

Blotti dans son sac de couchage entre les quatre murs de sa chambre, Julien recouvre lentement ses forces. Sa température diminue, laissant progressivement le champ libre à sa lucidité momentanément ébranlée. Heureusement que Mathilde était là pour le tirer de ce mauvais pas où, le discernement affaibli par l'accès de fièvre, il s'était laissé entraîner !

Il est maintenant rassuré : en fin de semaine, il sera fin prêt pour assurer la projection du film

Le voleur de bicyclette réalisé en 1948 par Vittorio de Sica.

Par ce froid samedi de janvier, il procède aux derniers réglages avant la séance qui débutera à 20h30. Mathilde s'est proposée pour faire des crêpes qui seront vendues pendant l'entracte au profit de la coopérative scolaire gérée par les élèves sous la tutelle du maître et, pour ne pas être en reste par rapport à sa copine, Justine a fourni le drap de lit blanc qui fera office d'écran et qu'elle est en train de fixer, en ce moment, sur le mur de la salle. Perchée sur une échelle double, elle s'étire vainement pour accrocher le coin supérieur droit à un clou du mur.

— Monsieur l'instituteur, vous voulez bien me tenir l'échelle s'il vous plaît ? minaude l'épicière dont la jupe remontée au-dessus des genoux dévoile deux jambes affriolantes au galbe souligné par la couture du bas nylon qui grimpe en direction de l'intimité émoustillante de ce corps voluptueux.

Julien marque une hésitation de quelques secondes, le temps d'analyser objectivement la situation avant de se décider sur la conduite à tenir. Les paroles de Mathilde résonnent dans sa tête comme autant d'alarmes préventives : « Justine, séductrice impénitente... persuasive... appétit sexuel... proies... peu de mâles lui résistent... » Ah ! Sil n'était qu'un citoyen lambda et non le maître d'école du village, ce serait différent ! Il pourrait devenir une proie consentante, jeter aux orties la moralité, la probité et la respectabilité. Il pourrait prendre, en cette occasion, ses distances avec la bienséance et la bien-pensance, se vautrer avec délice dans la luxure et la souillure, se conduire en pur hédoniste... Mais Mathilde l'a prévenu : « Avec vous, c'est différent ; vous êtes l'instituteur de nos enfants. » Sous-entendu : « Vous n'avez pas droit à l'erreur : vous incarnez le savoir, certes, mais également l'éthique. »

— Descendez de cette échelle, Justine ! Si vous chutez, vous allez vous rompre le cou ! Je demanderai aux hommes les premiers arrivés d'accrocher le drap.

— Il vous suffit seulement d'assurer la stabilité de l'échelle, Julien. Vous voyez bien que je suis tout près d'y arriver.

Et Justine de se contorsionner un peu plus, en porte-à-faux au sommet de son perchoir.

Et sa jupe de remonter encore un peu, laissant entrevoir la chair laiteuse de ses cuisses félines. Se donnant bonne conscience en s'abritant derrière l'ordonnance du 25 juin 1945 qui introduit le délit de non-assistance à personne en danger dans l'arsenal juridique français, Julien se décide à laisser en plan les réglages du projecteur pour aller prêter main-forte à Justine. Coïncidence salutaire, voici qu'arrive Mathilde pour préparer sa pâte à crêpes.

Dès qu'elle aperçoit sa copine en équilibre instable sur son échelle, la cantinière se précipite vers elle.

— Tu n'y penses pas, Justine ! Tu peux pas attendre qu'on t'aide !

— J'ai déjà demandé à Julien de m'aider mais il est occupé.

— Allez ! Je te tiens l'échelle. Accroche ton drap et descends de là !

Justine s'étire encore un peu plus et finit par atteindre le clou auquel elle accroche son drap avant de regagner le plancher des vaches.

— Voilà ! Maintenant je reviens à l'épicerie. À tout à l'heure. Et soyez sages tous les deux !

— Elle ne manque pas d'air, celle-là ! s'exclame Mathilde dès que son amie a franchi la porte. En tous cas, je vous félicite, Julien !

— Et pourquoi donc ?

— Ne faites pas l'innocent, monsieur l'instituteur ! Vous n'allez pas me faire croire que vous n'avez pas remarqué le numéro de charme de Justine !

— À vrai dire, non. J'étais focalisé sur les réglages de mon projecteur.

Mathilde sourit malicieusement, les yeux plissés.

— Et bien sûr, vous n'avez pas jeté un seul regard vers les jambes fuselées de Justine ?

— J'ai surtout vu que, perchée sur son échelle instable, elle se penchait dangereusement.

— Et vous n'avez pas vu son porte-jarretelles ? Ni son slip ?

— Écoutez, Mathilde. À quoi jouez-vous ? Je vous dis que je n'ai rien vu ! Point barre.

— C'est vrai que vous ne pouviez voir son slip : elle n'en portait pas ! Bon, n'en parlons plus et passons aux choses sérieuses.

Pendant que son ange gardien s'affaire à mélanger sa farine, ses œufs, son lait et *tutti quanti*, Julien effectue les dernières mises au point de l'appareil de projection.

— J'ai terminé, Mathilde. Je vous laisse à votre travail. Je reviendrai un quart d'heure avant le début de la projection.

Arrivé à l'angle de la cantine, Julien croise l'épicier, un brave homme corpulent qui, pour se consoler d'être cocufié, a tendance à abuser du vin que lui fournit l'un des amants de sa femme.

— Bonsoir, Édouard ! Vous allez bien ?

— Très bien, monsieur l'instituteur.

— Appelez-moi donc Julien, comme tout le monde.

— Si vous y tenez, allons-y pour Julien. Donc, Julien, je vous invite à venir prendre l'apéro chez moi.

— C'est gentil de votre part mais je n'ai pas trop le temps…

— Non, non, j'y tiens. Et Justine aussi. Vous savez, Julien ? Elle vous trouve très sympa. Elle vous aime bien. Depuis deux jours, il ne se passe pas une heure sans qu'elle me parle de vous.

— Je l'apprécie moi aussi. C'est une maman attentionnée qui a le souci de donner une bonne éducation à votre fille. Comme tous les parents, bien sûr.

— Trêve de bla-bla-bla ! Allez ! Suivez-moi !

Julien ne relève pas le propos désobligeant mais ne cède pas.

— Vous êtes vraiment trop aimable, Édouard, mais, croyez-moi, je n'ai pas le temps. Une autre fois, en une autre occasion où je serai moins pressé, je vous promets de venir boire l'apéritif chez vous.

— D'accord, Julien, mais c'est Justine qui va être déçue. Elle vous aime bien, vous savez. Et moi aussi.

Vous n'êtes pas comme tous ces jeunes mâles en rut qui viennent tourner autour de ma femme comme autour d'une chienne en chaleur ! Alors, ce n'est que partie remise, promis ?

— Promis, Édouard. À tout à l'heure, car j'espère bien que vous viendrez voir le film avec Justine.

Julien, attristé par la souffrance de cet homme ouvertement trahi par son épouse, s'éloigne, pensif et désillusionné sur la nature humaine. N'en déplaise à Rousseau, il doute que l'homme soit un être naturellement bon, mais il partage en partie l'opinion du philosophe sur l'influence que la société exerce sur l'individu. Emprise bénéfique ou néfaste, c'est selon.

Dans sa classe, lui, l'instituteur laïc, se réclame d'un humanisme qui exalte les qualités morales et intellectuelles de l'être humain. Sans autre ambition que de faciliter une émancipation harmonieuse de ses élèves afin que demain, devenus adultes, ils contribuent à l'avènement d'une société plus juste, plus solidaire, plus fraternelle. « Tiens ! se dit-il, ce soir, je pourrais profiter du film pour aborder ce thème. »

Lorsqu'il retourne à la cantine, vers 20 heures, de nombreuses familles ont déjà investi les lieux. Après avoir salué le maire et son adjoint, Julien remercie les personnes présentes de l'intérêt qu'elles manifestent pour cette première projection de film. Édouard et Justine sont là, avec leur fille Germaine, ainsi que Mathilde qui se prête à merveille au rôle d'assistante-projectionniste.

— Vous êtes prêt, Julien ?

— Je suis prêt, Mathilde. Vous pouvez donner le signal.

La cantinière éteint les lumières et les rallume à deux reprises avant de plonger durablement la salle dans le noir. Les conversations cessent, les spectateurs se figent dans l'obscurité et Julien enclenche le démarrage de la première bobine.

Sur le rectangle blanc de l'écran défilent à rebours, silencieusement, les dix premiers chiffres de notre système décimal puis éclate le générique annonçant martialement les actualités françaises du 4 janvier… 1961. Délicieux oxymore que ces actualités inactuelles ! Qu'importe ! Remonter intellectuellement le temps jusqu'à des évènements précis et avérés ne nous permet-il pas de vérifier le chemin parcouru de manière plus objective que lorsque nous cheminons effectivement, jour après jour, conquérant progressivement un futur tout aussi imprévisible qu'infini pour construire notre passé, structuré et circonscrit ? Force est de constater qu'entre deux dates précises, le temps vécu ne coïncide pas avec le temps remémoré.

Et voici qu'apparaît la stature bedonnante du général de Gaulle. Notre Président de la Ve République reçoit, de la bouche du nonce apostolique, les vœux du corps diplomatique et déclare : « Pour l'Algérie, nous voulons que 1961 soit l'année de la paix rétablie afin que les populations puissent décider librement de leurs destins et pour que naisse l'Algérie algérienne… Françaises, Français, je vous le demande : donnez au projet qui vous est soumis une approbation immense. » Et l'orateur de menacer de se retirer de la vie politique si le référendum prévu le 8 janvier 1961 n'emporte pas l'adhésion massive des votants.

Julien se souvient de cette journée où, désireux de voir se terminer le conflit franco-algérien avant d'être appelé sous les drapeaux, il avait approuvé, sans l'ombre d'une hésitation, le projet de loi « concernant l'autodétermination des populations algériennes et l'organisation des pouvoirs publics en Algérie avant l'autodétermination ». 75 % des suffrages exprimés furent favorables à la proposition du chef de l'État, qui engagea aussitôt des négociations secrètes avec le Gouvernement provisoire de la République algérienne (GPRA) afin de mettre fin à cette guerre qui se soldait par 250 000 à 400 000 Algériens tués (1 500 000 selon l'État algérien), 30 000 morts parmi les militaires français, 30 000 à 90 000 parmi les harkis et 4 000 à 6 000 parmi les civils européens – sans compter les 65 000 blessés des deux camps ennemis.

Vient ensuite un reportage sur l'un des plus anciens collèges de Paris, le collège Sainte-barbe, fondé en 1460, qui accueillit dans ses murs Ignace de Loyola, le plus jeune des frères Montgolfier, Gustave Eiffel et, plus près de nous, Charles Péguy, Jean Jaurès, bon élève aux bulletins scolaires élogieux, ou encore Paul Deschanel, cancre sans espoir que sa lettre de renvoi n'empêcha pas de devenir président de la République !

Sans transition, nous voici plongés dans la semaine de réjouissances qui vient de se dérouler à Bangui, où le peuple centrafricain a fêté, dans une liesse générale, la proclamation d'indépendance du

13 août 1960 qui a substitué la République centrafricaine à l'ancienne colonie française d'Oubangui-Chari. Puis nous effectuons un détour vers la Belgique, dont l'économie est totalement bloquée par une grève générale, avant de terminer notre voyage en images à Reggane, à 400 km au sud d'Oran, au cœur du Sahara que le général de Gaulle compte bien conserver dans le giron de la France. Et pour cause : en 1957, les autorités de notre pays ont décidé que les essais nucléaires français se dérouleraient à Reggane… et les actualités cinématographiques du 4 janvier 1961 nous apprennent que la troisième expérience nucléaire vient d'avoir lieu. Il s'agit de l'explosion aérienne d'une bombe A qui doit permettre d'effectuer un nouveau pas vers la miniaturisation, prélude nécessaire à la mise au point de la bombe H. Du matériel militaire, des mannequins et des cages contenant des animaux cobayes (lapins, tortues, cochons d'Inde et rats) ont été disposés dans la zone de contamination radioactive. Juste après l'explosion, on voit atterrir plusieurs hélicoptères desquels descendent des équipages porteurs de compteurs Geiger, bientôt rejoints par des équipes d'observation chargées de collecter des informations sur le degré d'irradiation de la zone de tir. L'insouciance (l'inconscience ?) de ces militaires qui, sur ce site ultra-contaminé, vont et viennent à visage découvert, le reste du corps protégé par une combinaison qui paraît bien légère, donne froid dans le dos. Lorsque la bobine effectue sa dernière rotation et que l'écran retrouve sa blancheur immaculée, un silence pesant s'installe dans la salle. Mathilde allume la lumière et

l'irruption soudaine de la clarté tire les spectateurs des sombres pensées qui les assaillent.

— Venez tous goûter mes bonnes crêpes pendant l'entracte ! lance la cantinière afin de dérider complètement l'assistance. Vous avez le choix entre les crêpes au sucre ou à la confiture. C'est Justine qui a fourni la farine, le sucre et la fleur d'oranger.

— C'est moi qui ai porté les œufs ! annonce inopinément Blaise, le petit-fils du maire.

— Et moi le lait ! poursuit fièrement Joël, le fils de l'adjoint.

— Et moi les confitures de prunes et d'abricots ! ajoute Bernard.

— Et moi le vin blanc ! rajoute Renaud.

— Merci à vous tous pour votre générosité que nous allons continuer à solliciter, intervient Julien. Le fruit de la vente des crêpes et des boissons sera reversé dans la caisse de la coopérative scolaire afin que nous puissions doter l'école d'un fonds de livres constituant un embryon de bibliothèque et d'un duplicateur à alcool qui nous permettra, d'une part, de travailler plus vite et plus efficacement en classe, et d'autre part de confectionner un journal scolaire mensuel.

— Et que faites-vous, monsieur l'instituteur, des subventions de la mairie ? glisse perfidement le père de Renaud, irréductible militant communiste siégeant dans la minorité d'opposition au conseil municipal.

Le premier magistrat de la commune, M. Desgranges, monte aussitôt au créneau :

— Hippolyte, si tu veux bien te débarrasser de tes œillères qui t'empêchent de voir qu'il existe autre chose que l'URSS, tu conviendras objectivement que notre commune fait tout ce qu'elle peut pour l'école et, vu son budget, elle ne peut pas grand-chose, tu le sais bien !

M. Bonnevent, l'adjoint en charge des affaires scolaires, ne s'embarrasse pas, lui, de précautions oratoires pour dire à son principal adversaire politique ce qu'il pense de son comportement.

— Mon cher Hippolyte, en trois mots, je t'emmerde ! Tu crois que c'est le moment et le lieu pour venir nous faire chier avec ta politique ! Nous sommes là pour passer une bonne soirée, point final. Tu ne crois pas qu'il vaudrait mieux que tu réserves tes attaques pour les séances du conseil municipal ?

Pour toute réponse, le sieur Hippolyte saisit son rejeton par le bras et, se tournant vers sa femme Marthe, décide unilatéralement :

— Nous rentrons à la maison ! Nous ne sommes pas les bienvenus ici !

Au moment où la famille va franchir la porte, Julien tente d'apaiser le père :

— Monsieur Soulomiac, faites-moi plaisir. Si vous avez un brin d'estime pour moi qui respecte totalement vos idées politiques et qui fais tout ce que je peux pour que votre fils réussisse sa scolarité, ne prenez pas ombrage des propos de M. Bonnevent et restez avec nous. Pour moi et pour Renaud.

L'homme hésite. Julien profite de cet instant de flottement pour revenir à la charge.

— Je vais me faire votre avocat, monsieur Soulomiac. Je vais dire deux mots pour calmer les esprits.

— Faudra alors qu'Irénée me fasse des excuses !

– Allez ! Venez avec moi ! conseille discrètement Julien en posant sa main dans le dos d'Hippolyte.

Sous le feu des regards braqués vers eux, tous les quatre se dirigent vers le centre de la pièce. Julien prend la parole.

— Je me croyais à Cours, me voici à Clochemerle ! Ne manque plus que monsieur l'abbé Porcher pour que nous basculions vers Brescello.

Catherine, la fille de Mathilde, lève timidement le doigt.

— Monsieur, c'est quoi, Brescello ?

— C'est le village de Peponne et de Don Camillo.

Tout le monde sourit. C'est de bon augure.

— Je disais donc, poursuit Julien, que nous venons de vivre une situation burlesque qui donne une image caricaturale de notre société. Chaque jour, je m'efforce de familiariser vos enfants avec les notions de tolérance, de respect d'autrui, de liberté de conscience, de pensée et d'expression. Ce que je vous demande, à vous les parents, c'est de m'aider dans cette voie. Est-ce ce que vous avez fait ce soir ? Interrogez-vous. Avez-vous donné un bon exemple à vos enfants ? Je ne juge personne : c'est à chacun d'entre vous de se poser la question et d'y répondre en son âme et conscience. Ceci dit, avant de déguster ces crêpes confectionnées avec les ingrédients que vous avez généreusement fournis et avant de lever mon verre rempli de ce vin blanc délicieux que nous a apporté Hippolyte, je voudrais demander quelque chose qui me ferait vraiment plaisir : que M. Bonnevent et M. Soulomiac viennent se serrer la main avec la bénédiction de monsieur le maire.

— Vous avez très bien parlé ! décrète Mathilde.

Un tonnerre d'applaudissements confirme cet avis et l'assistance scande « Irénée ! Hippolyte ! Irénée ! Hippolyte ! » avec une telle ferveur que les deux ennemis politiques s'approchent de Julien et se serrent la main. Par la vertu du silence soudainement rétabli, les paroles prononcées *a mezza voce* par chacun des protagonistes prennent un relief sonore inattendu.

— Putain d'Hippolyte ! Tu ne changeras jamais ! Allez ! je serre la main d'un rouge et c'est bien pour faire plaisir à monsieur l'instituteur !

— Et moi, je serre celle d'un capitaliste pour les mêmes raisons mais la révolution prolétarienne vaincra !

— Merci à vous deux, s'empresse de conclure Julien avant que le dialogue ne dégénère en un nouvel affrontement musclé. Et maintenant, place à la dégustation !

Les parents d'élèves profitent de cette pause gourmande pour venir, à tour de rôle, interroger l'instituteur au sujet du comportement scolaire de leur progéniture. Julien connaît les réponses qu'ils attendent. Pour autant, sans brutalité, il pointe aussi bien les difficultés que rencontre chacun de ses élèves que les réussites enregistrées. Il insiste surtout sur les progrès que chaque enfant est encore capable de faire et promet aux parents d'œuvrer pour la réussite scolaire de chacun de ses élèves. Et pour les rassurer totalement, il leur avoue :

— Voyez-vous, mon sort est lié à celui de mes élèves ; de leurs succès scolaires dépend ma promotion professionnelle. J'ai donc tout intérêt à ce qu'ils réussissent.

— Et vous êtes sûr d'y arriver avec mon petit-fils qui n'est pas très doué ? demande le maire.

— Bien sûr, monsieur Desgranges. Et vous m'aideriez beaucoup si vous acceptiez enfin l'idée que Blaise est aussi doué que ses camarades de classe. Considérez-le comme tout à fait normal et vous serez bientôt surpris par ses progrès.

— Que Dieu vous entende, Julien !

— C'est vous qui devez m'entendre, monsieur le maire. Allez ! Retournez tous à vos places, nous allons regarder le film.

Docilement, chacun des protagonistes regagne sa chaise. Julien est quelque peu surpris par l'autorité qu'il exerce sur ces personnes dont certaines pourraient être ses parents. Très vite, il se souvient que son père et sa mère affichaient une réelle humilité vis-à-vis de son maître d'école du village, dépositaire d'un savoir qu'il s'efforçait de faire acquérir par ses élèves en développant leur savoir-faire et leur autonomie. Quinze ans plus tard, c'est lui qui a endossé l'habit de maître d'école et le prestige qui lui reste associé.

Mathilde renouvelle la séquence lumineuse annonçant le début du film : extinction des lumières, allumage, bis et ter, puis extinction durable. Julien lance la projection. La bobine crépite quelques secondes, le temps que l'extrémité du film soit avalée par le mécanisme intérieur du projecteur et ressorte à l'arrière, où elle est happée par la seconde bobine.

Sur l'écran apparaissent le titre, *Le voleur de bicyclette*, le nom du producteur, Vittorio de Sica, puis la distribution des rôles et les noms de tous les techniciens, illustres inconnus dont aucun spectateur ne se soucie de connaître l'identité.

Et voici que le drap blanc s'obscurcit avec l'apparition d'Antonio Ricci et de son fils Bruno, qui nous entraînent dans leur série noire d'aventures douloureuses tout au long de ce film en noir et blanc des années 1940. Lorsque la dernière séquence de ce drame, montrant le père et le fils qui s'éloignent amèrement vers l'incertitude de l'avenir, se dissout dans l'obscurité et que Mathilde rallume la lumière, il faut bien deux à trois minutes aux spectateurs pour dissiper la morosité distillée par ce chef-d'œuvre du néoréalisme italien.

Julien juge inutile d'entamer un débat sur ce film. Plus tard, peut-être. À l'occasion d'une prochaine séance cinématographique, quand le temps aura apaisé les émois actuels. C'est tellement mieux de respecter aujourd'hui l'émotion qui point dans l'intimité de chaque spectateur ! On parle donc de tout et de rien, on plaisante, on jaspine puis on prend congé.

Julien remercie les personnes présentes, et en particulier les élus, de leur intérêt pour cette manifestation culturelle. Il fait applaudir Mathilde et Justine qui ont largement contribué au succès de cette soirée, puis il écoute parler le maire qui tient à dire quelques mots :

— Mon cher Julien – vous permettez que je vous appelle ainsi ? –, au nom de tous mes concitoyens, en particulier de ceux qui nous entourent ce soir et que je remercie de leur présence, je vous adresse tous mes compliments pour l'heureuse initiative que vous avez prise en programmant cette séance cinématographique au profit de la coopérative de notre école. Soyez assuré du soutien de notre municipalité et de celui de tous les parents d'élèves qui souhaitent ardemment que vous restiez longtemps à Cours. Encore merci et bravo !

M. Bonnevent qui, contraint et forcé, respecte la hiérarchie existant dans le conseil municipal, ne veut cependant pas être en reste et se lance à son tour dans une tirade emphatique :

— Ès qualités d'adjoint chargé des affaires scolaires, je salue, monsieur l'instituteur, votre démarche volontariste qui s'inscrit parfaitement dans nos objectifs pour promouvoir la culture dans notre village. Les parents sont avec vous, la municipalité est avec vous, je suis avec vous ! Tous ensemble, nous ferons de notre village un foyer de culture où nos enfants prendront leur essor pour nous emmener avec succès vers le XXIe siècle. Vive notre commune ! Vive Cours !

Un déluge d'applaudissements salue l'orateur trop imbu de lui-même pour douter de la sincérité – indubitablement sujette à caution – de cette ovation à laquelle Hippolyte, goguenard en diable, a bruyamment participé.

L'horloge du clocher de l'église voisine égrène, comme un chapelet, les douze coups cristallins de minuit.

Chacun prend conscience qu'il est l'heure de rentrer chez soi. Un à un, les spectateurs se dispersent dans une nuit diaphane que la luminescence de la lune, épanouie dans son dernier quartier, rend limpide et froide.

Justine récupère son drap et aide Mathilde à ranger son matériel de cuisine tandis que Julien rembobine les films et remballe le projecteur qu'il restituera au siège de la FOL dès jeudi prochain.

Mission accomplie, tous les trois se séparent. Justine et Mathilde pour aller dormir, Julien pour rejoindre la ferme familiale, Laguillemie, où il passera le dimanche en famille. Le dimanche après-midi seulement car, le matin, il ne rate pas le rendez-vous tacite avec ses camarades de la communale qu'il rejoint dans le café de son oncle David pour disputer les rituelles parties de billard qui ne sont, en réalité, que le prétexte à d'amicales discussions sans conséquence majeure dans la plupart des cas. Pas dans tous les cas cependant.

VI

La grand-messe laïque

Dès qu'il pénètre dans le café de son oncle, Julien est interpellé par Jules, ex-cancre de la laïque du village mais invincible joueur de billard.

— Ah ! Voici *lo regent* ! Dépêche-toi ! Je t'attends pour commencer la partie. Julien ne relève pas la provocation. Il connaît bien Jules et l'hermétisme de son esprit.

Balourd il est, balourd il demeurera pour le restant de ses jours. Au demeurant, il n'est ni méchant ni retors ; il est tout simplement borné ! Donc, pour Jules, Julien sera toujours *lo regent*.

— Bonjour, Jules ! Tu es tout seul aujourd'hui ?

— Non, Émile va arriver. Il est allé pisser derrière l'église.

Quoi de plus naturel que d'uriner ? Mais comment faire lorsqu'il n'y a pas de toilettes publiques ?

— Faudrait demander au maire d'installer des vespasiennes dans le village, suggère Julien.

— Des vespasiennes ? *De qu'es aquò ?*

— Des pissotières, si tu préfères.

— Que oui que je préfère ! Des vespasiennes ? Où tu es allé dénicher ce mot savant ?

— Ça vient du nom de l'empereur romain Vespasien qui avait besoin d'argent pour reconstruire Rome détruite par un incendie. Alors il a fait payer une taxe à tous les hommes qui allaient uriner dans les vécés publics. Depuis, on appelle les urinoirs publics des vespasiennes.

— Canaille de Dieu ! Il était pire que nos collecteurs d'impôts !

— En effet. À tel point que son fils Titus le lui a un jour reproché. Et tu sais ce qu'a fait son père ? Il lui a mis l'argent récolté sous le nez et lui a demandé « Alors fiston ? Est-ce que cet argent sent mauvais ? » Titus répondit que non, et Vespasien lui dit : « Tu vois, Titus ? L'argent n'a pas d'odeur ! »

— T'es pas un *regent* pour rien ! Tu en as appris des choses ! Mais t'as jamais réussi à me battre au billard.

— C'est vrai, Jules. Chacun de nous a ses propres compétences. On ne peut pas être bon dans tous les domaines. Tiens ! Voilà Émile qui se pointe. Salut, Émile. Tu vas bien ?

— Bonjour Julien. Oui, ça va maintenant que je me suis soulagé. Au son de l'*alléluia* qui s'échappait des fenêtres de l'église s'il vous plaît ! Bon ! Trêve de blasphèmes ! On fait une partie ?

— Et mon cousin ? Il n'est pas là ? demande Julien.

— Non, pas que je sache, répond Émile.

— Il est à la messe, précise Jules, sans aucune malice.

Émile le fusille aussitôt d'un regard meurtrier qui n'échappe pas à la perspicacité de Julien.

— Ne t'inquiète pas, Émile. Je le savais.

— Alors, pourquoi tu nous demandes où il est ?

— Pour savoir si vous êtes ou non des faux-culs. Alors ? Que dois-je penser de vous ?

— Écoute, Julien. Si je n'ai rien dit, ce n'est pas pour couvrir Christian, c'est pour ne pas te faire de la peine. Malgré ton air décontracté, je suis sûr que tu tiens à Jeanne. Alors, que veux-tu que je fasse ? Christian et toi, vous êtes mes amis et je ne veux pas être impliqué dans votre rivalité par rapport à Jeanne. Tu me comprends, Julien ?

Julien observe Émile. Il n'a aucun doute sur la sincérité de son ami. Il s'en veut de l'avoir piégé ainsi, de l'avoir acculé au mensonge, fût-il pieux. Il prend conscience de l'effet pervers de sa ruse et, comme à chaque fois qu'il a tort, il n'hésite pas à présenter ses excuses.

— Pardonne-moi, Émile. Je comprends ton dilemme. Je souhaite seulement qu'à l'avenir nous ne nous fassions plus de cachotteries au sujet de Jeanne, de Christian et des autres. Je ne m'inquiète pas des manœuvres de mon cousin. C'est son droit de courir après Jeanne puisque nous avons mis notre relation en suspens, mais pour qui comprend bien le sens des mots, « mettre en suspens » ne signifie pas « mettre fin » et nous sommes bien convenus, Jeanne et moi, de sceller à nouveau nos destins lorsque le spectre de la guerre d'Algérie disparaîtra. En attendant, tous ceux qui convoitent les faveurs de Jeanne et qui ne craignent pas de se faire éconduire peuvent sortir du bois comme l'a fait Christian. Je ne leur en veux pas et je dirais même que, connaissant l'issue de leur tentative, je me marre intérieurement en imaginant la tête qu'ils feront lorsque Jeanne les enverra bouler. À moins que...

Un voile d'appréhension assombrit momentanément le visage de Julien.

— À moins que quoi ? insiste Émile.

— À moins que l'on n'arrive pas à sortir de cette satanée guerre d'Algérie et que j'y laisse ma peau !

— Ne dis pas de bêtises, Julien. Tu verras, tout ça va s'arranger.

— Tu parles facilement, toi. Tu es soutien de famille, tout comme Jules. Quoi qu'il advienne des pourparlers en cours, vous ne serez pas mobilisés.

— Je t'assure, Julien, que le cessez-le-feu n'est plus qu'une question de semaines. C'est un cousin de ma mère, colonel dans l'infanterie de marine, qui l'a dit à mon grand-père.

— Alors ? On la fait cette partie, oui ou non ? s'impatiente Jules.

— Allez ! Voyons si tu es toujours aussi cador au billard ! lui lance Émile, pressé de changer de conversation.

— Commencez par miser avant de jouer !

— Quel rapiat tu fais ! laisse échapper Julien, manifestement réconforté par les propos d'Émile.

— Que veux-tu *lo regent* ? Chez moi, y a pas un salaire de fonctionnaire qui tombe tous les mois. Un sou, c'est un sou ! On n'est pas des radins mais on compte !

— Parce que tu crois qu'un salaire d'instituteur débutant, ça permet de dépenser sans compter ? Tu sais combien je gagne ? Soixante-deux mille francs par mois !

— C'est toi qui le dis. On n'est pas obligés de te croire !

— Tu dis ça pour m'énerver ou tu penses réellement ce que tu viens de dire, Jules ?

— Je dis ce que je pense.

— Alors, moi aussi, je vais te dire ce que je pense.

— Arrêtez enfin ! ordonne Émile. On dirait deux gosses qui se disputent dans une cour de récréation.

— Tu as raison, Émile. Je laisse tomber mais, dimanche prochain, je vous apporterai mon bulletin de salaire.

— Mais moi je te crois, Julien.

— Eh ! bien ! Comme ça, Jules sera obligé de me croire, lui aussi !

— Alors ? Vous misez, oui ou non ?

Émile et Julien joignent leurs mises à celle de ce phénomène de Jules et la partie commence. S'il n'exige pas d'efforts physiques intenses, par contre, le billard requiert entre autres facultés concentration, maîtrise de la représentation de l'espace plan et précision du geste. Absorbés par le jeu, les esprits s'affranchissent de leurs humeurs vindicatives et retrouvent une sérénité qui régule les comportements relationnels. Après une heure de jeu sanctionnée, comme à l'accoutumée, par la victoire de Jules qui empoche les mises et, de surcroît, se fait payer l'apéritif, Julien quitte Sauvagnas et rentre déjeuner à Laguillemie où l'attendent ses parents, sa sœur Solange et le vieux domestique, Pingeaud.

Pendant le repas, la conversation roule sur les difficultés rencontrées par les petits paysans, les potins qui circulent dans la commune… et la discussion dévie inévitablement vers la politique du général de Gaulle contre laquelle le père de Julien s'élève avec véhémence. Personne ne récuse ses critiques, fussent-elles objectivement infondées, car tout le monde sait que Fernand est un contestataire né. Il suffit donc de le laisser dérouler son réquisitoire sans intervenir avant de changer de sujet. Parfois, pour couper court à ses interminables envolées acrimonieuses, Estérina, à bout de patience, lui décoche :

— *As rason, mèrca-te dètz*[1] *!*

L'effet produit est aussi immédiat qu'imprévisible. S'il est dans des dispositions pacifiques, Fernand se tait et sourit narquoisement, mais s'il est d'humeur atrabilaire, gare à son agressivité qui se déverse sur son épouse, cette *macaroni* qui prétend faire la loi en France !

Julien est habitué aux comportements inattendus de son père qu'il a perçus dès son plus jeune âge, avec cette sensibilité propre aux enfants et si souvent sous-estimée par les adultes. Il se souvient de ce dimanche où, du haut de ses dix ans, il avait conduit son papa aveugle jusque dans l'isoloir de la mairie pour les élections municipales. Trois jours plus tôt, Truffasse, le maire en fonction, avait rendu visite à la famille Delsol.

— Fernand et Estérina, aux dernières élections municipales vous avez voté pour moi. Aujourd'hui, je viens vous demander de voter à nouveau pour moi.

---

1. *En occitan, littéralement : « Tu as raison ! Marque-toi dix ! »*

Certain d'utiliser une arme de persuasion déterminante, il avait glissé dans la main de Fernand une enveloppe vierge. Ce naïf et prétentieux personnage ne se doutait pas qu'il venait d'amorcer une bombe de dissuasion massive. Le père Delsol n'avait pas bronché. Ni merci, ni au revoir. Mais lorsque ses tympans n'avaient plus capté le bruit des pas du visiteur qui s'éloignait, il avait déchiré l'enveloppe en quatre et jeté tout en l'air en maugréant : « Vieille salope de Truffasse ! » Se retournant vers le petit Julien, il avait poursuivi : « Petit ! Dimanche tu m'accompagneras à Sauvagnas. » Tout en observant la chute chaloupée des morceaux d'enveloppe desquels s'échappaient des fragments de billets de banque, Julien avait acquiescé.

Dans le bureau de vote, à la solennité rehaussée par la photo hiératique du Président Vincent Auriol, Julien avait timidement guidé son papa suivant l'itinéraire obligatoirement emprunté par les électeurs. Dans l'isoloir, Fernand avait ordonné à son fils de lui donner le bulletin de Truffasse. Il l'avait approché de sa bouche, avait craché dessus et l'avait rageusement déchiré en prenant Julien à témoin de la turpitude du maire.

— Tu vois, Julien ? Truffasse a essayé de nous acheter. Souviens-toi toujours de ceci, petit : aucun Delsol n'est à vendre. On n'achète pas Fernand comme on achète un veau ! Tu comprends bien ça ? Quand tu seras grand, faudra jamais te laisser acheter, tu entends ?

Aujourd'hui, ces paroles paternelles ont pris tout leur sens dans l'esprit de Julien, où elles ont acquis le statut de précepte de conduite édicté par un père incorruptible.

Après avoir bien déversé sa bile sur le président de la République, Fernand se tourne vers Julien.

— Alors fiston ? Ça marche le boulot ?

— Oui, ça marche bien maintenant. Avec quelques mois d'expérience et l'aide de mes collègues de Laugnac, j'ai atteint un bon rythme de croisière et j'aurai bouclé les programmes à la fin de l'année.

— Tu leur fais apprendre les dates, au moins, à tes élèves ? Et les départements ?

— Bien sûr !

— Par cœur, comme on les apprenait, nous ?

— Bien sûr !

— Alors ils ne doivent pas être très fortiches, tes élèves !

— Comment tu peux dire ça ?

— Parce que je suis sûr que toi-même, tout instituteur que tu es, tu ne connais pas la moitié des dates qu'on apprenait de mon temps et peut-être moins de la moitié des départements.

— Tu as certainement raison, papa, mais ce n'est pas le tout d'emmagasiner par cœur des tonnes et des tonnes de connaissances hétéroclites en quelques années. Ce qui est encore plus important, c'est de développer la capacité des élèves à s'approprier des savoirs et des savoir-faire pendant toute leur vie. Montaigne a raison quand il dit : « J'aime mieux une tête bien faite qu'une tête bien pleine. »

— Et les deux ensemble, c'est pas mieux ?

— Bien ! Et si on parlait un peu de la séance de cinéma ? propose tout de go Estérina pour changer de sujet et d'atmosphère.

— Tu veux bien nous raconter le film ? insiste Solange. Julien ne se fait pas prier et s'applique à satisfaire la curiosité de sa mère et de sa sœur.

Son père et Pingeaud, indifférents à la détresse de cette famille infortunée dont Vittorio de Sica décrit la descente aux enfers avec un réalisme torturant, ont sombré dans une somnolence qui peut paraître irrévérencieuse à ceux qui ignorent les malheurs que tous deux ont vécus.

En effet, s'il existait une unité de mesure objective permettant de hiérarchiser les souffrances endurées par les êtres humains, Fernand et son valet de ferme occuperaient le haut du tableau. Le premier pour avoir subi l'atroce traumatisme du douloureux accident qui lui a détruit les yeux lorsqu'il était dans la force de l'âge, le second pour avoir immolé ce qui aurait dû être ses plus belles années de jeunesse dans l'horreur des tranchées de 14-18 d'où il est revenu anéanti à jamais. Alors, au regard de ces funestes malédictions de leurs sorts respectifs, les simples tourments d'un poseur d'affiches à qui l'on vole la bicyclette…

— Et voilà ! Maintenant je vais rentrer à Cours pour finir de corriger les cahiers et terminer mes préparations.

C'est déjà presque de la routine pour Julien qui ne rencontre plus guère de difficultés dans l'exercice de son métier.

Les jours et les semaines s'enchaînent et les élèves progressent de manière très satisfaisante. Un climat de confiance respectueuse s'est instauré entre le maître et les élèves dont certains n'ont que neuf ans de différence d'âge avec Julien. À tel point qu'il leur arrive parfois, au cours des parties de foot échevelées auxquelles participe leur instituteur, de considérer celui-ci comme l'un des leurs, sans distinction de statut.

Quant aux parents, ils confient leurs enfants à Julien en toute quiétude. D'abord parce qu'ils sont ravis d'avoir enfin un instituteur stable dans leur commune après avoir vu passer une dizaine de remplaçants l'année précédente, ensuite parce qu'ils constatent, jour après jour, que leur progéniture progresse de manière conséquente. Si l'on ajoute à ces facteurs de sérénité les propos favorables que les enfants doivent sans doute exprimer dans leur famille au sujet du maître dont ils sentent la proximité affective, et la publicité que Mathilde doit faire à cet instituteur qui partage simplement le repas avec ses élèves et qui affiche une moralité exemplaire en dépit des avances insistantes de Justine, on comprendra pourquoi Julien est l'objet d'attentions bienveillantes qui vont du simple cadeau d'une part de gâteau d'anniversaire d'un élève à l'invitation au repas de fiançailles de la benjamine du maire, en passant par la fourniture de bois de chauffage pour son poêle.

Même l'abbé Porcher lui fait des sourires lors des rares occasions où il le croise. C'est vrai que Julien respecte à la minute près les horaires du catéchisme et le prêtre lui en sait gré. Par contre, il ne fréquente pas l'église du village, mais le curé ne lui en tient pas rigueur.

— Monsieur ! *Lo clòp* est derrière le portail de l'école. Il vous fait signe de le rejoindre, annonce Jacques dont le regard a délaissé l'exercice écrit de conjugaison en cours dans la classe pour explorer le paysage extérieur.

Julien se rend près du portail.

— Bonjour, monsieur Delsol.

— Bonjour, facteur.

— J'ai un courrier de l'académie pour vous. Le voici.

— Merci. Bonne journée.

En revenant sur ses pas, Julien décachette l'enveloppe et en extrait une lettre à en-tête de l'inspection primaire. Quelques instants plus tard, il la dépose sur son bureau sans la lire. Ce n'est que pendant le déjeuner qu'il la consulte attentivement. Il s'agit d'une convocation à une conférence pédagogique qui se tiendra dans trois semaines au chef-lieu de canton, Prayssas.

C'est la première fois qu'il prend connaissance de l'existence de ce type de réunion et, pour dissiper son ignorance en la matière, source d'une appréhension diffuse, il se rend, le soir même, chez son ami Lucien, directeur chevronné de l'école voisine de Laugnac.

— Salut, Lucien. Je ne te dérange pas ?

— Tu plaisantes ? Entre donc ! Qu'est-ce qui t'amène ? Rien de grave, j'espère.

Julien présente la convocation à son collègue.

— J'ai reçu ça ce matin. Ça consiste en quoi cette conférence ?

— C'est l'occasion de retrouver les potes du secteur et de se taper un bon gueuleton ensemble. Tu verras, c'est très sympathique.

— Je veux bien te croire mais ça dure toute la journée. Qu'est-ce qu'on va foutre pendant six ou sept heures ?

— On va écouter bien sagement la grand-messe pédagogique annuelle en pensant à tout autre chose qu'aux conneries que va nous psalmodier l'officiant de service et son larbin de diacre, en l'occurrence l'inspecteur primaire et son lèche-bottes de conseiller pédagogique.

— Et de quoi vont-ils nous parler ?

— De tout et de rien. Des instructions officielles. Surtout de leurs dadas.

— Tu dis des instructions officielles ? Pourquoi ? Il y en a des nouvelles ?

— Tu apprendras, Julien, que chaque ministre fait une réforme à laquelle il donne son nom, souvent par pure vanité, pour laisser une trace dans l'Histoire de France.

— Au fait ? C'est qui notre ministre ?

— Depuis février, c'est Lucien Paye, un ancien ambassadeur. Il n'a pas encore eu le temps de nous pondre une nouvelle réforme mais ça ne va pas tarder.

— Un ancien ambassadeur ? Qu'est-ce qu'il a à voir avec l'enseignement ?

— Rien ! Je te le concède. Mais tu sais bien que ce sont les experts qui les entourent qui font le boulot. Les ministres ne font que parader. D'ailleurs, t'as qu'à observer le jeu des chaises musicales auquel ils se livrent à chaque remaniement. Et je te passe de la Défense aux Finances, de la Santé à la Justice, de la Culture à l'Agriculture… Comment veux-tu qu'ils soient les meilleurs dans tous les domaines ?

— Et alors ? De quelles instructions va-t-on parler ?

— Sans doute de la réforme Berthoin de 1959 qui instaure l'école obligatoire jusqu'à seize ans au lieu de quatorze, de la loi Debré de décembre 1959 à l'origine du contrat d'association qui permet aux établissements scolaires privés d'être subventionnés et à leurs enseignants d'être payés par l'État, de la circulaire Lebettre…

— Berthoin, Debré, j'ai appris ça à l'École normale, mais Lebettre, connais pas.

— Tu verras, une aberration de plus ! On a déjà eu l'apprentissage de la lecture avec la méthode globale, prétendue panacée qui devait éradiquer l'illettrisme et qui a réussi à faire exploser le nombre d'analphabètes, puis les maths modernes qui ont multiplié le nombre d'élèves qui ne savent pas compter, et j'en passe des meilleures dans ce qu'il y a de pire !

— Et les dadas de l'inspecteur, quels sont-ils ?

— Il a surtout une marotte : la discipline. Il était militaire avant de devenir inspecteur. Si tu vas un jour dans son bureau, tu verras, suspendu à une patère fixée sur la porte d'entrée, un superbe uniforme d'officier de marine. Rien ne prouve que ce soit le sien mais faut avouer qu'il en jette.

— Bien. Merci de m'avoir mis au parfum. On se revoit donc bientôt ?

— En effet, dans trois semaines. Si tu veux, je te présenterai aux collègues du canton.

C'est donc en toute sérénité qu'au matin de ce jeudi 15 février, date de la conférence pédagogique, Julien gare sa petite 4 CV d'instituteur débutant parmi les Citroën DS, Peugeot 404, Simca Chambord et autres fleurons de l'industrie automobile française en plein essor que ses aînés, exerçant souvent en couples, peuvent s'offrir sans obérer outre mesure leur budget familial.

Au moment où il s'extrait de son minuscule habitacle, une imposante limousine noire à la calandre nid d'abeille surmontée d'une étoile s'avance majestueusement et stoppe au milieu de la place du village momentanément transformée en parking. Julien reconnaît l'inspecteur ainsi que M. Boquet, le conseiller pédagogique dont il garde un souvenir amer. Il ne peut s'empêcher de sourire en constatant que *La Comédie humaine* est une constante de la société des hommes : à la hiérarchie professionnelle, ceux-ci mettent un point d'honneur à superposer celle du train de vie, du pouvoir, du paraître et, plus facticement, celle de l'intelligence et de la respectabilité. Et pourquoi donc un inspecteur ne pourrait-il pas circuler dans un véhicule plus modeste que celui d'un instituteur ? Pourquoi devrait-il tenir le haut du pavé au détriment d'un subalterne qui serait contraint de marcher dans la boue ? Pour quelles raisons son jugement prévaudrait-il sur celui de ses subordonnés ? Autant de questions qui trouvent leurs réponses dans la suffisance des uns et la flagornerie des autres.

Heureusement, tout le monde n'accepte pas béatement le carcan de l'ordre établi et la dictature de la bien-pensance, à commencer par un collègue de Julien, Robert Chady, qui fait bruyamment irruption au volant d'une vieille Jeep dégotée dans un surplus américain.

Sacré Ravachol ! C'est ainsi que ses camarades de promotion l'avaient surnommé à l'École normale d'Agen, eu égard à son non-conformisme anarchisant. Dès qu'il reconnaît Julien, il accourt, les cheveux en bataille, la capote militaire déboutonnée ouverte sur un treillis kaki dont les jambes trop courtes laissent voir les chaussettes tombant en accordéon sur des brodequins, sans doute dénichés, eux aussi, dans un magasin de stocks militaires.

— Ah ! Julien ! Que je suis content de te retrouver ! Tu vas bien ?

— Ça va. Je suis content de te revoir moi aussi. Où vas-tu dans cet accoutrement ? Tu sais, au moins, que nous sommes convoqués à une réunion pédagogique, pas à un colloque militaire ?

— Je sais mais il paraît que notre chef a la nostalgie de l'armée qu'il a quittée pour venir nous emmerder. Alors je vais lui montrer que moi aussi j'aime l'uniforme.

— Tu ne changeras donc jamais ! Où exerces-tu tes talents en ce moment ?

— À l'école de Madaillan. Et toi ?

— À Cours. Tu es marié ?

— Moi ? Marié ? Non, merci. C'est bon pour toi, pas pour moi. Toi, tu as toujours été amoureux. Tu te souviens d'Agnès, en seconde ? Et de ces tarés d'anciens[1] ?

Ravachol est intarissable. C'est un drôle de numéro !

Dès les premières semaines de présence à l'École normale mixte d'Agen, il s'était fait défavorablement remarquer par les autorités. Il avait d'abord offusqué la directrice en faisant entonner *L'Internationale* à l'occasion du traditionnel chant qui préludait, chaque matin, à la prise en charge des élèves par les différents professeurs. Indifférent aux sanctions, il avait ensuite multiplié les provocations jusqu'à être honni de tout le corps professoral. Plusieurs convocations devant le conseil de discipline n'avaient pu venir à bout de son comportement incontrôlable et, tout aussi insensible à la persuasion qu'à la répression, il avait continué à n'en faire qu'à sa tête. Il avait même résolu de collectionner les zéros dans toutes les disciplines enseignées dans l'établissement, se souciant comme de l'an quarante des retenues dont il écopait inévitablement. Pour le dissuader de persévérer dans ce jeu pervers, le professeur de physique-chimie avait décidé de ne plus lui attribuer de zéro mais de noter aléatoirement ses copies de un à quatre-vingt-dix-neuf centièmes de point sur vingt (0,01 à 0,99/20). Ravachol en avait été très contrarié et ne lui avait jamais pardonné cette forfaiture.

1. *L'épisode auquel Ravachol fait référence est relaté dans un précédent roman de l'auteur publié aux Éditions De Borée sous le titre de* Julien l'insoumis.

Mais, à trop jouer avec le feu, l'élève Chady avait fini par se brûler les ailes. Après un échec cuisant aux deux sessions de la première partie du bac, il avait été temporairement exclu de l'établissement avec obligation de représenter l'examen en candidat libre et de le réussir avant de réintégrer l'école normale. Il avait obtenu un poste de pion à l'année au lycée de garçons Bernard Palissy, là même où, deux ans auparavant, lorsque les élèves-maîtres étaient encore hébergés dans cet établissement, il s'était joint à Julien et à quelques autres jeunes normaliens déterminés pour affronter les anciens dans une « lutte finale » qui s'était soldée par la victoire des bizuts et l'abolition définitive du bizutage. Après avoir obtenu son examen, Ravachol avait réintégré l'École normale et terminé sa formation.

Ensuite, il avait donc été affecté à l'école de Madaillan, comme il vient de l'indiquer à Julien.

— Alors, Ravachol ? Ça va comme tu veux dans ton école ?

— Ouais. Au début, les parents ont été un peu surpris par la pédagogie que je mets en œuvre dans ma classe. Je les ai réunis pour leur expliquer ce que je faisais et maintenant ça va.

— Tu as une méthode pédagogique particulière ? demande Julien qui, *a priori*, met la surprise des parents sur le compte de la dégaine folklorique de l'instituteur de leurs gosses plutôt que sur sa démarche pédagogique.

— En fait, ce n'est pas une méthode, c'est une conception différente de la pédagogie, initiée par Freinet. Si tu veux, je t'en parlerai plus longuement une autre fois. Maintenant, il faut qu'on rejoigne les autres dans la cour.

Le groupe que nos deux débutants intègrent compte dans ses rangs des institutrices et des instituteurs de toutes générations, âgés de vingt-deux à soixante ans. Ils sont entre vingt et trente à attendre le signal d'entrée dans la salle de classe où l'inspecteur et son acolyte ont déjà pénétré.

Les plus anciens affichent un flegme qui s'explique par l'imminence de leur cessation d'activité. Pour eux, l'inspecteur ne fait plus figure de Père Fouettard. Le serait-il réellement ? Ils n'en ont rien à cirer. Quant au conseiller pédagogique, au mieux ils le considèrent comme un simple collègue opportuniste, au pire, comme un ersatz d'inspecteur. Au terme d'une carrière bien remplie, en général bien notés, parvenus au onzième et dernier échelon de l'échelle indiciaire spécifique aux instituteurs et à leurs homologues féminines, ils attendent paisiblement que l'heure de la retraite sonne dans quelques années, voire quelques mois pour certains d'entre eux.

Les plus jeunes, surtout les débutants, sauf Ravachol bien sûr, sont moins détendus. Ils doivent à tout prix réussir à être dans les petits papiers de leur supérieur s'ils veulent avoir la paix et bénéficier des promotions au choix qui leur feront gagner du temps, donc de l'argent, par rapport aux collègues moins bien considérés et promus au demi-choix ou à l'ancienneté. Bref, mieux vaut saisir la carotte que subir le bâton.

— Salut, Julien. Viens que je te présente à nos collègues du canton.

Julien emboîte le pas à son ami Lucien. Il serre des mains, sourit à droite et à gauche et, tout en essayant de mémoriser les noms qu'il entend, décline itérativement son identité et son affectation : « Enchanté. Julien Delsol, instituteur à Cours. » Bis, ter, etc.

— Désolé, Julien. Je ne connais pas cette jolie collègue et ne peux donc pas te la présenter.

Lucien et Julien se trouvent en face d'une belle jeune femme au sourire fascinant.

— Qu'à cela ne tienne, Lucien. C'est moi qui vais te la présenter. Lucien, voici Jeannine Bourdette institutrice à… J'avoue que j'ignore où.

— À Lacépède, précise l'institutrice.

— Je reprends. Institutrice issue de ma promotion, affectée à Lacépède, voici Jeannine Bourdette. Je ne sais d'ailleurs pas si elle s'appelle toujours Bourdette ?

— Mais si, Julien. Je n'ai pas changé de nom. Je suis toujours célibataire. Et toi ?

— Moi aussi, Jeannine. Depuis le coup que m'a fait Agnès, je me méfie des filles. Tu te souviens du groupe de copines que vous formiez toutes les quatre : toi, Agnès, Paulette et Annie ?

— Bien sûr. C'était d'Agnès que tu avais le béguin et c'était Annie qui était folle de toi !

— Je vous laisse à l'évocation de vos souvenirs. On se reverra tout à l'heure, glisse discrètement Lucien en s'éloignant des deux jeunes collègues.

Paradoxalement, maintenant qu'ils sont seuls, Julien et Jeannine ne trouvent plus rien à se dire. Un ange passe ; ne serait-ce pas un messager de Cupidon ? Les plus belles histoires d'amour, ne trouvent-elles pas leur source dans la soudaine effervescence silencieuse des émotions, comme l'exprime si justement le poète anglais Shackerley Marmion lorsqu'il affirme que « les grandes joies, comme les grandes douleurs, sont muettes » ?

Julien n'est plus là, dans cette cour, parmi ses collègues du canton. Il est sûr que Jeannine a également déserté cet espace. Tous deux se retrouvent en l'an 1955, dans le péristyle de l'École normale, cette grande salle commune où garçons et filles se côtoient platoniquement pendant les pauses et les interclasses.

Et là, Julien n'a d'yeux que pour Agnès, une superbe normalienne blonde qui se joue de lui ! De prime abord, elle l'a ébloui à un tel point qu'il ne voit personne d'autre qu'elle et qu'il s'écarte de Jeanne, son amour de toujours. Après la cruelle déception qu'il encaisse en apprenant qu'il n'est que la marionnette d'une fille frivole déjà promise à un fils de bonne famille de Bordeaux, il se jure de fuir les normaliennes comme si elles avaient la peste et il revient vers Jeanne qui lui pardonne sa toquade.

Cependant, Jeannine ne le laisse pas indifférent. Discrète, féminine, élégante sans ostentation, elle s'exprime d'une voix gracile et se déplace avec une grâce séraphique. Elle a vraiment du charme. Mais voilà ! C'est une normalienne ! Comme cette traîtresse d'Agnès ! Pas question de plaquer encore une fois Jeanne pour se lancer dans une aventure amoureuse incertaine. Et pourtant…

Julien frissonne. Le voilà revenu à Prayssas, en ce froid matin d'avril 1962. En face de lui, Jeannine et son minois ravissant éclairé d'un doux sourire.

Plus il la fixe, plus il la trouve séduisante. Nul doute qu'elle se rend compte de l'effet qu'elle produit sur lui. Julien interprète son regard amusé comme une invitation à l'audace. Il s'approche de la jeune fille et l'embrasse sur la joue.

— Jeannine, tu es très belle ! débite-t-il d'un trait.

— Merci, Julien.

— Tu l'étais déjà à l'EN, mais aujourd'hui tu l'es encore davantage.

— Pourtant, c'est Agnès que tu trouvais la plus belle, à l'époque.

— C'est vrai qu'elle m'avait ébloui. Avec le recul, je crois que j'ai succombé parce qu'elle était d'une beauté différente de celle des autres filles. Une beauté inhabituelle, trop parfaite, une beauté du diable, perverse et tentatrice. Elle a occulté ma lucidité. D'autres jolies filles évoluaient autour de nous, mais je ne les voyais pas. Ce n'est que plus tard que j'en ai pris conscience, mais plus tard, c'était trop tard. Et maintenant, je peux te le dire en toute sincérité, tu es merveilleusement belle.

— Tu ne crois pas que tu exagères un peu ?

— Tiens ! Qu'est-ce que tu fous là, Jeannine ? plaisante Ravachol en s'approchant du couple avec ses gros croquenots.

— Et toi, donc, avec ta tenue paramilitaire ? lui réplique-t-elle.

— Qui ne correspond pas à celle des hussards noirs de la République ! précise Julien.

— Normal. Moi, je suis un franc-tireur, un combattant pour la liberté pédagogique et je porte cet uniforme particulier pour me distinguer de cette armée de béni-oui-oui qui lèchent les souliers vernis de nos prédicateurs laïques bien-pensants.

— Fais gaffe, Robert, conseille Julien. Si quelqu'un t'entend et te cafte, ça va te coûter cher !

— Je n'ai rien à craindre, je suis au SGEN[1].

— Tu ne crois pas que tu aurais mieux fait de rejoindre le SNI, qui est majoritaire ?

— Détrompe-toi, Julien. Les minorités agissantes sont plus radicales et plus fortes en gueule que les grosses organisations. Résultat : elles sont plus efficaces. Bon ! Faut que je rejoigne les autres si je veux avoir une place au premier rang.

— Pourquoi au premier rang ? s'étonne Julien.

— Tu comprendras tout à l'heure, promet Ravachol en s'éloignant.

— Va falloir que nous y allions aussi si nous ne voulons pas nous faire remarquer, avertit Jeannine.

— Dommage !

— Pourquoi dis-tu dommage ?

— Parce que j'aurais préféré que nous restions tous les deux seuls.

— Ce ne serait pas une déclaration d'amour que tu me fais là ? demande ironiquement la jeune femme.

— Non seulement tu es jolie, mais tu es également très perspicace.

— On le serait à moins. Si tu veux savoir, j'ai aussi une autre qualité, la ponctualité. Alors,

---

1. Le SGEN (Syndicat général de l'Éducation nationale) est un syndicat minoritaire d'enseignants, la majorité des instituteurs adhérant au SNI (Syndicat national des instituteurs).

pressons-nous car la conférence débute dans quatre minutes.

Tous deux pénètrent dans la salle.

Le directeur de l'école de Prayssas, chargé de l'organisation matérielle de ce séminaire pédagogique, a bien fait les choses. Une grande table et deux chaises disposées sur l'estrade de la classe accueillent l'inspecteur avec, à sa droite, le conseiller pédagogique. En face d'eux, treize pupitres doubles sont prévus pour les séants des vingt-six enseignants convoqués. Pas un de plus, pas un de moins. Arrivant les derniers, Julien et Jeannine n'ont d'autre choix que de s'asseoir côte à côte aux deux seules places disponibles, au dernier rang.

Après les civilités d'usage, l'inspecteur passe la parole à son *alter ego* et sort de la pièce pour aller griller un de ces cigarillos cubains qui se font rares – donc plus chers – depuis que l'Organisation des États américains et les alliés occidentaux des États-Unis ont décrété, en janvier dernier, un blocus économique contre Cuba.

Lorsque l'inspecteur regagne sa place, le conseiller pédagogique est en train de débiter des banalités auxquelles les instituteurs prêtent une oreille distraite. Les documents à afficher dans la classe, l'obligation de surveiller les élèves dans la cour, de tenir un cahier-journal, de préparer des fiches pédagogiques, de corriger les cahiers... Chacun des enseignants ici présents pourrait légitimement chanter : « Monsieur l'inspecteur, je sais tout ça par cœur ! »

Ravachol lève le bras. Le conférencier lui cède la parole.

— Monsieur Chady, nous vous écoutons avec le plus grand intérêt qui soit.

Le ton est sarcastique. Les anciens sourient. Julien et Jeannine rient sous cape. Ils ne sont pas surpris : ils savent que leur collègue est capable du pire.

Ravachol lâche une première salve de critiques.

— Monsieur, depuis plus d'une demi-heure vous nous débitez des fadaises, vous nous assommez de lieux communs, vous nous barbez avec des détails, vous vous attardez à des vétilles et nous avons le sentiment de perdre notre temps. Vous ne croyez pas que ce serait mieux si on parlait plutôt de pédagogie. Nous sommes en conférence pédagogique, pas en cours de bricolage scolaire.

M. Boquet accuse le coup. Comment un jeune instituteur ose-t-il lui parler ainsi, à lui, l'*alter ego* de l'inspecteur ? On le sent déconfit, complètement désarçonné. En plein désarroi, il se tourne vers son chef, implorant muettement un soutien qui ne vient pas. L'inspecteur connaît bien son adjoint, ses qualités mais aussi ses défauts, en particulier sa propension au crime de lèse-majesté. Ne se comporte-t-il pas comme un inspecteur bis, avec, de surcroît, ce surplus de morgue propre aux usurpateurs de tout poil ? « C'est au pied du mur qu'on voit le maçon, doit-il se dire. Voyons comment il va se tirer d'affaire avec ce blanc-bec. »

Le conseiller pédagogique fait triste mine. Il est en état de choc, c'est évident. Il commence même à inspirer de la pitié aux âmes les plus sensibles. Et cet impitoyable de Ravachol qui en remet une couche :

— Reconnaissez, monsieur le conseiller pédagogique, qu'il existe des sujets autrement importants que la surveillance des élèves en récréation ou l'affichage de l'emploi du temps ! Si vous aviez eu le bon sens de nous consulter avant d'établir les objectifs de cette journée, nous débattrions, en ce moment, de l'incidence de la réforme Berthoin sur les contenus de nos programmes, de la circulaire Lebettre ou encore de la pédagogie Freinet. Qu'en pensez-vous, monsieur le conseiller pédagogique ?

Julien se penche vers l'oreille de sa voisine et murmure :

— Là, il fait fort notre ami Robert. Ou bien ça passe, ou bien ça casse.

— Tais-toi Julien ! Tu vas nous faire réprimander.

— Me taire ? Pourtant j'ai encore quelque chose d'important à te dire ?

— Quoi donc qui ne puisse attendre ?

— Que tu es ravissante.

Jeannine ne répond pas, mais ses pommettes rosissantes trahissent son trouble.

Julien n'insiste pas. Il se tait. Le silence éloquent qui règne dans la pièce exalterait la résonance du moindre chuchotement, alertant les collègues et, plus fâcheusement, les autorités.

M. Boquet n'a pas répondu à la provocation verbale dont il est victime. Est-il seulement en état de le faire ? Va-t-il recouvrer suffisamment d'assurance pour remettre Chady à sa place ? Tout le monde en doute, y compris l'inspecteur qui se décide enfin à reprendre la situation en main. En toute courtoisie, confiant en l'autorité inhérente à son statut, il recadre fermement ce trublion de Ravachol.

— Jeune homme, vous n'êtes pas censé ignorer que le programme de ces journées est établi par le cabinet de notre ministre et que nous sommes tenus de nous y conformer, vous comme moi. Si cela ne vous convient pas, je vous conseille vivement de changer de métier. Ceci dit, pour cet après-midi, nous avons prévu un intervalle de deux heures pendant lequel j'aborderai avec vous les thèmes que vous voudrez bien me soumettre. Nous pourrons alors débattre de la réforme Berthoin, de la circulaire Lebettre et de la pédagogie Freinet, autant de sujets qui semblent vous tenir à cœur, mon cher ami. Maintenant, M. Boquet va vous faire un exposé sur la nécessaire harmonisation à mettre en œuvre entre la maternelle et le primaire d'une part, entre le primaire et le collège d'autre part.

Remis en selle par son supérieur tutélaire, le conseiller pédagogique retrouve ses esprits et se lance dans l'énumération fastidieuse des mesures préconisées pour assurer la meilleure liaison possible entre les divers cycles d'enseignement.

Attendant son heure, Ravachol se tient tranquille. Julien ne pense plus qu'à Jeannine. Les autres membres du groupe patientent en imaginant le bon repas qu'ils vont partager.

Enfin, midi sonne au clocher du village. Se gardant de toute précipitation qui, assimilée à la joie d'une délivrance, pourrait froisser l'inspecteur, les enseignants sortent lentement et se dirigent vers la meilleure table du coin, dénommée *La Bastide Saint-Louis*.

En tête de ce joyeux cortège, l'inspecteur encadré par son adjoint et le directeur de l'école locale. Suit le tout-venant. Une grande table a été réservée dans une des salles du restaurant. Julien ne lâche pas sa copine de promotion d'une semelle.

— Je crois, Jeannine, que nous devrions éviter de nous asseoir à côté de ce sulfureux de Ravachol.

— C'est à cause de ses provocs que tu veux l'éviter ?

— À vrai dire, non. C'est à cause de toi.

— À cause de moi ?

— Oui. Il bavarde tellement que je ne vais pas pouvoir parler tranquillement avec toi.

Trop tard, le voilà qui arrive ! Sans s'encombrer de scrupules, Robert Chady vient s'intercaler entre ses deux collègues.

— Je suis content de manger avec vous. On va pouvoir discuter. Allez ! Asseyons-nous.

— Non ! Pas là ! laisse échapper Julien. On va placer Jeannine entre nous deux. Ce sera mieux.

— Si tu le dis ! concède Ravachol sans conviction.

Ouf ! Julien a réussi à s'asseoir près de Jeannine, mais la proximité de son copain d'EN n'est pas un cadeau. Impossible d'en placer une. Depuis l'intervention de l'inspecteur, Ravachol s'était contenu. Sorti du contexte institutionnel, il retrouve sa loquacité et monopolise la parole. Entre deux bouchées de noix de Saint Jacques persillées, Jeannine fait mine de l'écouter, par simple politesse. Quant à Julien, dépité par la tournure prise par les évènements, il s'absorbe dans la dégustation de son escalope de foie gras poêlée (à l'hypocras médiéval, s'il vous plaît !) accompagnée d'un bon sauternes.

Le repas a duré plus de deux heures. Personne ne s'en est rendu compte.

Le directeur de l'école de Prayssas est chaleureusement félicité pour le choix du restaurant et des menus. Encore embrumés par les vapeurs d'alcool, les esprits n'ont pas retrouvé leur lucidité première et chacun s'est acquitté sans rechigner de son addition suffisamment élevée pour mériter le synonyme de « douloureuse », et même équivaloir sémantiquement au métaphorique « coup de fusil ».

Après cette pause gastronomique, la reprise du travail s'avère particulièrement ardue. La digestion laborieuse qui anesthésie les méninges de l'ensemble des auditeurs contrarie tous les efforts méritoires que le conseiller pédagogique déploie pour captiver l'assistance avec son exposé intitulé « Comment éviter que la pédagogie ne soit ennuyeuse ? ».

Au début, l'énoncé du titre a brièvement secoué la torpeur des instituteurs qui ont tous été, un jour ou l'autre, désagréablement confrontés à l'ennui que leur enseignement distillait dans leurs classes. Très vite, ils comprennent que ce n'est pas M. Boquet qui leur fournira la solution pour éviter l'écueil du rare – mais néanmoins culpabilisant – désintérêt qu'ils induisent parfois chez leurs élèves. En effet, l'orateur énumère des abstractions lunaires sur un ton soporifique à souhait, replongeant son auditoire dans une somnolence réparatrice.

Julien fait du coude à sa voisine.

— Dis, Jeannine, tu tiens le coup ?

— Oui, mais c'est dur. Dans une position plus confortable, je m'endormirais tout de suite.

— Qu'à cela ne tienne ! Allonge-toi sur mes genoux, tu seras bien.

— Et si je te prenais au mot ?

— Chiche !

— Qu'en penseraient l'inspecteur et son adjoint ?

— Je me moque de ce qu'ils penseraient. D'ailleurs, ils ne se rendraient compte de rien car l'un n'échappe pas plus que nous à la potion léthargique que nous administre son second, et ce dernier ne lâche pas ses notes des yeux. Alors ? Tu relèves le défi ?

— Tu vois, Julien, s'il y a une chose que j'aurai bien apprise au cours de cette journée, c'est que tu es un vrai cœur d'artichaut.

— Ah non ! Un cœur de volcan, oui ! Qui bat la chamade pour toi ! Mais pas de ce malheureux artichaut auquel on enlève les côtes, arrache les poils et bouffe le cœur.

— Alors, disons que tu es un inconstant.

— Comment veux-tu être autrement quand tu es un idéaliste en quête d'absolu ? Tant que tu n'as pas découvert l'être dont tu rêves inconsciemment, que fais-tu ? Tu es en état d'alerte permanent. Dès que ton cœur frémit, tu te dis : « C'est peut-être la femme de ma vie. » Peut-être mais pas sûr. Alors, qu'est-ce que tu fais ? Tu cherches confirmation. Puis, nouveau frémissement plus intense que le précédent. En toute bonne foi, tu écoutes ton cœur et tu changes de cap. Mais voilà qu'apparaît une créature encore plus fascinante qui est sûrement, du moins le penses-tu, celle que tu attends depuis toujours. Tu ne vas pas dédaigner la bienveillance du Grand Architecte de l'Univers qui place une telle sylphide sur ton chemin de terrien. Puis, bingo ! Julien retrouve Jeannine, et des braises rougeoyantes qui couvaient sous les cendres du temps, à l'insu des deux êtres prédestinés l'un à l'autre, jaillit un feu d'artifice, une passion dévorante, en pleine conférence pédagogique.

— Toi, Julien, tu es tout feu tout flamme. Te demandes-tu si cette passion dont tu parles est partagée ? Non, bien sûr. As-tu réellement observé un feu d'artifice ? Oui, c'est féerique : la clarté éblouissante des pièces au sol triomphe des ténèbres que les fusées multicolores pourchassent jusqu'au firmament dans une débauche d'explosions et de scintillements fugaces. Pendant combien de temps cette incandescence résiste-t-elle à l'obscurité qui l'assiège ? Vingt minutes ? Trente ? Quarante-cinq tout au plus ? Qu'advient-il, ensuite ? Une nuit plus noire, un silence plus profond. Et que reste-t-il de cette parenthèse enchantée ? Le regret mélancolique d'un éblouissement défunt.

— Si tu voulais bien m'accorder une chance… Je t'assure, Jeannine, que la parenthèse ouverte ne se refermera jamais.

— Comment pourrais-je te croire, toi qui as déjà ouvert et refermé tant de parenthèses. Il y a eu Jeanne, ton amour d'enfance ; puis Juliette, ton amour de préadolescent ; Jeanne à nouveau, pour te consoler de la trahison de Juliette ; Agnès, ton amour d'adolescent attardé ; Jeanne encore une fois, pour te relever de la forfaiture d'Agnès ; et aujourd'hui, tu voudrais que je vienne enrichir ton palmarès d'éternel amoureux errant ?

— Justement, Jeannine ! L'enfance, l'adolescence, tout ça, c'est loin derrière moi. Mes errements passés, c'est du révolu. Aujourd'hui, je suis un adulte comblé par son métier. Je n'attendais plus qu'une chose : rencontrer l'amour, le grand, l'unique, l'éternel. Lorsque je t'ai aperçue, ce matin, j'ai remercié le destin qui nous réunissait en cette occasion. Puis j'ai tremblé. Pourvu qu'elle soit encore libre ! Pourvu qu'elle accepte ma compagnie ! Pourvu qu'elle ne me repousse pas ! Tu veux bien me laisser un peu d'espoir ? Rien qu'un peu, juste le temps que je te prouve ma sincérité ? C'est vrai, je suis peut-être trop pressant mais, que veux-tu, j'ai déjà loupé le coche une première fois à cause de cette maudite Agnès, et je ne voudrais pas laisser échapper cette deuxième chance que m'offre la providence.

— T'es-tu demandé si c'est également une chance pour moi ? Si tu es celui que j'attends ? Si ton amour trouve un écho dans mon cœur ?

— Oui, je me suis posé ces questions, mais c'est toi qui détiens les réponses. Dis-moi au moins que tu ne me détestes pas.

— Je n'ai aucune raison de te détester, Julien.

— Alors, dis-moi que tu n'es pas indifférente aux sentiments que j'ai pour toi.

— Non. Toutes les filles aiment plaire aux garçons. En particulier à ceux qui leur plaisent. Ensuite…

— Je t'en prie, Jeannine. Ne me dis pas la suite maintenant. Je préfère ne pas savoir aujourd'hui. Plus tard, oui. Dans quelques semaines. Le temps que je me prépare au bonheur ou au chagrin. Pour le moment, dis-moi simplement si tu acceptes que nous nous revoyions de temps en temps.

— Oui, bien sûr. Disons dimanche prochain si ça te va.

— Tout à fait. À Cours ou à Lacépède ?

— À Lacépède où j'occupe un petit logement de fonction, si ça ne te dérange pas. J'évite de faire de la route ; je n'ai pas une confiance illimitée en ma vieille « Deuche ».

— D'accord, Jeannine. Je viendrai vers 11 heures et nous irons déjeuner dans un petit resto du coin, si tu veux bien.

— Je veux bien, Julien. En espérant que nous ne tomberons pas sur Ravachol !

— Tiens, justement le voilà qui demande la parole. En fait, heureusement qu'il est là pour animer la journée !

Julien et Jeannine, trop occupés à régler leurs affaires de cœur, ne se sont rendu compte de rien. À leur décharge, il faut préciser que M. Boquet a terminé son monologue assommant sans provoquer la moindre réaction des auditeurs. Pas de questions, pas d'applaudissements déférents, même pas de la part des quelques courtisans que génère, ici comme partout ailleurs, la présence d'un chef. Une indifférence totale, indécrassable, immuable.

À l'instant, l'inspecteur a pris la parole. Les corps avachis sur les bancs se sont respectueusement redressés avec un ensemble parfait et chacun a retrouvé son stylo, ses feuilles de papier et s'apprête à transcrire la parole infaillible de son supérieur hiérarchique qui ouvre la séance des questions-réponses. Julien et Jeannine imitent leurs collègues et, comme eux, tendent l'oreille pour ne rien rater de la question certainement séditieuse que va envoyer Robert Chady.

— Monsieur l'inspecteur, j'ai l'honneur d'attirer votre attention sur la teneur extrêmement rétrograde de la circulaire Lebettre du 19 octobre 1960 qui stipule que la réhabilitation du rôle de la mémoire devra être reprise car il n'est pas douteux que, pour de jeunes enfants, le « par cœur » ne soit la forme la plus authentique et la plus durable du savoir.

Ravachol n'aurait pas dû confondre l'inspecteur avec le conseiller pédagogique. Ces deux-là ne jouent pas dans la même cour ! Si celui-ci se prend pour celui-là, la réciproque n'est pas vraie... et notre ami Robert va l'apprendre à ses dépens.

— Mon cher ami, je vous remercie d'avoir la sollicitude de me lire le texte de la circulaire que vous avez citée car vous devez penser que je ne le connais pas. Eh bien ! Monsieur Chady, figurez-vous que, comme le recommande le conseiller du ministre, je l'ai appris « par cœur ». Vous avez dit « rétrograde » ? Un conseil, mon jeune ami, si vous ne voulez pas être vous-même rétrogradé un jour dans un emploi d'archiviste au sous-sol de l'Inspection académique, gardez-vous de juger les textes rédigés au sein de notre ministère.

Ravachol ne se démonte pas, au contraire.

— Monsieur l'inspecteur, l'École moderne de Freinet dont je suis un adepte, déclare que le « par cœur » de 1887 n'est plus valable en 1962, car il n'est que l'instrument du verbalisme et de la scolastique qu'elle condamne ; et c'est pour défendre l'École Républicaine et Libératrice, qu'elle fustige cette circulaire !

— Je vois, je vois. Vous auriez dû décliner tout de suite vos options pédagogiques. Nous aurions ainsi appris que vous faites partie de ce petit groupe de « *freinétistes* » frénétiques qui représente trois ou quatre pour cent des instituteurs de France. Trois ou quatre pour cent de trop en vérité car, comme vous venez de le montrer, ils parlent haut et fort mais, comme nous le constatons, mes collègues et moi, lorsque nous visitons les classes dans lesquelles ils exercent – je n'ose pas dire leur talent – les résultats qu'ils obtiennent sont catastrophiques. Mon cher ami, j'espère vous donner l'occasion, très prochainement, de me faire changer d'avis.

— Voilà ce qu'il a gagné à faire le mariole, marmotte Julien.

— Qu'est-ce que tu dis ? demande Jeannine.

— Qu'à faire le malin, il s'est récolté une visite imminente du patron qui ne va pas le louper !

Ravachol doit penser la même chose que Julien et prend, mais un peu tard, le parti de se taire.

— Tu sais, Jeannine, ce que me disait mon père quand j'essayais de rattraper une bêtise ?

— Mieux vaut tard que jamais, peut-être.

— Non, ça, c'est ce que je pense pour notre avenir. Non, lui disait : « Ce n'est pas quand on a fait dans son froc qu'on serre les fesses ! » C'est-y pas du bon sens paysan, ça ?

— C'est surtout très imagé.

— Oui, en effet. Et Ravachol ferait bien d'imprimer cet aphorisme dans sa mémoire. Ça lui éviterait pas mal d'avatars.

— Tu devrais comprendre, Julien, qu'on ne change pas la nature des gens aussi facilement. Ravachol, c'est un provocateur, c'est son naturel. C'est comme ton incessante quête d'un amour chimérique, c'est ton naturel.

— Pas si chimérique que cela cet amour puisque tu en es l'exquise incarnation. Et pas si incessante que cela ma quête puisqu'elle a cessé maintenant que tu es là.

— Tu vois, ce que je crains avec toi, c'est que tu ne puisses te passer de toujours convoiter autre chose que ce que tu viens de conquérir. Te souviens-tu d'une phrase d'Horace que la Biquette[1] nous avait fait commenter ?

— Là, tu surestimes ma mémoire. Que racontait donc ce brave Horace ?

— Tout simplement : « Chassez le naturel, il revient au galop. »

— Ah ? C'est de lui cette platitude ? Il y a combien de temps qu'il a dit ça ? Depuis les choses ont bien changé et ce qui était vrai à son époque ne l'est plus aujourd'hui.

— Tu es de mauvaise foi. La nature des hommes ne change pas.

— Bien sûr que tu as raison, Jeannine. Je te fais marcher.

1. *Surnom donné par les élèves de l'École normale mixte d'Agen à leur très gentille professeur de français en raison de ses jambes fluettes couvertes de poils noirs.*

— Pourquoi tu fais ça, Julien ?

— Parce que tu es encore plus jolie quand tu t'enflammes !

— Toi, je vais te gifler ! promet Jeannine avec un sourire indulgent qui découvre deux magnifiques rangées de dents d'un blanc éclatant.

Autour d'eux, les collègues rangent leurs affaires et se lèvent. L'inspecteur vient de clore les discussions pédagogiques de la journée et, après avoir remercié l'assistance pour l'attention dont elle a fait preuve pendant toute la durée de la conférence, il se dirige vers la sortie en compagnie de son adjoint.

En montant dans sa Mercedes, il se rend compte qu'il bloque la Jeep de Ravachol. Celui-ci, assis derrière le volant de métal de son tout-terrain militaire réformé, attend, l'air renfrogné, que le véhicule du patron dégage le passage. Avant d'engager la première, l'inspecteur baisse la vitre de sa portière et glisse suavement :

— Au revoir, mon cher ami. À très bientôt.

Sans répondre, Ravachol tire sur le lanceur du démarreur et enfonce l'accélérateur de sa voiture qui bondit en avant et disparaît dans un boucan de tonnerre de Brest.

La nuit est tombée. Le parking est quasiment désert. Seules une 4 CV et une « Deuche » patientent dans la froidure hivernale, soumises au bon vouloir de leurs propriétaires qui ne semblent pas pressés de les récupérer. Ceux-ci se sont réfugiés dans la chaleur douillette d'un petit bistrot adéquatement baptisé *L'Estaminet.* Assis devant un petit noir fumant, ils partagent un moment de douce complicité. Le cafetier qui les observe à la dérobée ne s'y trompe pas.

— Ces deux-là ne te rappellent rien, Suzon ? murmure-t-il en souriant à sa femme.

— Non. Pourquoi ? Ils devraient ?

— Oui. Souviens-toi du jour où nous nous sommes rencontrés au bal des pompiers, à Villeneuve-sur-Lot. Nous sommes allés prendre un café au *Bar des Arcades*. Tu te souviens ?

— Vaguement. C'est si loin tout ça. Bon ! Je vais faire chauffer la soupe.

Resté seul derrière son comptoir, le bistrotier retourne un verre et se sert une bonne rasade de muscat de Frontignan qu'il avale d'un trait afin de retrouver sa joie de vivre un instant ternie par le prosaïsme de sa *bobonne*. Quelle indifférence épaisse vis-à-vis de leurs élans passionnels d'antan ! Pas la moindre nostalgie de nature à raviver les merveilleux souvenirs de leurs premières années de vie commune ! Plus de frisson dans le cœur, plus d'étincelles dans les yeux ; l'extinction des feux de leur amour est définitive.

Silencieux comme une tombe, l'homme se remémore les paroles d'une chanson récente qui expriment si fidèlement ses pensées du moment.

En ce temps-là, la vie était plus belle
Et le soleil plus brûlant qu'aujourd'hui.
Et nous vivions tous deux ensemble,
Toi qui m'aimais, moi qui t'aimais.
Mais la vie sépare ceux qui s'aiment,
Tout doucement, sans faire de bruit
Et la mer efface sur le sable
Les pas des amants désunis.

Les feuilles mortes se ramassent à la pelle,
Les souvenirs et les regrets aussi.

Il se verse un deuxième verre de muscat, l'ingurgite aussi sec et attend quelques secondes que le remontant fasse son effet. Il sourit, ne sait pas trop pourquoi. Peut-être à la vie qui coule dans ses veines, aux moments heureux qu'il a vécus, à la pleine lune qui se reflète sur la vitrine, au jeu de l'amour et du hasard auquel s'adonnent ses deux jeunes clients.

Quand Julien s'approche de lui pour régler l'addition, le limonadier le toise effrontément.

— Jeune homme, vous faites plaisir à voir. Belle gueule, souriant, dans la force de l'âge. Voyez-vous, vous me rappelez mon jeune temps. C'est beau la jeunesse !

— Je vous dois combien, monsieur ? demande Julien, soucieux de couper court aux digressions de son interlocuteur.

— Rien du tout, mon jeune ami. C'est offert par la maison.

— Je ne peux pas accepter, monsieur. Ce serait abuser de votre gentillesse.

— Puisque je vous dis que c'est offert par la maison ! répète l'homme en baissant le ton. Allez ! Fichez le camp avant que ma bourgeoise ne débarque et m'accuse de couler la maison avec ma générosité de merde, comme elle dit vulgairement.

Julien et Jeannine remercient et sortent du café. Par l'entrebâillement de la porte que le groom hydraulique referme lentement, la voix de Suzon parvient à leurs oreilles.

— Albert ! Viens manger ! J'ai déjà fait réchauffer la soupe trois fois !

— J'arrive ! répond laconiquement Albert qui préférerait que sa bobonne réchauffe leurs sens et leurs sentiments refroidis plutôt que sa tambouille.

Furtivement, Jeannine dépose un baiser sur la pommette de Julien, dont les lèvres cherchent aussitôt celles de la jeune femme. Tentative vaine. Celle-ci a détourné la tête et la bouche gourmande de son audacieux condisciple doit se satisfaire du contact de la peau velouté de sa joue.

— Tu n'oublies pas, Julien ? Dimanche à 11 heures, rappelle Jeannine.

— Non, je n'oublie pas, je serai à l'heure.

Un dernier regard ensoleillé sous la lumière cendrée de la lune, un dernier sourire chaleureux dans la nuit glaciale, un geste fugitif d'au revoir plein de promesses, et les deux jeunes pédagogues se séparent, empruntant des chemins opposés.

Julien roule à faible allure pour ralentir le temps. Il s'efforce de graver dans sa mémoire tous les moments exaltants qu'il a vécus aujourd'hui en compagnie de Jeannine. Cela demande du temps lent qui ne bouscule ni la résurgence fragile des émotions ni la laborieuse restauration des images précieuses que sa rétine a enregistrées pendant des heures et que quelques minutes de séparation ont déjà légèrement estompées.

Du temps lent, mais également du silence absolu dans lequel résonne la voix de l'amante absente… et de la nuit d'encre que seul le visage de l'être aimé éclaire.

Aussi, dès qu'il arrive chez lui, s'allonge-t-il tout habillé sur son lit de camp, lumières éteintes, yeux clos, corps inerte, et se remémore-t-il le film de cette journée dans lequel ce n'est plus l'inspecteur primaire qui tient le premier rôle mais la ravissante Jeannine.

VII

Sapho

LE LENDEMAIN et les jours suivants, Julien déborde d'entrain et son exaltation ne manque pas de mettre la puce à l'oreille de Mathilde. À la fin du repas du samedi, lorsque les élèves ont déserté l'école, la cantinière lui lance un regard de connivence et, avec son franc-parler habituel, lui exprime le fond de sa pensée.

— Depuis que vous êtes revenu de Prayssas, Julien, vous êtes gai comme un pinson. Moi, je sais pourquoi.

— Seriez-vous médium, par hasard ?

— Pas besoin d'être médium pour deviner que vous êtes tombé amoureux. Je me trompe ?

Julien n'a d'autre option que de mentir pour éviter que la langue bien pendue de Mathilde ne colporte dans tous les foyers de la commune et des alentours une information de nature à le discréditer. Les parents pourraient s'inquiéter de le voir s'intéresser à autre chose qu'à sa classe et les élèves ne manqueraient pas de fantasmer sur les amours de leur maître qui leur inspireraient des plaisanteries de nature à saper son autorité naturelle.

— Moi, amoureux ? Où êtes-vous allée pêcher cela, Mathilde ? Croyez-vous que j'aie le temps de marivauder avec le boulot que j'ai ? Non, voyez-vous, si vous trouvez que j'ai l'air plus réjoui que d'habitude depuis jeudi, c'est parce que l'inspecteur auquel j'ai présenté mes fiches de travail m'a chaleureusement félicité et encouragé à continuer dans cette voie.

— Oh ! Excusez-moi, Julien. Je me suis trompée. Remarquez, tomber amoureux, ce n'est pas un crime !

— Bien sûr que non, Mathilde. Et se tromper, non plus. L'erreur est humaine. Tiens, puisqu'il reste des pâtes, avant que vous ne les mettiez à la poubelle, je vais en prendre un peu pour ce soir.

— Vous ne rentrez pas chez vos parents, ce week-end ?

— Non, j'ai du travail à faire ce soir. Je partirai demain matin.

En fait, Julien n'a pas plus de travail à effectuer aujourd'hui qu'il n'en a les autres fins de semaine. Et pourtant, il va lui falloir deux fois plus de temps car, chaque fois qu'il ouvre un cahier pour corriger la page du jour, à l'écriture de l'élève se superpose le joli minois de Jeannine qui vient le taquiner.

— Bonsoir, mon cher collègue. Je suis heureuse de te faire une petite visite impromptue.

— Bonsoir, ma jolie Jennie. Je suis ravi de pouvoir passer un petit moment avec toi.

— Goujat ! Je ne suis pas Jennie. Qui est cette Jennie ? Encore une fille de plus dont tu as été amoureux ?

— Dont je suis amoureux, oui ! Je trouve que ce diminutif te va si bien !

— Personne ne m'a encore nommée ainsi. Tout le monde m'appelle Jeannine.

— Parmi les milliers de Jeannine qui existent, toi seule combles mon cœur. Tu es tout pour moi et ma façon de te soustraire à la banale multitude des Jeannine, c'est de te baptiser du joli diminutif de Jennie. Cela te contrarie-t-il ?

— Non, je trouve même ce pseudonyme très joli. Il me faut simplement un peu de temps pour m'y habituer. Que faisais-tu avant mon arrivée ?

— Je corrigeai les cahiers de mes élèves.

— Oh ! Pardonne-moi mon intrusion. Je me sauve.

Le sublime visage de Jennie se résorbe et Julien se replonge dans la dictée de Catherine. Brillante élève que cette enfant de onze ans ! Zéro faute. Dix sur dix. Il passe à la copie de Germaine. Puis à celle de Joël qu'il examine avec une extrême concentration. Ça la *foutrait mal* qu'il oublie une ou deux fautes dans le texte du fils de l'adjoint aux affaires scolaires ! Passons à Hervé. Julien ouvre le cahier. Surprise ! La trombine espiègle de Jeannine occupe toute la page.

— Coucou, Giuliano. Me revoilà ! Je me languissais de toi. Je peux venir quelques instants ?

— Tu es chez toi, Jennie. Mais pourquoi m'appelles-tu Giuliano ?

— Je me souviens qu'à l'école normale tu avais confié à Agnès que ta maman était sicilienne.

— Non, Jennie, pas sicilienne ; elle est originaire du nord de l'Italie.

— Soit. Disons donc que tu es un sang-mêlé, parfois romantique comme un Français, parfois charmeur comme un Italien, parfois Julien, parfois Giuliano.

— Et lequel des deux préfères-tu ?

— Devine.

— Je donne ma langue au chat.

— Trop tard ! Je m'éclipse pour te laisser travailler.

— S'il te plaît, Jennie ! Reste encore un peu, je t'en prie.

Vaine supplique ! La frimousse mutine s'est envolée de la page d'Hervé, laissant réapparaître le texte de la dictée à corriger. À plusieurs reprises, Jennie se plaît à distraire Julien de son travail. Elle survient à l'improviste et, sans plus de cérémonie, s'installe sous ses yeux pour quelques minutes de badinage avant de disparaître comme elle est venue. Julien voudrait bien la retenir, mais les heures passent et il doit terminer les corrections et la préparation des séquences pédagogiques dès ce soir afin de profiter du dimanche en compagnie de la jeune fille.

À 19 heures, il peut respirer. Mission accomplie. Enfin disponible pour penser tranquillement à Jennie. Comment une absente peut-elle être si obsessionnellement présente ? Mystère des passions, de l'amour comme de la haine, de l'idolâtrie comme de l'exécration.

Dimanche. Julien s'apprête à rejoindre la nouvelle élue de son cœur. Il a longuement hésité. Chemise bleu ciel avec cravate et costume bleu marine ? Un peu trop dandy pour une balade pastorale. Finalement, son choix se fixe sur une tenue vestimentaire plus *relax* : jeans et veste noire sur un tee-shirt blanc cassé. Des sneakers basses en toile bleu foncé et, pour résister au froid de saison, un duffle-coat gris souris complètent sa mise. Il se regarde dans le miroir de la salle de bains. Pas narcissique pour deux sous car ce n'est pas à lui qu'il doit plaire : c'est Jennie qu'il faut charmer. Il observe son image sans indulgence.

— Qu'en penses-tu, Jennie ? Je te botte ainsi ? demande-t-il à celle qui s'est intimement enchâssée dans son esprit.

— Relève le col de ton duffle-coat sur ta nuque pour voir.

— Comme ça ?

— Oui, c'est bien ainsi, Giuliano. Avec tes cheveux gominés ça te donne un air de tendre voyou sicilien.

— Mes cheveux gominés ?

Mais oui ! On dirait qu'il a suiffé ses cheveux tant ils sont gras et brillants, avec quelques épis que le peigne n'a pu domestiquer.

— Zut ! J'aurais dû me laver la tête ! rage-t-il en se passant la main dans sa chevelure. Ai-je encore le temps de le faire ? Quelle heure est-il ? 9 h 45. J'ai juste une demi-heure devant moi.

Pris d'une soudaine frénésie, Julien se dénude en moins de temps qu'il n'en faut pour le dire, s'applique un berlingot de shampooing Dop de couleur jaune – parfumé à l'eau de Cologne, comme le répète quotidiennement la radio –, essore ses cheveux, trace une raie rectiligne sur la droite de son crâne et s'applique à se coiffer à l'aide d'une brosse ronde et d'un appareil récemment mis sur le marché, le sèche-cheveux électrique auquel Moulinex vient de conférer le design d'un pistolet.

Excellent. Plus un cheveu ne dépasse de sa toison châtain parfaitement lissée. Julien se rhabille, jette un dernier coup d'œil vers le miroir et quitte le logement. Il allait atteindre son garage de l'autre côté de la cour lorsque Mathilde survient près du portail.

— Fichtre ! Que vous êtes bien sapé, Julien !

— Et bien peigné aussi, au cas où vous ne l'auriez pas remarqué. Bien rasé et bien parfumé également.

— Ne vous fâchez pas, Julien. Je dis ça pour plaisanter !

— Mais moi aussi, Mathilde. Allez ! Je vous souhaite un bon dimanche.

— Merci, Julien.

Il s'en veut de s'être momentanément départi de son calme. Mathilde n'est pas une mauvaise femme, au contraire. Elle n'a qu'un défaut, c'est une pipelette. Et Julien a la certitude qu'elle soupçonne quelque chose. Sans doute devra-t-il désormais éviter de la brusquer pour conserver sa confiance et éviter qu'elle ne se répande en bavardages malveillants à son égard.

Dès qu'il prend la route, le visage souriant de Jennie chasse de son esprit l'équivoque Mathilde. Il roule bon train vers le bonheur dont il éprouve déjà les prémices. Voici Prayssas et la place Saint-Louis, où il eut la révélation de la grâce délicate de sa copine de promo. Un petit pèlerinage jusque sur la place de l'Hôtel de Ville avec une pieuse pensée pour Albert, pauvre damné martyrisé par l'infernale Suzon, son épouse. Tiens ! Une fleuriste. Ça tombe à pic.

— Bonjour, mademoiselle.

— Bonjour, monsieur. Que puis-je pour vous ?

— Vous pouvez m'aider à choisir des fleurs ?

— Je suis là pour ça, monsieur. Quel type de fleurs voulez-vous ?

Julien retient sa langue qui allait laisser échapper :

— Vous vous foutez de ma fiole ? Si je le savais, je ne vous demanderais pas de m'aider, espèce de tarte !

Réflexion logique, cependant trop grossière pour être exprimée sous cette forme. Julien lui substitue une formulation plus policée.

— Vous me chambrez, n'est-ce pas ? Je ne sais vraiment pas que choisir.

— C'est pour offrir, monsieur ?

— Non, c'est pour les bouffer à l'apéritif, dans une heure, patate !

Julien n'a pas prononcé cette dernière repartie ; elle lui est naturellement venue à l'esprit mais la censure de sa bonne éducation a encore frappé. Une nouvelle fois, il expurge sa réplique initiale.

— Bien sûr, mademoiselle. C'est pour offrir.

— Pour offrir à qui ?

— À une charmante demoiselle comme vous.

La jeune fleuriste rougit mais continue son interrogatoire.

— Votre fiancée, peut-être ?

— Oui, exactement.

— Et vous voulez lui exprimer vos sentiments avec le langage des fleurs ?

— C'est ça. Récapitulons. Je voudrais un bouquet de fleurs qui soit un message d'amour adressé à la jeune fille à qui je vais l'offrir. Vous saisissez ?

— Tout à fait. Je vous propose donc d'offrir un bouquet de roses rouges qui sera perçu comme une déclaration d'amour passionnée. C'est bien cela que vous voulez ?

— Vous avez tout compris, mademoiselle, conclut Julien qui poursuit en son for intérieur : « Vous voyez que vous êtes plus futée qu'il n'y paraît au premier abord ! »

Trois minutes d'attente. La fleuriste lui tend le bouquet joliment enveloppé de papier cellophane, il paie ce qu'il doit, remonte dans sa 4 CV puis, en avant toute !

Il pénètre dans le petit village de Lacépède à 10 h 50. Jennie doit s'affairer. Ce serait désobligeant de faire irruption trop tôt.

Sur sa droite, il aperçoit l'église Saint-Pierre surmontée d'une seule cloche enclavée dans le campenard. Il s'approche pour mieux observer le monument vraisemblablement élevé en seconde moitié du XIIe siècle, si l'on en juge par l'existence simultanée de fenêtres romanes et gothiques. Pas question de descendre de voiture pour entrer dans le lieu de culte du village ! Il suffirait qu'une mémé Pélagie lui prête de mauvaises intentions et avertisse les cognes pour qu'il se retrouve dans de beaux draps. Ce n'est pas le moment ! Il fait demi-tour et continue la traversée du village sans se presser. 10 h 55. C'est bon. Justement, il débouche devant la mairie-école bâtie sur un remblai.

C'est un bâtiment de deux étages datant du XIXe siècle. Un authentique symbole de la République. La devise « Liberté-Égalité-Fraternité » est gravée au-dessus de l'unique porte d'entrée et le drapeau tricolore flotte fièrement au sommet de l'édifice, surplombant le fronton sur lequel sont définitivement ciselés, en lettres capitales, les deux mots « MAIRIE-ÉCOLE », désormais indissociables comme l'étaient les promoteurs de la République et les hussards noirs chargés d'inculquer à leurs écoliers les valeurs républicaines. En rez-de-chaussée, à droite, la salle de classe et, à gauche, la salle municipale ; au premier, le logement de fonction de l'institutrice.

Julien est immobile sur le pas de la porte, son bouquet à la main, avec cet air emprunté commun à tout macho nouvellement reconverti en chevalier servant.

Il n'est pas possible que Jennie ne l'ait pas entendu arriver. Le ronronnement du moteur et le claquement de la portière l'ont inévitablement alertée. De plus, elle l'attend pour 11 heures ; elle doit donc être tous sens en éveil. Elle l'a même certainement vu de derrière les vitres de sa fenêtre. Pourquoi n'est-elle pas descendue lui ouvrir ? Serait-ce par coquetterie ? Par provocation ou par taquinerie ? À moins que ce ne soit… Oh ! Mon Dieu ! Faites que ce ne soit pas par indifférence !

A-t-Il entendu sa prière ? A-t-Il intercédé en sa faveur ? Sans bruit, la porte pivote lentement sur ses gonds et la magie opère. Dans l'entrebâillement paraît Jennie. De prime abord, Julien ne perçoit qu'une silhouette élancée dont la robe de coton sergé à rayures verticales noires sur fond blanc accentue la sveltesse.

— Bienvenue à Lacépède, Julien. Entre donc, je suis bientôt prête, propose la jeune femme en ouvrant complètement la porte.

— Bonjour, Jeannine, balbutie Julien en s'avançant.

Il est sous le charme, complètement subjugué par ce fluide ineffable que dégage sa si jolie collègue. Que demander de plus au Ciel que la présence de la personne aimée ? Elle est là, devant lui, les yeux noirs pétillant d'une joie enfantine, son fin visage illuminé d'un sourire discret, ses longs cheveux de jais ruisselant sur ses épaules frêles. Julien contemple cette créature de rêve dont le côté femme-enfant implique la présence, dans son ombre, d'un ange gardien protecteur. Oui ! Il sera celui qui veillera sur elle jour et nuit, attentif à chaque souffle de sa vie, prêt au sacrifice pour la sauver. Il la préservera de tous les maux de la terre, supprimera tous les obstacles survenant sur son chemin, dissipera tous les nuages s'avisant d'obscurcir son destin.

— Tu es ravissante, Jeannine. Laisse-moi t'embrasser.

La jeune femme tend la joue. Julien a compris qu'il ne faut pas précipiter les choses et qu'il est donc condamné à ronger son frein pour ne pas effaroucher sa belle. Elle est un oiseau du paradis, légère, éprise d'espace et de liberté ; l'apprivoiser exigera de la patience, du tact et de l'amour. Ce sera difficile pour Julien, lui qui a du vif-argent dans les veines et bouscule parfois les convenances lorsqu'elles le gênent dans ses entournures. Par contre, pour ce qui est de l'amour, il s'en épanche de son cœur autant qu'il s'écoule d'eau de la source Égérie[1].

— Allez ! Suis-moi, Julien. Je vais te faire découvrir mon appartement.

Docile – il le serait à moins –, Julien emboîte le pas à Jeannine.

— Tu as fait bonne route ?

— Oui, j'ai suivi *La route du bonheur*[2] qui m'a guidé vers une belle institutrice comme dans le film.

— C'est gentil ce que tu dis là mais, es-tu bien sûr de me voir telle que je suis ?

— Je te vois avec mon cœur, Jeannine. Avec le prisme de ma subjectivité, différente de celle des autres. Heureusement d'ailleurs, sinon tous les hommes seraient à tes genoux et la concurrence serait rude ! Donc, je te vois telle que tu es pour moi. Magnifique, sublime. D'autres te voient différemment, en fonction de leur nature spécifique, de leur histoire personnelle, de leur représentation de la beauté féminine et que sais-je encore ?

Jeannine gravit l'escalier de pierre avec une élégance aristocratique. Sa robe flotte autour de ses jambes fines et nerveuses dont Julien ne peut détacher son regard. Non, ce n'est pas de la

---

1. Nymphe de la mythologie grecque qui fut changée en source intarissable par la déesse Diane.

2. Film franco-italien de Maurice Labro et Giorgio Simonelli, sorti en 1953, dans lequel l'héroïne, Marina, est une jeune institutrice.

concupiscence qui brille dans ses yeux, c'est la jouissance du beau, cette extase toute en pureté que procure la contemplation d'une œuvre esthétique.

— Voici mon chez-moi. Il te plaît ?

— Ma foi ! J'aimerais bien que ce soit notre chez-nous. Nous ne sommes qu'à une douzaine de kilomètres de Cours. Je n'aurais qu'un quart d'heure de route pour rejoindre mon école. Je plaisante, bien sûr. Tiens, voici des roses qui t'exprimeront muettement ce que je ne sais dire que maladroitement.

— Merci, Julien. Elles sont splendides.

Le temps que la jeune femme déniche un vase approprié, Julien a tout loisir d'observer les lieux. La pièce fait office de salle à manger-salon. Une table en acajou verni polyester rectangulaire et six chaises en skaï noir occupent le centre de la pièce, tandis qu'une table basse en teck sépare une banquette scandinave grise de la petite télévision posée sur une étagère en aggloméré noir.

— Tu regardes souvent la télé ?

— De temps en temps, oui. Des jeux comme « La tête et les jambes » présenté par Pierre Bellemare ou « Intervilles » avec Simone Garnier, Guy Lux et Léon Zitrone.

— Et les films, ça t'intéresse ?

— Oui, je regarde deux séries : *Les aventures de Sherlock Holmes* et *La Belle et son fantôme*. J'aime bien aussi les émissions de divertissement : « Âge tendre et tête de bois » présentée par Albert Raisner, par exemple. Mais tu sais aussi bien que moi que nous n'avons pas beaucoup de temps libre, nous les débutants. Nous avons encore tant à apprendre sur le terrain.

— C'est vrai. Pensons que tous nos aînés sont passés par ces épreuves et n'en sont pas morts. Allez ! Tu me fais visiter tes appartements ?

— Si tu veux, mais ne fais pas attention au désordre.

— Ne t'inquiète pas. « Le désordre est un effet de l'art », a dit Boileau. C'est Biquette qui nous avait fait apprendre cette citation à l'EN. Tu t'en souviens ?

— Non. Tu as plus de mémoire que moi.

— Non, pas plus que ça. Seulement je retiens celles qui m'arrangent.

— Et tu en as d'autres en réserve ?

— Oui, celle-ci de Gérard de Nerval : « Baiser de la bouche et des lèvres / Où notre amour vient se poser, / Plein de délices et de fièvres, / Ah ! J'ai soif, j'ai soif d'un baiser ! »

— Et en quoi celle-ci t'arrange-t-elle ?

— En ce sens que le poète dit ce que je souhaite avec plus de talent que moi. J'en ai une autre qui définit l'amour absolu. Elle est extraite d'une pièce de théâtre de Camus, *Les Justes* : « C'est cela l'amour, tout donner, tout sacrifier sans espoir de retour. »

— C'est un amour désespéré que celui-là, un amour maudit qui peut ruiner toute une vie, tu ne trouves pas ?

— Si, mais que faire lorsque la personne que tu aimes plus que tout au monde est insensible à ton amour ? C'est pour cela que j'espère ne jamais me trouver dans cette situation. Malheureusement, ça ne dépend pas que de moi. Ça dépend aussi…

— Tiens ! Voici ma cuisine, annonce vivement Jeannine.

— Très jolie ! apprécie Julien en caressant de ses doigts le formica rouge de la table. Et ta chambre ?

— Juste derrière la cuisine. Il y a aussi une chambre d'amis.

— Tu me les montres ?

— Tu fermeras les yeux sur la pagaille, tu me le promets ?

— Je t'ai déjà répondu. D'ailleurs, c'est un appartement de jeune femme célibataire, pas de vioques atteints de névroses obsessionnelles chez qui il ne faut rien déplacer et rien laisser traîner. Ton désordre, c'est aussi la preuve que tu agis, que tu vis, que tu n'es pas une poupée de cire sur une scène du musée Grévin !

— Alors, continuons la visite. Ici, la chambre d'amis.

Julien jette un coup d'œil rapide. Grand lit avec deux chevets et une armoire à glace assortie, le tout en acajou verni, dans un décor de bon aloi, sobre et reposant. Sans commentaire.

— Et ici, ma chambre. Je t'avais averti ; c'est un peu le *binz*. Même averti, Julien est passablement surpris par le spectacle, mais son étonnement ne dure guère que quelques secondes.

Car ce bazar lui permet de partager de précieuses minutes de la vie intime de sa bien-aimée. Sur le lit romantique blanc à baldaquin, la literie est encore imprégnée de la douce chaleur de la jeune femme. Julien imagine Jeannine à son lever, lorsqu'elle écarte le drap blanc de son corps de nymphe et que, assise sur le rebord du matelas, elle pose ses pieds fins sur la descente de lit. Elle tend les deux bras vers le ciel et s'étire langoureusement en plissant les yeux comme une chatte alanguie. Elle est encore dans un demi-sommeil, à demi absente, indolente et vulnérable.

Sa chemise de nuit rose en satin moucheté est posée, roulée en boule, sur la couverture, près de sous-vêtements affriolants : des soutiens-gorge en dentelle, blanc, noir, bleu céleste, corail ; des slips assortis ; deux combinaisons, noire et orchidée. Lingerie aguichante délaissée par la jeune femme au profit d'une autre sous-vêture jugée plus seyante en ce dimanche matin… De quelle couleur ? Rouge cardinal, violine, saphir ? De quelle matière ? Coton, satin, tulle ? De quelle forme ? Enveloppant, suggestif ?

Julien lui verrait bien un ensemble en satin rose vif et dentelle noire. Il se représente ces petites pièces de tissu, pas plus grandes que ses mains, adhérant à la peau duvetée de sa dulcinée. Impossible, pour l'instant, de vérifier si son intuition est juste.

— Comment tu la trouves ?

— Euh… Euh… Superbe. Et cette photo, sur la commode ?

— C'est moi avec ma copine Sapho.

— Elle est plus âgée que toi, ta copine et elle a un drôle de prénom.

— Oui, c'est un prénom rare. Deux ou trois nouveau-nées le reçoivent chaque année. Et là, derrière cette porte, c'est ma salle de bains.

— Tu as une baignoire ?

— Oui. Entre, tu la verras.

— Tu es vraiment gâtée par ton maire.

Julien pénètre dans la petite pièce équipée d'un lavabo et d'un bidet en céramique blanche ainsi que d'une baignoire de même couleur. Des serviettes de bain sont accrochées à des patères fixées au-dessus d'un gros radiateur en fonte. « Quelle chance elles ont de pouvoir caresser la douce peau de Jennie », pense-t-il ; de plus, à sa demande. Et la sortie-de-bain, négligemment jetée sur le rebord de la baignoire… Elle aussi a collé à la peau encore humide de cette naïade, se glissant jusque dans les plis les plus secrets de sa splendide anatomie.

— Qu'en penses-tu ?

— Euh… Euh… Tu es bien installée. Ton appartement est très accueillant et tu l'as meublé avec beaucoup de goût.

— Merci, Julien. Sapho m'a bien aidée pour choisir les meubles et la déco.

— Elle habite loin, ta copine ?

— Non. C'est madame le maire de la commune. Elle habite près de l'église.

— Tu m'en diras tant ! Je comprends enfin pourquoi la mairie entretient si bien ton logement de fonction. Ce n'est pas tout ça ! Il est presque midi. Tu es prête ?

— Oui, nous pouvons y aller. Où m'emmènes-tu ?

— À Tonneins, au resto *Le Marina*. Il est spécialisé dans les produits de la mer mais on y trouve également des spécialités du Sud-ouest. Le choix est très large. Ça te va ?

— OK ! je te fais confiance.

Julien et Jeannine quittent le logement. Ils marchent côte à côte comme deux amis. Lui a compris qu'il ne faut pas la brusquer ; il n'ose pas lui prendre la main. Il espère qu'elle aura moins de retenue qu'il n'en a. Espoir déçu. Près de la voiture, il lui ouvre la portière, attend qu'elle s'asseye. C'est troublant une femme qui monte en voiture ; durant quelques dixièmes de seconde, elle doit renoncer à sa pudeur pendant qu'elle effectue une gracieuse contorsion pour s'introduire dans le véhicule et ce n'est qu'une fois assise qu'elle rectifie sa tenue en ramenant le bas de sa robe sur ses genoux un instant découverts. Là, il referme la portière et va s'installer devant son volant.

L'habitacle de la 4 CV est minuscule et Julien s'en réjouit. Jennie est tout près de lui, à quelques centimètres à peine. Il démarre et s'éloigne du village. Il observe la campagne en pleine hibernation sous un pâle soleil de février. Paysages mornes pour les cœurs minés par la solitude, mais ô combien transfigurés pour ceux que l'amour a enflammés !

Pendant le trajet, Julien et Jeannine ont parlé de tout et de rien. De tout sauf de leurs sentiments mutuels. Essentiellement de leur séjour à l'École normale d'Agen et de leurs débuts professionnels.

Julien stoppe devant le restaurant. Il contourne la 4 CV, ouvre la portière de la passagère. Petit moment de trouble à nouveau, plus intense que le précédent car sortir d'un véhicule nécessite, pour une femme, une contorsion plus suggestive que celle qu'elle doit réaliser pour y pénétrer. Il referme la portière et tous deux se dirigent vers l'entrée où ils sont accueillis par un maître d'hôtel très stylé qui les oriente vers une table à deux couverts située dans un coin retiré de la salle. À n'en pas douter, il les a pris pour un jeune couple et cela ravit Julien. D'autres couples, plus âgés, sont déjà installés et certains ont même entamé leur repas.

Une serveuse apporte deux cartes de menus. Après les avoir consultées, Julien demande :

— Tu préfères un menu ou des plats à la carte ?

— Le menu du jour, c'est plus simple. On est sûrs qu'ils ne seront pas en rupture d'ingrédients.

— Bien vu. Allons-y pour deux menus du jour.

Julien fait signe à la serveuse de venir prendre la commande.

— Mademoiselle, nous avons choisi deux menus du jour.

— Monsieur, nous ne servons pas de menu du jour le dimanche. Nous servons uniquement le menu gastronomique ou les plats à la carte.

Julien jette un coup d'œil sur le menu gastronomique. Excellent choix de plats, tous plus succulents les uns que les autres. Son regard tombe sur le prix. Trois fois plus élevé que celui du menu du jour ! Les vins et les cafés en sus ! Il regarde les autres convives. Rien que de vieux ploutocrates, sapés comme des milords, avec leurs bourgeoises engoncées dans des toilettes sophistiquées, le visage maquillé à outrance afin de masquer les ravages de l'âge. Ils parlent du bon vieux temps, de celui où ils étaient jeunes et beaux, de celui d'avant-guerre où ils écoutaient Charles Trenet, Mistinguett et Maurice Chevalier, où ils acclamaient Édouard Herriot, Léon Blum ou Jacques Duclos, où ils s'extasiaient devant Joséphine Baker dansant le charleston aux Folies-Bergère avec un pagne de bananes pour tout vêtement. Ils ont l'assurance des vieux couples ayant réussi dans la vie, c'est-à-dire financièrement en premier lieu. Pour beaucoup d'entre eux, être c'est avoir et pouvoir montrer ce que l'on a. « Alors que pour moi, être, c'est d'abord aimer », se dit Julien en regardant langoureusement sa compagne de table.

— Dis, Julien, tu as vu le prix du menu gastronomique ?

— Ne regarde pas le prix, Jennie. Aujourd'hui, je suis plus riche que tout ce monde que tu vois ici autour de toi.

— Tu as gagné à la loterie nationale ? Mais dis ? Pourquoi tu m'appelles Jennie ?

— Je trouve que cela te va à merveille. Et puis cela te distingue de toutes les Jeannine qui existent. Tu es unique pour moi. Qu'en dis-tu ?

— Que tu as des idées originales mais après tout, pourquoi pas ?

— Quant à la loterie nationale, que peux-tu gagner avec elle ? Des mille et des cents ? Des millions ? Des millions de quoi ? Des millions de petits francs de malheur ! Regarde comment finissent les soi-disant heureux gagnants : fauchés comme Job pour la plupart et tragiquement seuls, abandonnés par les nombreux amis convoiteux venus leur soutirer le maximum d'argent possible. Ma richesse est d'un tout autre ordre.

— C'est pourtant bien avec des francs que tu vas régler l'addition.

— Bien sûr, Jennie, mais avec des francs qui sont le fruit de mon travail et pas de l'argent malsain. Rends-toi compte du nombre de perdants qu'il faut pour faire un gagnant, de la quantité de pauvres gens que l'on appauvrit un peu plus en les soulageant de leurs mises pour constituer un gros lot pour un seul individu. Toi aussi, tu sais ce que te coûte l'argent que tu gagnes, n'est-ce pas ? Il a une autre valeur que le fric obtenu illégitimement.

— Comme quoi cent francs n'égalent pas toujours cent francs, ironise Jennie.

— Tu as tout à fait raison !

— Peut-être, mais ce qui est certain c'est que cette conversation m'a creusé l'estomac. Tu as choisi, Julien ?

— Je choisirai après toi, Jennie.

La jeune femme se concentre quelques minutes sur la lecture de sa carte.

— Ça y est. J'ai choisi.

Julien rappelle la serveuse.

— Vous avez choisi ? demande-t-elle.

— Oui, ça y est, répond Julien en lui tendant les deux cartes.

— Je vous écoute, madame.

Jennie passe commande et la serveuse s'adresse à Julien :

— Et vous, monsieur ?

— La même chose, mademoiselle.

— Merci, monsieur-dame. Prendrez-vous un apéritif ?

— Jennie ? Un apéritif ?

— Non, merci. Je ne bois pas d'alcool.

— Et vous, monsieur.

— Non, merci. Je ne bois pas d'alcool.

La serveuse s'éloigne sans un sourire. Peut-être s'imagine-t-elle avoir affaire à des impécunieux ou à des rapiats ? Et c'est le moment que choisit le sommelier pour venir proposer les crus de sa cave qui seront les meilleurs alliés des plats à venir. Il parle avec une telle volubilité que les deux hôtes sont contraints d'écouter ses conseils avisés jusqu'à la fin avant de lui avouer humblement qu'ils sont membres de la confrérie des personnes abstèmes[1]. Devant son air quelque peu ahuri, ils lui précisent charitablement la signification de ce terme.

— Merci, monsieur-dame. Bon appétit monsieur-dame.

L'échanson se retire en prenant un air constipé. Sans doute, pense-t-il, lui aussi, que ces deux clients ne sont que d'indécrottables grigous égarés hors de leur sphère de petits miteux.

La serveuse revient avec deux médaillons de foie gras sur toasts, les dépose délicatement devant les deux jeunes clients et s'éclipse discrètement. Suivront des magrets de canard avec des frites et, pour terminer le repas, des profiteroles au chocolat chaud suivies de divins cappuccinos.

— Ça t'a plu ? demande Julien en reposant sa tasse.

— C'était délicieux. Merci, Julien. Mais dis, pourquoi as-tu commandé les mêmes plats que moi ?

— Parce qu'ils me plaisaient.

Julien préfère les huîtres au foie gras et l'entrecôte au magret. À Laguillemie, sa maman cuisine chaque année des canards, et il a longtemps consommé des foies en conserve et des magrets confits conservés dans la graisse sans y accorder

1. *Abstème : qui s'abstient de boire du vin.*

une valeur particulière. Ce n'est que plus tard, en remarquant que les visages des invités – surtout de ceux qui n'étaient pas originaires de la campagne – s'éclairaient quand sa mère présentait ces deux produits de la ferme qu'il s'était rendu compte à quel point ils étaient prisés par les fines gueules. Depuis, il considérait ces deux spécialités culinaires comme représentatives du raffinement de la gastronomie française.

Comme quoi, tout est affaire de circonstances.

Cependant il continuait à préférer les huîtres au foie gras et l'entrecôte au magret.

Qu'importe ! Jeannine avait fait son choix et, du même coup, celui de Julien... car ce dernier tenait à tout prix à partager avec elle non seulement les émotions, mais également les sensations du moment, y compris gustatives. Et quand elle avait dégusté le foie, puis le magret, il l'avait accompagnée afin de vivre, au même instant, au même endroit, l'éclosion des mêmes saveurs, la même stimulation des papilles, la même délectation prosaïque que procurent les plaisirs de la table.

L'amour rend aveugle, dit-on communément ; plus exactement, il éblouit et modifie notre perception de l'univers jusque dans les détails, métamorphosant le paysage le plus terne en un superbe tableau de Monet, les sons les plus incongrus en un hymne à la nature et les saveurs les plus fades en exquises succulences. Julien n'a pas échappé à cette magie du bonheur.

Après avoir réglé l'addition sans sourciller, il quitte les lieux en compagnie de Jennie, non sans avoir jeté un regard charitable à ces vieux couples de *bourges* que les vins ont rendus léthargiques. Les maris et leurs épouses se sont tus ; la lueur qui brillait au fond de leurs prunelles, lorsqu'ils évoquaient leurs jeunes années, a disparu, submergée par une vague de nostalgie maussade, celle qui leur fait regretter le temps de leur jeunesse que, quelques minutes plus tôt, ils revivaient intensément. Dans leurs têtes indolentes résonnent les paroles désenchantées de Charles Trenet à la recherche du temps perdu : *Que reste-t-il de nos amours ? Que reste-t-il de ces beaux jours ?* Alors qu'une demi-heure plus tôt, c'étaient des mots enchanteurs que leur prodiguait l'idole de leurs vingt ans, les rajeunissant de plus d'un demi-siècle, le temps d'un refrain surgissant de leur mémoire :

Tout le jour, mon cœur bat, chavire et chancelle
C'est l'amour qui vient avec je ne sais quoi
C'est l'amour, bonjour, bonjour les demoiselles
Y'a d'la joie partout y'a d'la joie

— Ça te dirait d'aller au cinéma, Jennie ?

— Tu es gentil, Julien, mais je dois rentrer pour corriger mes cahiers.

— D'accord, Jennie. Je te ramène chez toi.

L'heure de la séparation, si redoutée des amoureux, est imminente et Julien a beau adopter une conduite « à la papa », les kilomètres défilent trop rapidement.

— Nous voilà arrivés, Jennie. Tu m'offres un café ?

— Avec plaisir, mais je n'ai que du Nescafé lyophilisé.

— J'adore. Tu écoutes « Le jeu des 1000 francs » présenté par Roger Lanzac sur France 1 ?

— Quelquefois, oui. Pourquoi ?

— L'autre jour, il y avait cette question rouge : « Qui a inventé le café lyophilisé ? » Tu connais la réponse ?

— Non, mais tu vas me la donner.

— C'est Alphonse Allais, le fameux écrivain-humoriste de la Belle-Époque. Pendant son service militaire, il trouvait le café de l'armée tellement dégueulasse qu'il a eu l'idée de le dessécher et il a déposé un brevet en 1881. Le café lyophilisé était né.

— Eh bien, grâce à lui, j'ai le plaisir de t'offrir un café lyophilisé. Allons-y.

Jennie pénètre dans la maison et, comme elle l'avait fait ce matin, grimpe gracieusement les escaliers, suivie de Julien, une nouvelle fois fasciné par le modelé des jambes dont la musculature déliée offre, à chaque mouvement, un galbe différent.

— Si tu veux bien t'asseoir sur la banquette, j'en ai pour deux minutes, propose Jennie.

Julien s'assoit quelques secondes puis rejoint Jennie dans la cuisine. Il est derrière elle, près de son corps élancé, le nez à quelques centimètres de ses cheveux qu'il se retient d'écarter pour poser délicatement ses lèvres sur le cou gracile qu'ils recouvrent. Non, surtout ne pas offusquer la jeune femme, rester mesuré, éviter tout empressement intempestif qui l'indisposerait.

— Je vais t'aider, Jennie. Tu me dis où sont les tasses ?

— Je m'en occupe, Julien. Assieds-toi sur la banquette, j'arrive.

Ce n'est plus une invitation, c'est un ordre. Julien n'a pas le choix. Contraint et forcé, il regagne la place qu'il venait de quitter.

— Tu as fini tes *preps* pour demain ? demande Jennie en posant les deux tasses sur la table basse.

— Oui, hier soir. En fait, ce n'est jamais complètement fini et si on ne s'impose pas une limite, on peut travailler soixante-dix heures par semaine.

— Je suis tout à fait d'accord avec toi. Pour ma part, je consacre environ quarante-cinq heures par semaine à mon boulot. Il faut bien ça pour effectuer les préparations, les corrections, les recherches de documentation et j'en passe.

Julien s'attarderait bien pour continuer la conversation, simple prétexte pour rester encore un peu auprès de Jennie, mais celle-ci enlève les tasses vides, les dépose dans l'évier, file dans sa chambre et en revient avec une pile de cahiers d'écoliers.

— Je vais te laisser travailler, Jennie. On remet ça, dimanche prochain ?

— Je ne pourrai pas, dimanche prochain. Je pars passer le week-end à La Mongie avec Sapho. Un autre dimanche, ce sera possible à condition que l'on prévoie ça assez tôt.

— D'accord, Jennie. Je te contacterai pour que l'on mette cela au point. Allez, je te fais un bisou et je me sauve. Ne te dérange pas, je connais le chemin.

Sur le trajet retour, Julien s'interroge. Le bilan de cette journée le laisse perplexe. Une fois rentré chez lui, il s'allonge sur le lit, ferme les yeux et se remémore les moments marquants de ce dimanche. Jennie a bien accepté son invitation et s'est comportée comme une amie, pas plus. Chaque fois qu'il a fait allusion à la flamme qu'elle a allumée dans son cœur, elle a pris ses distances. Pour quelles raisons ? Par insensibilité ? Par cruauté ? Par vengeance contre les hommes à cause d'un amour déçu ? Non, ce serait trop injuste ! Alors pourquoi ? Pour se protéger d'un séisme affectif qui la déstabiliserait ? Par crainte de succomber à son charme ? « Oui ! Oui ! C'est ça », se persuade Julien sans se rendre compte de son infatuation.

Rassuré, il allume sa radio qui le conforte dans sa sérénité : le CNRA[1], réuni en Libye, à Tripoli, vient d'accepter l'accord préliminaire conclu une semaine plus tôt entre le GPRA[2] et la France, aux Rousses, dans le Jura. Cet accord valide la poursuite des négociations entre le gouvernement français et une délégation du GPRA afin de mettre fin à la guerre d'Algérie.

Enfin ! Un espoir de cessez-le-feu, une perspective de paix après huit années de guerre. Le conflit franco-algérien aura duré presque autant que les deux guerres mondiales réunies ! Avec des milliers de victimes dans les deux camps. Pour en arriver à quoi ? Au même résultat que celui qu'on aurait obtenu sans guerroyer si on avait respecté l'aspiration légitime à l'indépendance des Arabo-berbères, de religion musulmane, représentant, avec leurs huit millions et demi d'individus, quatre-vingt-dix

---

1. *Conseil national de la révolution algérienne (parlement du FLN, Front de libération nationale).*

2. *Gouvernement provisoire de la République algérienne.*

pour cent de la population du pays. Quel gâchis ! La bêtise humaine dans toute sa splendeur !

Plus égoïstement, Julien, prochainement mobilisable, se réjouit d'échapper à une affectation militaire dans le djebel algérien.

En fin de semaine, il retrouve sa famille et, dès le dimanche matin, se rend au café du village pour rencontrer ses copains de l'école communale qu'il n'a pas vus depuis quinze jours.

— Alors, *lo regent*, où que tu étais passé ? demande Jules, décidément allergique à la syntaxe française.

— C'est vrai. On t'a attendu dimanche dernier. Surtout Jules qui aurait bien aimé rafler tes mises au billard, poursuit Émile.

— Et que croyez-vous, tous les deux ? Que les instituteurs ont fini leur boulot quand les élèves ont quitté l'école ?

— Arrête ton char, Julien. Tu ne vas pas nous faire croire que tu as passé ton dimanche à bosser, affirme Émile.

— Ou vous faites exprès de me chercher, ou vous ne comprenez rien au métier d'instit. Passons. On fait une partie ?

— Bonjour Julien. Surveille bien Jules. C'est un sacré tricheur ! lance l'oncle David en embrassant son neveu avant de passer derrière son comptoir.

— Je comprends maintenant pourquoi il gagne à tous les coups ! plaisante Julien. Mais, au fait, Christian n'est pas avec vous ?

— Tu sais bien qu'il ne reste plus avec nous, les culs-terreux, précise Émile.

— Ouais, maintenant il est devenu un cul-bénit, ajoute Jules en savourant sa trouvaille lexicale.

— Nous ne sommes pas, ici, au bal des faux-culs. Nous savons bien que c'est pour plaire à Jeanne qu'il va bouffer des hosties chaque dimanche, tranche Émile.

— Vous faites vraiment une fixation sur les popotins ! Allez ! Jouons ! s'impatiente Julien comme si de rien n'était. En vérité, il n'a guère envie de parler de Jeanne. Dans son cœur, Jennie a pris le pas sur elle.

Dans tous les domaines, y compris celui de l'amour, la nouveauté prime sur la routine et nombre d'entre nous oublient tragiquement que la primeur est éphémère, qu'elle est de l'ancien en devenir.

Après plusieurs parties de billard remportées par Jules, Julien retourne à Laguillemie où, après avoir partagé avec ses parents, sa sœur et le vieux domestique le savoureux repas concocté par sa mère, il prend congé.

Le ciel de ce début mars est d'une transparence azurine et le soleil qui commence à décliner gratifie notre Sud-ouest d'une douceur quasi printanière.

Au lieu de rentrer directement à Cours, Julien s'offre un long détour par de petites routes qui sillonnent les coteaux du Pays de Serres. Voici Hautefage-la-Tour, avec une impressionnante tour du XVIe siècle destinée à loger les évêques d'Agen, Castella et ses grottes de Fontirou âgées de trente millions d'années, Madaillan et son château du XIIIe siècle. Un panneau indique la direction de Prayssas. Il est encore assez tôt et Julien décide d'aller prendre un chocolat chaud chez Albert, à *L'Estaminet*. Zut ! C'est fermé. En repartant, il aperçoit un nouveau panneau : « D146 Lacépède 6 km ». Peut-être que Jennie est déjà revenue de son escapade pyrénéenne. Et s'il allait lui dire un petit bonjour ?

Julien met donc le cap sur Lacépède et se gare sur le côté droit de la mairie-école juste au moment où le soleil rougeoyant s'enfonce derrière l'horizon. Déception. Les fenêtres de l'appartement de Jennie ne sont pas éclairées.

Il s'apprête à repartir lorsque s'approche une femme apparemment très âgée, portant fichu noir et robe en jersey de couleur aubergine. Le corps incliné vers l'avant, le visage penché vers le sol, elle avance à petits pas, s'appuyant sur un bâton en noisetier qui lui sert de canne. Arrivée à sa hauteur, elle s'arrête, redresse légèrement la tête et le toise pendant quelques secondes avant de le saluer.

— Bonsoir, jeune homme.

— Bonsoir, madame.

— Vous attendez quelqu'un ? demande-t-elle sans détour.

— Euh… Non.

— Vous êtes de la région ? s'enquiert-elle sur sa lancée.

Julien a soudain la désagréable impression d'avoir éveillé des soupçons dans l'esprit de cette grand-mère qui lui était apparue, *a priori*, inoffensive.

— Oui, madame. Je suis l'instituteur de Cours, s'empresse-t-il d'annoncer.

— Ah ! Bien ! Et vous veniez rendre visite à Mlle Bourdette, notre institutrice.

— Oui, c'est ça. Mais elle est absente.

— En effet, jeune homme. Elle ne va pas tarder à rentrer. Elle est allée skier avec notre mairesse, Mlle Thérèse Teulières.

— Votre mairesse se prénomme Thérèse ? Comme c'est bizarre.

— Vous avez dit bizarre ? Et pourquoi donc ?

— Parce que Mlle Bourdette m'a dit qu'elle s'appelait Sapho.

— Ah ! Vous n'êtes donc pas au courant ?

— Au courant de quoi, madame ?

— De la liaison entre l'institutrice et notre mairesse ! C'est pour ça qu'on la surnomme Sapho.

— Et vous savez qui était Sapho, madame ?

— Cher jeune homme, je suis une ancienne institutrice de ce village où j'ai pris ma retraite. Sachez donc que, de mon temps, on apprenait, au cours de notre formation, beaucoup plus de choses qu'aujourd'hui et, en particulier, l'Antiquité grecque, époque où vécut une poétesse célèbre, Sapho, née vers 600 avant J.-C. sur l'île de Lesbos. Ai-je répondu à votre question ?

— Tout à fait, madame. Puis-je vous poser une autre question ?

— Jeune collègue, je ne suis pas une encyclopédie, mais vous pouvez toujours poser votre question.

— Que pensent les gens d'ici de cette situation ?

— « Les brav's gens n'aiment pas que l'on suive une autre route qu'eux. » Vous connaissez la chanson de Brassens ? En ce qui me concerne, je suis très tolérante et je ne trouve rien à redire du moment que cette liaison reste dans le domaine de la vie privée et ne s'étale pas ostensiblement dans la sphère publique. Bien ! Mon cher collègue, j'ai été ravie de faire votre connaissance et je vous souhaite une belle carrière dans l'Éducation nationale.

— Merci, madame. Bonne soirée.

Julien regarde la vieille dame s'éloigner clopin-clopant jusqu'à ce qu'elle se fonde dans la pénombre de ce crépuscule hivernal que sa révélation rend encore plus mélancolique. Il remonte dans sa 4 CV et tend la main vers le bouton du démarreur. Il suspend son geste. Deux faisceaux lumineux viennent s'écraser sur la façade de la mairie-école et la voiture de la mairesse s'immobilise face à la porte d'entrée, moteur tournant au ralenti. Des portières claquent puis Jennie et Sapho surgissent dans la lumière des phares. Protégé par l'obscurité, Julien retient son souffle et observe la scène. Les deux femmes s'étreignent fougueusement, s'embrassent voluptueusement à pleine bouche et se séparent en s'envoyant des baisers avec la main. Fin de séquence. Jennie pénètre dans la maison, Sapho quitte les lieux et Julien reste là pendant quelques minutes, le temps de recouvrer ses esprits et de s'assurer qu'il n'a pas rêvé.

Tous phares éteints, la pédale douce, il démarre et regagne son école. Il n'a pas faim. L'émotion qu'il a éprouvée n'est pas de celles qui creusent l'estomac, bien au contraire.

Allongé dans le noir, il ressasse sa déconvenue et finit par s'endormir, honnissant Jennie, Sapho, ainsi que Lesbos pour faire bonne mesure et étancher un peu plus son ressentiment.

— Vous n'avez pas l'air d'être dans votre assiette ! estime Mathilde en découvrant, le lendemain, l'air maussade de Julien. Vous n'avez donc pas passé un bon dimanche ?

VIII

La demande en mariage

LES VACANCES DE PÂQUES approchent. Dans trois semaines, deux trimestres scolaires se seront écoulés et resteront seulement deux mois et demi de classe pour terminer l'année.

Julien a retrouvé son optimisme.

Il est très satisfait du travail fourni par ses élèves et ne doute pas qu'ils obtiennent de très bons résultats au certificat d'études et à l'entrée en 6e. Cela est primordial. D'abord pour les enfants qui seront légitimement récompensés des efforts consentis, ensuite pour lui-même qui sera évalué en fonction du niveau de ses élèves.

Cette joie de vivre recouvrée, après la profonde déception sentimentale qu'il a éprouvée quelques semaines plus tôt, participe également de la transition saisonnière en cours. Les prémices du printemps se manifestent discrètement, mais avec de plus en plus de prégnance.

Enfin, ce qu'il espérait depuis six ou sept ans est sur le point de se réaliser. Pas plus tard qu'aujourd'hui, dimanche 18 mars 1962, Louis Joxe, le ministre d'État chargé des Affaires algériennes, a annoncé que les délégations du gouvernement de la République française et du gouvernement provisoire de la République algérienne, réunies à Évian, ont signé un accord qui prévoit un cessez-le-feu à compter de demain midi et l'organisation imminente d'un référendum sur l'autodétermination de l'Algérie.

À Laguillemie, personne ne connaît le contenu de ces accords, mais tout le monde exulte de joie. Tous sauf un, Fernand, qui trouve là une nouvelle occasion de s'adonner à l'un de ses sports favoris, la provocation.

— Ce traître de De Gaulle va brader l'Algérie ! affirme-t-il haut et fort.

— Il a raison d'arrêter les combats ! lui rétorque Estérina.

— Non, il a tort ! Challe avait gagné la guerre et il est trahi par les politiques !

— Où as-tu vu qu'il avait gagné la guerre ? L'armée algérienne n'a jamais capitulé. Tu veux que nos enfants continuent à aller se battre là-bas ? Pour quoi ? Pour qui ?

— Pour l'honneur de la France !

— Tu peux parler de l'honneur de la France ! Tu es allé le défendre, toi, l'honneur de la France contre les Allemands ?

— En 14, je n'avais que quelques mois.

— Je ne te parle pas de 14-18 mais de 39-45 ! Tu avais vingt-cinq ans en 1939. Qu'est-ce que tu as fait ? Tu t'es fait pistonner par Truffasse et tu as été réformé pour otite !

— Oui, j'avais des otites chroniques alors que tes Ritals de frères n'avaient rien et ne sont pas partis pour le front ! Pourquoi ? Parce qu'ils avaient préféré rester macaronis au lieu de prendre la nationalité française.

Excédée et peut-être à court d'arguments pour défendre ses frères, Estérina préfère mettre un terme à cette discussion stérile en dégainant son *ite missa est* profane :

— *As razon, mèrca-te dètz !*

Son épouse ayant éludé le débat, Fernand s'adresse au domestique âgé de soixante-cinq ans qui mâchonne tranquillement sa chique dans le cantou.

— *Ai pas razon*, Élie ?

— Si, *as razon*, Fernand, répond pacifiquement le vieux Pingeaud.

Dépité par l'abdication inconditionnelle de ce deuxième interlocuteur, Fernand se tourne vers son fils.

— Et toi, Julien ? Qu'est-ce que tu en penses ? J'ai pas raison ?

— Non, papa, tu n'as pas raison. Il faut voir ce qu'il y a dans ces accords. Pour ma part, je préfère me rendre en coopération en Algérie indépendante avec ma blouse et mon vieux cartable d'instituteur qu'aller en mission en Algérie française avec mon uniforme et mon PM[1] de troufion.

— Et nos essais nucléaires ? Où va-t-on les faire, maintenant ?

— Il est prévu qu'on utilise encore pendant cinq ans les installations de Reggane et de Colomb-Béchar.

— Et nos bases militaires ?

1. *Pistolet mitrailleur.*

— On bénéficie d'une concession pour quinze ans, renouvelable, de la base de Mers-el-Kebir.

— Alors, toi, tu vas voter oui au référendum ?

— Sans hésitation. Les guerres, ce n'est jamais bon. Pour personne. Pas même pour les vainqueurs car ils gagnent en versant beaucoup de sang et, un jour ou l'autre, ils seront les vaincus. Bon ! Je fais un saut jusqu'à Sauvagnas pour voir mes potes.

Lorsque Julien descend de sa 4 CV, sur la petite place du village, les cloches sonnent à toute volée, signalant que la messe dominicale débutera dans vingt minutes. Déjà, quelques paysannes endimanchées taillent la bavette sous le porche de l'église. Cinq ou six maris les accompagnent, les autres, tentés par le démon du jeu, s'étant fourvoyés dans le café de l'oncle David où ils taperont la belote jusqu'à midi en éclusant quelques pastis avant de rejoindre leurs pieuses épouses à la fin de l'office.

Voici qu'arrive monsieur le maire, Mathias pour les intimes, Truffasse pour les irrévérencieux. Il ne manque pas une messe. On peut l'apercevoir chaque dimanche, à hauteur de la chaire où le curé déploie ses talents de tribun pastoral ; son vieux chapeau melon posé près du missel sur le pupitre de son prie-Dieu, il adopte une posture hiératique dont il ne se départit pas durant toute la durée de la messe. Personne ne s'avise d'aller s'asseoir devant lui ; seul un vieux colonel en retraite s'autorise à prendre place à sa droite.

Julien se dirige vers le café et, au moment d'entrer, aperçoit Jeanne qui s'avance dans la rue, en compagnie de sa mère. Il revient vers les deux femmes et, diplomatiquement, salue d'abord la maman.

— Bonjour Germaine. Vous allez bien ?

— Très bien, merci, répond sèchement son interlocutrice.

Julien n'est pas surpris. Il n'attendait rien d'autre de cette femme qui le maudit ouvertement et, prenant un malin plaisir à attiser l'aversion qu'elle lui témoigne, il embrasse ostensiblement Jeanne sur les deux joues en lui confiant :

— Tu sais, ma chérie, que tu es de plus en plus belle ? Je voulais te dire…

— Dépêchons-nous, Jeanne ! Nous allons être en retard ! déclare péremptoirement la mère en jetant un regard noir à Julien.

— Passe devant, maman. Je te rejoindrai.

— Comme tu voudras, mais fais en sorte de ne pas manquer le début de la messe ! ordonne la maman en s'éloignant, la mine renfrognée.

— Ta mère ne peut toujours pas me blairer ! Elle est terrible ! Une catho pratiquante comme elle devrait pourtant faire preuve de charité chrétienne à mon égard ! Malgré cela, moi je l'aime bien.

— Ah bon ! Par charité chrétienne ?

— Non, mais parce qu'elle m'a quand même fait le plus beau de tous les cadeaux en mettant au monde la plus merveilleuse de toutes les créatures qui ont croisé mon chemin.

— Qu'est-ce qu'il t'arrive, Julien ? Je te trouve soudain bien complimenteur. Que se passe-t-il donc ?

— Que de bonnes choses. Je t'expliquerai cela cet après-midi si tu veux bien que l'on se retrouve.

— Cet après-midi, je ne peux pas. Christian et Maurice viennent goûter chez moi à 16 heures.

— En quel honneur ? laisse échapper Julien, piqué au vif par cette révélation.

— En qualité d'amis. Mes parents les apprécient. Ils parlent entre eux des choses de la campagne, de l'évolution des techniques agricoles, de leurs projets.

— D'accord, Jeanne. Je vois que ces deux lascars n'ont pas compris.

— Compris quoi, Julien ?

— Que je t'aime et que je ne laisserai jamais quelqu'un nous séparer !

— Mais il n'est pas question qu'ils nous séparent. Ce sont des amis, c'est tout.

— Bien ! Alors invite-moi, moi aussi.

— Je dois d'abord demander à mes parents. Je suis chez eux et je ne peux pas t'inviter sans en parler avec eux.

— Dans ce cas, je m'invite et je débarque chez toi à 16 heures. Tes parents n'oseront pas me mettre à la porte. Maintenant, rejoins ta mère sinon elle va te faire un caca nerveux !

— D'accord, Julien. Ne t'inquiète pas pour cet après-midi. Mes parents ne te mettront pas dehors. Du moins mon père qui t'estime bien. Quant à ma mère, j'essaierai de la mettre dans de meilleures dispositions à ton égard, mais je ne te promets rien. À tout à l'heure, mon cœur.

— Oui, à tout à l'heure, mon ange.

Julien regarde Jeanne rejoindre le groupe de paroissiens devant l'entrée de l'église. Il se rend compte, à présent, des risques insensés qu'il avait pris, ces dernières semaines, en se lançant corps et âme dans cette aventure avec Jeannine. Heureusement qu'il s'était fourvoyé sur une fausse piste qui ne l'avait mené nulle part !

Au lendemain de sa brutale désillusion, il s'était livré à une sérieuse introspection qui lui avait fait prendre la mesure de son immaturité affective. Il avait enfin compris l'infantilité de son comportement et la superficialité de ses sentiments vis-à-vis de la gent féminine en général. Il avait bien pris conscience que, pour lui, Jeanne incarnait l'amour, un amour construit pendant des années, parfois ébranlé mais jamais disloqué, parfois mis à l'épreuve mais toujours triomphant, un amour solidement enraciné qu'aucun orage, fût-il générateur des coups de foudre les plus déchaînés, ne pourrait jamais anéantir.

L'instabilité sentimentale alimentée par l'insatisfaction du besoin de séduire, l'envie insatiable d'aventures inédites ou la crainte de laisser passer la chance de sa vie, c'était terminé ! Le temps était venu de construire, à deux, un avenir commun sur la base d'un amour désormais inconditionnellement partagé.

— Bonjour, cousin ! Comment vas-tu ?

Julien se retourne, pris au dépourvu par la présence de Christian qui vient d'arriver derrière lui, suivi de ce crétin de Maurice.

— Salut tous les deux. Je vais très bien, comme vous voyez. Vous aussi, si j'en juge par vos mines réjouies. Vous venez faire une partie de billard avec

Jules et Émile ? Ça fait un bon bout de temps que vous nous faites faux bond.

— C'est vrai. Maintenant nous allons à la messe chaque dimanche. Faut bien assurer la relève, ose avancer Maurice.

— Tu as bien raison, Maurice, et tu me sembles tout désigné pour une telle mission apostolique, réplique Julien.

— Et puis, faut bien qu'on prie pour sauver les âmes de ceux qui ne vont pas à l'église, ajoute perfidement Christian.

— Vous avez tous les deux raison. Tiens ! Vous m'avez convaincu ! Aujourd'hui, vous n'aurez pas besoin de prier pour le salut de mon âme ; je vais venir le faire moi-même ! Allez ! Pressons-nous ! Le carillonneur sonne le début de la messe.

Effectivement, les paroissiens commencent à s'introduire dans l'église. Julien pénètre à son tour dans la nef, plonge l'extrémité des doigts de sa main droite dans l'eau bénite qui stagne au fond du bénitier en marbre, près du portail d'entrée, et fait le signe de la croix. Il fait tout ça machinalement, sans conviction mais sans gêne. Ce sont des gestes qu'il a accomplis depuis son plus jeune âge et qui sont devenus des réflexes. Il s'installe sur le dernier banc de la partie gauche de la nef réservée aux hommes. Les femmes, elles, occupent la partie droite. Sous la chaire, la tête déchapeautée de Truffasse, glabre et luisante, rivalise de lactescence avec le crâne chauve de son voisin, le colonel. Au niveau des deux notables, mais côté femmes, Jeanne et sa mère se tiennent à leurs places habituelles, sous l'oriflamme blanche à fleurs de lys brandie par la Pucelle d'Orléans. Tous les catholiques du coin, authentiques et tartufes confondus, sont là, à leurs places attitrées, certains étant propriétaires de leurs prie-Dieu sur lesquels ils ont fait graver leurs noms.

Christian et Maurice n'ont guère d'autre choix que de venir s'asseoir près de Julien. De même, à la fin de l'office, ils se sentent obligés de sortir de l'église en sa compagnie.

— Allez ! Je vous offre l'apéro ! leur annonce Julien avec une candeur affectée.

— En quel honneur ? s'aventure à demander Maurice.

— Parce que ça me fait plaisir d'être avec vous, tout simplement.

— Tu m'excuseras, Julien. Moi, je ne peux pas rester ; je dois rentrer aider ma mère, argumente Christian.

— Allez, cousin ! On en a pour cinq minutes à peine. Je suis sûr que les autres dimanches tu t'attardes plus que ça après la messe.

Christian ne relève pas l'allusion flagrante aux échanges verbaux qu'il essaie de prolonger chaque semaine avec Jeanne sur le parvis de l'église et, pour ne pas envenimer la situation, finit par accepter de boire un verre avec ses deux anciens camarades d'école.

— Tiens ! Ça vous intéresse d'aller à la fête de Pont-du-Casse, cet après-midi ? Je vous y emmène en bagnole, si vous voulez, propose malignement Julien.

— Merci, Julien. Tu es super gentil mais je dois rester aider ma mère, prétexte Christian.

— Et toi, Maurice ?

— Non, merci. Je ne sais pas danser, alors que veux-tu que j'aille faire à la fête de Pont-du-Casse ?

— Dis, Maurice, il me vient une idée, poursuit machiavéliquement Julien. Je passe te prendre vers 15 heures et on va donner un coup de main à Christian pour aider sa mère.

— Je voudrais bien mais je préfère rester aider mon père. On a une vache qui va vêler et on ne sera pas trop de deux s'il y a des complications.

— Ne vous en faites pas pour moi ! se presse de déclarer Christian. Je me débrouillerai tout seul et, de toute façon, c'est un boulot particulier pour lequel vous ne me seriez d'aucune utilité.

— D'accord, mes amis. Sinon, c'était avec plaisir ! Bon ! Je vous quitte. À plus tard. J'espère qu'on se reverra bientôt, glisse insidieusement Julien.

— À plus tard, Julien ! répondent en chœur les deux faux jetons, apparemment ravis de se débarrasser de lui.

À Laguillemie, pendant le déjeuner, Julien annonce à ses parents la décision capitale qu'il a prise après mûre réflexion.

— Voilà ! Jeanne et moi, nous allons nous marier.

Huit mots seulement pour changer le cours de la vie. Huit mots dans le huis clos familial. Le vieux domestique est le premier à réagir.

— Tu as raison, *pichòt*[1]. Ne fais pas comme moi, ne laisse pas passer ta chance.

— Et tu comptes te marier quand ? demande le père.

1. *En occitan : « petit ».*

— Cet été si rien ne s'y oppose.

— Mais Jeanne n'a pas de métier, objecte la mère. Elle n'a même pas terminé ses études. Elle prépare la première partie du bac, tu m'as dit.

— C'est vrai et, d'après ses résultats, elle devrait l'obtenir. De toute façon, même avec le BEPC[1], elle peut enseigner dans un département déficitaire.

— Et ton service militaire ? Que fera-t-elle pendant que tu seras à l'armée ?

— On se débrouillera, maman. Ne t'inquiète pas pour nous.

— Et ses parents ? Ils sont d'accord ?

— Je n'en sais rien, mais d'accord ou pas, on n'en a rien à faire.

— Vous ne leur en avez pas parlé ?

— Je vais leur en parler tout à l'heure. Mais je te le redis, maman : ne t'en fais pas pour nous.

Fernand paraît moins soucieux que sa femme, plus fataliste sans doute.

— Si tu penses que tu seras heureux avec Jeanne, n'hésite pas Julien. Mais si plus tard tu regrettes ton choix, ne viens pas te plaindre.

— Tu as tout à fait raison, papa. Je décide en toute conscience et j'assumerai toutes les conséquences de cette décision. C'est bien comme ça que je l'entends.

— Alors, je vous souhaite d'être très heureux et d'avoir beaucoup d'enfants !

— Comment tu y vas, papa ! Faut d'abord qu'on se marie !

1. *Brevet d'études du premier cycle du second degré.*

— Eh bien ! Dès que vous aurez fixé la date, nous préparerons ce mariage.

— Ça ne va pas tarder ! Je pars tout de suite chez Jeanne.

— Bon vent, fiston ! Et joue la fine avec la future belle-maman !

Sur le trajet qui le conduit à la ferme de Jeanne, Julien se répète les paroles de son père. À la fois un encouragement à prendre son destin en main et une invitation à la prudence. Ce dernier conseil, venant d'un être qui fonce toujours tête baissée sur quiconque se risque à le contrarier, le fait sourire.

Quand il prend l'allée qui descend sur une centaine de mètres jusqu'à la maison de Jeanne, Julien aperçoit la Dauphine blanche de Maurice et la Simca 1 000 bleue de Christian garées côte à côte devant un hangar. Il jubile en pensant à la tête que vont faire les deux compères en voyant sa silhouette s'encadrer dans l'embrasure de la porte d'entrée.

Pour ménager un effet de surprise maximal, Julien coupe le contact. La 4 CV parcourt les derniers mètres en roue libre, moteur arrêté, et vient s'immobiliser derrière les deux autres véhicules. Pas le moindre bruit, pas d'aboiement ; à croire que le chien de garde est de connivence avec l'intrus.

Julien frappe à la porte. Il entend une chaise riper sur le carrelage, un bruit de pas qui s'amplifie et la percussion d'un loquet que l'on manœuvre. Jeanne paraît sur le seuil, souriante, le regard complice, l'index collé verticalement sur ses lèvres en cul-de-poule, gestualisant ainsi de manière très explicite l'expression « motus et bouche cousue ». Il la suit en silence dans le couloir et débouche dans la pièce principale de la ferme. Maurice, Christian et les parents de Jeanne, assis en arc de cercle devant l'âtre de l'imposante cheminée campagnarde, tournent leurs visages vers lui avec un synchronisme parfait... mais des expressions très disparates. Le père Théophile affiche un faciès bonnasse, tandis que la mère Germaine semble moins bien disposée que lui envers le visiteur. Quant à Maurice et Christian, ils ont plutôt l'air emmouscaillés et leur sourire contraint en dit long sur la contrariété que leur cause la présence de Julien.

— Bonjour Julien. Quel plaisir de te voir ! Allez, viens t'asseoir avec nous. Eh ! La Germaine ! Avance une chaise pour l'instituteur.

— Ne te dérange pas, maman. Je vais m'en charger, intervient Jeanne.

— Bonjour monsieur et madame Berthoumieux. J'espère que je ne vous dérange pas.

— Pas du tout, mon petit. Jeanne nous avait annoncé ta visite et tu es le bienvenu. N'est-ce pas, la Germaine ?

— Bien sûr. Ça fait tellement plaisir à Jeanne.

— Bonjour Maurice, bonjour Christian. Vous m'avez dit, pas plus tard que ce matin, que vous deviez rester aider vos parents cet après-midi. Si j'avais su que vous aviez changé d'avis et que vous alliez venir ici, je ne serai pas venu encombrer un peu plus la maison de M. et Mme Berthoumieux.

— Mais non, mais non ! Plus on est de fous, plus on rit ! lance le père Théophile.

Maurice et Christian restent muets. Leur sourire se fige en un rictus empesé qui traduit leur malaise grandissant. Impitoyable, Julien poursuit son travail de sape.

— Puisque vous êtes là, tous les deux, leur dit-il, vous allez être témoins d'une demande solennelle que je suis venu présenter à nos hôtes.

Puis, se tournant vers les parents de Jeanne, il poursuit :

— Monsieur et madame Berthoumieux, vous savez que Jeanne et moi sommes très attachés l'un à l'autre depuis plusieurs années. Nous avons pensé que le moment était venu d'unir officiellement nos destins et je suis venu vous demander votre fille Jeanne en mariage.

Sans marquer le moindre étonnement, le père Théophile s'adresse à sa fille.

— Tu es d'accord, Jeanne ?

— Tu sais bien que oui, papa !

— Et tu as l'aval de ta mère ?

— Quelle question, Théophile ! Moi aussi, je veux le bonheur de notre fille et si c'est Julien qui doit le lui apporter, qu'ils se marient !

— Oh ! Merci, papa et maman ! s'écrie Jeanne en se jetant dans les bras de ses parents.

À son tour, Julien embrasse ses futurs beaux-parents dont les yeux se sont embués sous le coup de l'émotion. Puis il enlace Jeanne et, implacable, assène le coup de grâce à Maurice et Christian, sonnés par la tournure des évènements qui ruine tous leurs espoirs de conquérir la jeune fille :

— Vous aussi, Maurice et Christian, vous serez de la fête car je vous demande, au nom de l'amitié qui nous unit depuis toujours, d'être mes témoins de mariage.

— On ne refuse pas un tel honneur ! renchérit jovialement le père Théophile.

— Et quand souhaitez-vous donc vous marier ? s'inquiète la mère Germaine.

— Cet été, précise Jeanne.

— Très bien ! Nous allons organiser ça avec tes parents, Julien. C'est surtout ta maman et moi qui allons planifier tout ça.

— Bon, il faut que je rentre aider ma mère, annonce Christian en se levant.

— Et moi, je vais voir si notre vache a vêlé, poursuit Maurice en imitant piteusement son camarade d'infortune.

— Et n'oubliez pas que je compte sur vous pour notre mariage, cet été. Nous vous préciserons la date bientôt afin que vous bloquiez cette journée, insiste Julien.

Les deux compères repartis, Julien s'attarde quelques dizaines de minutes chez les Berthoumieux. Par politesse et gratitude vis-à-vis de ses futurs beaux-parents, mais surtout pour le plaisir d'être en présence de Jeanne. Désormais, c'est elle qui polarise tout son intérêt, tous ses bons sentiments et c'est avec elle et personne d'autre qu'il partagera joies et peines, succès et revers, bonne et mauvaise fortune.

C'est dans cet état d'esprit qu'il regagne son école, non sans être passé saluer ses parents à Laguillemie.

— Alors, Julien, comment ça s'est passé avec les parents de Jeanne ? a demandé Fernand.

— Très bien, papa. Ils vous rencontreront dans les jours qui viennent pour mettre au point le mariage.

— Il faudra que nous prévoyions ensemble la liste des invités, a averti Estérina.

— Oui, maman. Déjà, j'ai mes deux témoins.

— Ah bon ! Et quels sont-ils ?

— Maurice et Christian. Pour les autres, je vais réfléchir aux copains que j'invite tandis que toi et papa, vous vous occuperez de la famille et de vos amis.

Dès son arrivée à Cours, il croise Édouard, l'épicier, titubant dans l'unique rue du village qu'il parcourt sans but défini. Julien s'empresse de refermer le portail de la cour d'école avant que l'ivrogne ne le rejoigne et ne parasite l'exaltation que lui procure la perspective de son prochain mariage.

Là, réfugié dans l'obscurité de sa chambre et la solitude qui le préservent de toute diversion, il visionne mentalement les séquences vécues durant cette journée mémorable où il a engagé son avenir : les fourberies de Maurice et de Christian, l'irruption chez les Berthoumieux avec la complicité de Jeanne, la demande en mariage, la cuisante déconvenue des intrigants, la promesse d'un bonheur inaltérable. Il finit enfin par s'endormir tard, très tard dans la nuit, si bien que ce sont les éclats de voix des élèves jouant dans la cour qui le réveillent vingt minutes avant l'heure d'entrer en classe.

Mal rasé, mal peigné, vêtu à la hâte et encore ensuqué, c'est ainsi qu'il entame la dernière semaine de travail avant les vacances de printemps et, surtout, avant le référendum sur les accords d'Évian fixé au 8 avril 1962. Que demander de mieux dans la situation où il se trouve ?

Dans une semaine, les Français – sauf, paradoxalement ceux des départements d'Algérie, qui sont pourtant les plus concernés – vont se prononcer sur un projet de loi accordant au président de Gaulle tous les pouvoirs pour mettre en œuvre les accords d'Évian signés le 18 mars 1962 entre le gouvernement français et le Front de libération nationale algérien. En somme, il s'agit de donner au général de Gaulle les pleins pouvoirs pour mettre en application les accords d'Évian qui prévoient l'indépendance de l'Algérie.

Pour rien au monde, Julien n'aurait manqué cette consultation et, au jour J, comme 17 886 423 de ses compatriotes, il s'empresse de glisser un oui dans l'urne, portant ainsi le pourcentage de votes favorables à 90,81 %.

Après ça, il peut aspirer à passer quinze jours de vacances en toute sérénité.

IX

Le certificat d'études

Quand il reprend la classe, deux mois seulement le séparent de la session du Certificat d'études qui se déroulera à Prayssas fin juin. Ses deux élèves du Fin d'études ont acquis un bon niveau scolaire et devraient réussir sans difficulté, mais Julien aimerait bien épingler un premier du canton à son palmarès d'instituteur débutant. Quant aux élèves du CM2, leurs bons dossiers scolaires leur garantiront l'accès en classe de 6e des collèges. Il n'est pas question pour autant de relâcher ses efforts, bien au contraire, et c'est avec un enthousiasme à toute épreuve que Julien propose aux élèves de CM2 et de Fin d'études des cours supplémentaires gratuits.

— Vous, les élèves qui allez entrer en 6e, vous pourrez venir le lundi et le mercredi de 17 heures à 18 h 30, et vous qui allez passer le certificat, vous pourrez venir le mardi et le vendredi, aux mêmes heures. Ces cours ne sont pas obligatoires et ceux qui veulent venir doivent m'apporter une autorisation de leurs parents. Compris ?

— Oui, monsieur ! répondent en chœur tous les candidats à l'entrée en 6e et au certif.

Le lendemain, toutes les autorisations parentales arrivent sur le bureau de Julien. Certains parents ont ajouté un petit mot de remerciement, un témoignage de leur gratitude, tout simple, sans fioritures, authentique. D'autres ont joint un cadeau qui sent le terroir, un saucisson tout juste détaché de la barre suspendue au plafond de la cuisine, six œufs du jour levés dans des nids tapis dans un coin du fenil, ou encore une bouteille d'eau-de-vie de prune histoire de faire quelques canards après le café. Tous ont été sensibles à l'intérêt que Julien porte à leurs enfants et tous ont apprécié son dévouement.

Au terme de ces deux derniers mois de travail intense, les quatre élèves de CM2 sont admis en 6e au collège de Port-Sainte-Marie. Les filles de la cantinière et de l'épicière font partie du lot, et leurs mamans sont ravies. Justine a même embrassé Julien et lui a proposé de venir prendre un verre à l'épicerie, un soir où elle serait seule – invitation qu'il a bien sûr déclinée. Joël, le fils de M. Bonnevent, a été accepté également et le père est venu remercier Julien.

— J'espère, a-t-il ajouté, que vous allez rester parmi nous. Et rappelez-vous ce que vous a promis le maire : il vous réserve le poste de secrétaire de mairie qui va devenir vacant à la fin de l'année.

— Vous êtes très gentil, monsieur Bonnevent, mais vous savez bien que je dois partir faire mon service militaire en septembre.

— J'entends bien, Julien. Cependant je compte sur vous lorsque vous reviendrez de l'armée. En attendant, nous recruterons un secrétaire intérimaire.

Julien n'insiste pas. Que fera-t-il à son retour à la vie civile ? Il n'en sait rien, car il sera marié et ne sera plus seul à décider.

Pour l'instant, il lui reste une dernière mission à accomplir : emmener ses deux élèves de Fin d'études passer le certificat à Prayssas dès demain matin. Il a beau se répéter que Renaud et Bernard obtiendront leur diplôme sans difficulté, il a du mal à s'endormir en cette veille d'examen. Et s'ils faisaient plus de cinq fautes en dictée et récoltaient ainsi un zéro éliminatoire ?

Et s'ils séchaient sur les problèmes ? Et s'ils paniquaient aux épreuves de chants et récitations ? Et s'ils avaient un trou de mémoire concernant les dates historiques ou les départements ? Il y a tant de facteurs incontrôlables qui jouent en faveur ou non des candidats à un examen ! Et si l'un des deux s'imposait comme premier du canton ? Bah ! On verra bien.

Autre sujet de préoccupation pour Julien : la présence de l'inspecteur primaire et de son conseiller pédagogique. Éviter de se faire remarquer des autorités est un gage de sérénité professionnelle. Encore faut-il ne pas donner l'impression d'être timoré et, encore moins, insignifiant. Par bonheur, il y aura les collègues, en majorité plus expérimentés. Ils présideront les jurys, cautionneront le bon déroulement de l'examen, conseilleront les néophytes comme lui. Rassurant.

Julien sent le sommeil l'envahir, mais en évoquant les débutants, voici que Ravachol et Jennie surgissent de l'obscurité et l'arrachent à la douceur émolliente des bras de Morphée. Avec le premier, difficile de rester discret. Et comment se comporter avec la seconde, qu'il n'a pas revue depuis deux mois ?

Le lendemain matin, dès 6h30, il se présente chez les Soulomiac.

— Bonjour, madame Soulomiac. Renaud est prêt ?

— Bonjour Julien. Il ne va pas tarder. Il est en train de se débarbouiller. Achevez d'entrer. Vous prendrez bien un café. Voilà justement Hippolyte qui revient de la grange.

Julien salue le chef de famille, franchit le seuil de la maison et se retrouve dans une grande pièce rustique qui fait office de cuisine et de salle à manger. À sa gauche, Renaud termine ses ablutions devant un évier en pierre surmonté d'un fenestron où, fixé par une chaînette à un clou planté dans le croisillon central, pend un miroir de barbier rectangulaire encadré de métal chromé.

— Asseyez-vous, Julien. Marthe va vous servir un petit café. Et toi, Renaud, pousse-toi que je me lave les mains. Je viens de traire les vaches et j'en ai encore les doigts tout poisseux.

— Je te laisse la place, papa ; j'ai terminé, déclare le fils en s'essuyant le visage avec l'unique torchon multi-usage suspendu au-dessus de l'égouttoir.

— Julien, vous mangerez bien une tranche de jambon avec moi !

— Non, merci monsieur Soulomiac. J'ai déjà déjeuné et nous n'avons pas trop de temps.

— Tenez, voici votre café, Julien, annonce la maîtresse de maison en déposant la tasse à même la toile cirée. Je vous attrape le sucre ainsi que le pousse-café.

— Le sucre me suffira, madame Soulomiac.

Julien boit posément son café pendant que le père se coupe une épaisse tranche de jambon et que sa femme, tout en vérifiant la tenue vestimentaire de Renaud, lui prodigue ses derniers encouragements.

— Allez, mon fils ! Tu vas bien t'appliquer, bien réfléchir et tu nous reviendras avec ton certificat. Tu seras le premier homme de la famille à l'avoir. Tu te rends compte ?

Blessé dans son amour propre, Hippolyte réagit instantanément.

— Tu peux te vanter, la Marthe. Si on t'avait placé comme moi, à dix ans, domestique dans les fermes du canton, tu ne l'aurais pas eu ton certificat.

— Ne te fâche pas, Hippolyte. Si je dis ça, c'est pour encourager le gosse, pas pour te rabaisser. Je sais bien que ton père était très dur avec toi et que le certificat, il s'en foutait comme de l'an quarante ! « Pour faire le paysan, on n'a pas besoin de faire des études ! », qu'il disait. « Travailler la terre, ça ne s'apprend pas dans les livres ! », qu'il ajoutait. Mais les temps ont changé. Bientôt, il faudra un Brevet professionnel agricole pour diriger une ferme. Tu as bien compris, Renaud ? Tu t'appliques et tu réfléchis.

— Ne vous inquiétez pas, madame Soulomiac, intervient Julien. Renaud a bien travaillé et il va l'avoir son certificat d'études. Allez, Renaud ! Nous devons encore récupérer Bernard. Au revoir m'sieur-dame.

Cinq minutes plus tard, devant la maison des Larive.

— Bonjour m'sieur-dame ! Bernard est prêt ?

— Bonjour, Julien, répond le père, colosse débonnaire, aussitôt imité par son épouse, petite femme énergique qui lui arrive à peine aux aisselles mais a la réputation de mener la barque au sein du ménage.

— Dépêche-toi, Bernard, M. Delsol t'attend ! crie-t-elle en direction de la porte de la maison.

L'enfant, âgé de quatorze ans mais en paraissant déjà seize ou dix-sept, accourt, tenant d'une main son cartable et de l'autre, un énorme sandwich dans lequel il mord à pleines dents.

— Allez, monte ! lui intime Julien. Tu termineras ton petit-déjeuner pendant le trajet.

Tout au long du parcours, les deux élèves écoutent avec une attention soutenue les derniers conseils de leur maître qui insiste sur les règles d'orthographe, l'écueil sur lequel les candidats risquent le plus d'achopper étant la dictée avec ses cinq fautes éliminatoires.

— Voyons ! Bernard, comment écris-tu le participe passé « lavés » dans la phrase « ils se sont lavés » ?

— « É.s », monsieur, répond l'élève entre deux bouchées de sandwich.

— Très bien. Et dans la phrase « ils se sont lavé les mains » ?

— « É », monsieur.

— Parfait. Et dans le fragment de phrase « les mains qu'ils se sont lavées » ?

— « É.e.s », monsieur.

— À toi maintenant Renaud. Terminaison de « turquoise » quand j'écris « des étoffes turquoise » ?

— « E », monsieur.

— « Des yeux marron ». Dernière lettre ?

— « N », monsieur.

— « Des couleurs fauves » ?

— « E.s », monsieur.

— « Des lumières orange » ?

— « E », monsieur.

Julien marque une pause.

— Vous voulez bien nous poser d'autres questions s'il vous plaît, monsieur ?

— D'accord, nous allons réviser les surfaces. Surface d'un carré de cinq mètres de côté ?

Ainsi, pendant une dizaine de kilomètres, de règles d'orthographe en formules de mathématiques, de l'évocation des dates d'histoire – de l'an 52 av. J.-C. à la Ve République instaurée le 4 octobre 1958 – en énumération des sources des cinq grands fleuves français, Renaud et Bernard confirment qu'ils maîtrisent bien le programme du cours Fin d'études.

Julien accompagne ses deux candidats jusqu'à la salle d'examen, puis rejoint ses collègues dans une pièce voisine où l'inspecteur primaire, flanqué de son conseiller pédagogique, édicte les consignes destinées aux surveillants et aux correcteurs, les premiers étant les plus jeunes du groupe d'instituteurs, et les seconds les plus chevronnés.

Comme un fait exprès, Julien est associé à Ravachol pour la surveillance des épreuves de français et à Jennie pour celle des devoirs de mathématique.

— À la bonne heure ! se réjouit Chady. Je suis content de te retrouver.

— Moi aussi, Robert. Alors ? Depuis la dernière conférence pédagogique, tout s'est bien passé pour toi ?

— Ne m'en parle pas, Julien ! J'ai dû me coltiner à trois reprises cette *brêle* de Boquet qui voulait que j'abandonne la pédagogie Freinet.

— Et alors ?

— Il en a été pour ses frais ! Je n'ai rien abandonné du tout et quand l'inspecteur a débarqué dans ma classe, il a eu droit à une démonstration de la méthode Freinet.

— Ah ouais ? Il t'a fait un rapport d'inspection ?

— Oui.

— Et quelle note il t'a collée ?

— Sept sur vingt.

— Dis donc ! Il t'a tout de même saqué ! Ta démonstration n'a pas dû être très convaincante !

— En fait, il ne peut pas piffrer cette méthode mais il n'y a rien à faire, je ne renierai jamais mes convictions.

— Sans renier quoi que ce soit, tu peux quand même essayer une pédagogie plus classique.

— Écoute, Julien. Tu me connais. Alors tu sais que je ne changerai rien.

— C'est vrai. Bon ! Au travail maintenant. On reparlera de tout ça plus tard. Tu as des élèves candidats au certif ?

— Oui, deux. Un garçon et une fille. Ils devraient l'avoir les doigts dans le nez.

— Allez, distribuons les sujets.

Cinquante minutes plus tard, une fois l'épreuve de rédaction terminée, Lucien Gaby, le directeur de l'école de Laugnac, entre dans la salle. Il est mandaté pour dicter le texte de l'épreuve d'orthographe. Il a été choisi en raison de la qualité de sa diction agrémentée de l'accent chantant du Sud-ouest. Et sa façon de procéder s'apparente à celle de Topaze, le célèbre personnage de Marcel Pagnol, se penchant sur l'épaule d'un élève en difficulté pour lui susurrer : « Des moutons... moutonss... moutonsse... étaient... étai-eunnt... »

À la pause de 10h30, Bernard et Renaud accourent vers Julien.

— Monsieur, demande ce dernier, vous avez vu si j'ai fait beaucoup de fautes ?

— Oui, j'ai vu ta copie et celle de Bernard. Je vous félicite, vous n'avez fait aucune faute.

— Chouette ! Il faut dire que le monsieur prononçait bien les mots.

— Surtout les terminaisons ! se réjouit Bernard.

— Bien ! Maintenant vous allez vous appliquer à résoudre les problèmes puis je vous emmènerai déjeuner à *L'Estaminet*, chez Albert et Suzon.

— Vous les connaissez, monsieur ? s'étonne Renaud.

— Un peu. Allez, rejoignez votre salle d'examen.

— Vous allez venir nous surveiller, monsieur ?

— Oui, dans un petit moment. Avec une dame.

— Bonjour, Julien. La dame, c'est bien moi ?

Julien se retourne. Jennie est là, dans toute la splendeur de sa féminité, un sourire espiègle plissant harmonieusement la commissure de ses yeux.

— Eh oui ! La dame en question, c'est bien toi. Bonjour Jeannine. Je suis ravi de te revoir. On y va ?

— Je te suis.

L'espace de quelques secondes, le visage de la jeune fille trahit la perplexité qu'elle éprouve face au comportement distant de Julien. « Où est passé le Giuliano complimenteur, empressé, qui me poursuivait de ses assiduités il y a seulement deux mois ? Que s'est-il passé depuis ? » doit-elle se demander. Quant à Julien, il est bien décidé à ne plus se laisser circonvenir par le premier jupon qui vole dans son champ visuel. Néanmoins, soucieux de garder de bonnes relations professionnelles avec tous ses collègues, y compris Jeannine, il se rend compte de son excès de froideur et, pour se rattraper, feint la distraction.

— Oh ! Excuse-moi, Jennie. J'étais préoccupé par les performances de mes deux élèves et je ne t'ai même pas fait la bise.

— Ce n'est pas grave, Julien. Tu n'as pas à t'excuser pour si peu.

— Si, si ! J'y tiens et pour me faire pardonner, je vais même t'en faire deux, plaisante-t-il en embrassant sa collègue sur les deux joues. Maintenant, au boulot !

Tous deux pénètrent dans la salle d'examen et distribuent les sujets de mathématique.

Habituellement, il s'agit de résoudre des difficultés qu'engendrent l'alimentation de cuves qui fuient, les trains qui se poursuivent ou se croisent à allures différentes, les emprunts contractés à des taux d'intérêt fantaisistes ou encore la plantation à intervalles réguliers de poteaux de clôture autour d'un champ de forme géométrique en tenant compte d'un échalier dont on précise la dimension.

Aujourd'hui, pour ne pas déroger à la tradition, sont proposés deux problèmes concrets mais totalement fictifs, imaginés par des esprits particulièrement retors.

Le premier consiste à effectuer une série de calculs à partir d'une cuvette cylindrique placée dans un jardin pendant la durée d'une averse et le deuxième demande aux candidats de déterminer l'heure de départ pour l'école, sachant la durée du trajet de retour plus courte que celle du parcours de l'aller, mais avec une vitesse horaire différente dans chacun des cas puisque la route monte du domicile vers l'école et, donc, descend dans l'autre sens !

D'aucuns objecteront qu'il s'agit de situations factices, qu'il ne viendrait à l'idée de personne, sauf à des météorologues, d'aller placer une cuvette – vide et horizontalement, précise l'énoncé – dans un jardin avant une giboulée ou, excepté pour des cerveaux tortueux, de déterminer les paramètres d'un trajet retour pour en déduire ceux du trajet aller alors qu'il est si simple d'étalonner directement ce dernier.

À y regarder de plus près, force est de reconnaître que la résolution de ces types de problèmes, aussi fictifs soient-ils, mobilise à la fois de solides capacités de raisonnement logique et un large éventail de connaissances dont l'acquisition est au programme de la classe de fin d'études : surfaces, volumes, nombres complexes, intervalles, débits, vitesse, etc. De ce point de vue, Julien juge ses deux candidats capables de réaliser une belle performance.

À la fin de l'épreuve, Renaud et Bernard le rejoignent. Comme promis, il les entraîne vers *L'Estaminet*.

— Tu ne viens pas manger avec nous, à *La Bastide* ? demande sa collègue.

— Non Jennie, je vais déjeuner à *L'Estaminet* avec mes deux lascars. Et tes candidats, qu'est-ce que tu en fais ?

— Ils ont apporté leur casse-croûte et ils vont rester dans la cour avec la plupart des élèves.

— Sans surveillance ?

— Si, Ravachol reste avec eux. Lui aussi a porté sa gamelle car il ne veut pas aller au resto avec l'inspecteur et le conseiller pédagogique. Il dit qu'il les a assez vus pendant ces deux derniers mois !

— Ça ne m'étonne pas de lui. À tout à l'heure Jennie.

— Monsieur, je n'ai pas beaucoup d'argent pour aller au restaurant, s'inquiète Renaud. Maman m'a donné juste de quoi m'acheter un sandwich et un soda.

— C'est pareil pour moi, monsieur, ajoute Bernard.

— Écoutez, tous les deux. Vous avez fait une dictée sans fautes et j'ai vu que vous avez parfaitement résolu vos problèmes. Pour vous récompenser, je vous offre le déjeuner. C'est d'accord ?

— Oh, merci monsieur ! C'est la première fois que je vais manger au restaurant ! s'exclame Renaud.

— Et moi aussi ! s'écrie Bernard, les yeux débordant de joie.

— Eh bien, entrons !

À cet instant précis, un souvenir impérissable surgit à l'esprit de Julien, l'évocation de l'un de ces moments de la vie qui ont laissé une empreinte indélébile sur son affectivité. C'était il y a dix ans, le jour où il avait passé son concours d'entrée en 6e. M. et Mme Borry l'avaient transporté jusqu'au lycée Bernard Palissy, à Agen, puis l'avaient emmené déjeuner avec eux dans un petit restaurant de la rue Montesquieu. C'était la première fois qu'il entrait dans un restaurant.

Le temps a passé. Le jeune élève timide est devenu instituteur à son tour. Et le voici accompagnant deux de ses élèves au restaurant, imitant ainsi, plus ou moins consciemment, ses propres mentors et sachant pertinemment ce que ressentent ses jeunes invités en franchissant le seuil de la petite brasserie.

— Bonjour, monsieur Albert. Vous allez bien ?

— Ah oui ! Je vous remets. Bonjour jeune homme. Vous êtes seul aujourd'hui ?

— Non, monsieur Albert. Je vous amène deux nouveaux clients.

— C'est pas ce que je veux dire. La dernière fois, vous étiez accompagné par une belle jeune femme.

— Oui, c'était une collègue de travail, une institutrice qui assistait à la réunion organisée par l'inspecteur primaire, s'empresse de préciser Julien qui n'est pas sans remarquer les regards entendus qu'échangent ses deux élèves.

— Asseyez-vous donc. Qu'est-ce que je vous sers aujourd'hui ?

— Que nous proposez-vous, monsieur Albert ?

— En plat du jour, j'ai du steak-frites ou du lapin aux olives.

Renaud pouffe de rire.

— Qu'est-ce qui t'amuse ? lui demande Bernard.

— Je vous le raconterai tout à l'heure.

— Bon ! Qu'est-ce que vous voulez manger ? s'impatiente M. Albert.

— Un steak-frites, décide Renaud.

— Moi aussi, ajoute son camarade.

— Eh bien ! allons-y pour trois steaks-frites, monsieur Albert.

L'aubergiste disparaît dans sa cuisine en lançant pompeusement à la cantonade :

— Trois couverts ! Trois ! Table cinq !

Aussitôt, son épouse pénètre dans la salle et, après avoir salué les nouveaux venus, dispose sur la table cinq une nappe, les sets, serviettes et couverts.

Dès qu'elle est repartie, Bernard s'adresse à Renaud.

— Alors ? Tu nous dis ce qui te faisait rire ?

— C'est le lapin aux olives.

— Le lapin aux olives ?

— Oui, le lapin aux olives. Pour mon repas de communion, maman avait demandé à sa sœur aînée Berthe de venir l'aider à préparer du lapin au vin blanc. Parce qu'il paraît que c'est une de ses spécialités. C'est du moins ce qu'elle prétend. Donc, elle a dit à mon père : « Hippolyte, il faut me tuer trois lapins. » Mon père n'a fait ni une ni deux, il t'a sorti trois lapins du clapier, leur a filé une manchette derrière le cou, leur a arraché un œil pour les saigner puis il les a dépouillés de la fourrure qu'il a mise à sécher à un clou pour le *peillarot*[1]. Après quoi, il a tout donné à ma grand-mère en lui disant : « Voilà, Félicie ! Vous n'avez plus qu'à les vider et à les découper. » C'est ce qu'elle a fait avant de tout mettre dans une cocotte et de passer le relais à sa fille en lui disant : « Berthe, à toi de jouer maintenant ! » La tante a alors fait une démonstration de ses talents de cuisinière et, deux heures plus tard, les morceaux de lapin mijotaient dans une sauce au muscadet dont le fumet vous aurait fait saliver les papilles d'un mort.

— Comment tu y vas ! se récrie Bernard.

— C'est comme ça que l'on dit chez moi. Ce n'est pas correct, monsieur ?

— Mais si, Renaud. C'est ce qu'on appelle une hyperbole, c'est-à-dire une exagération pour mieux faire comprendre. Allez ! Raconte-nous la suite de ton histoire.

— C'est à ce moment-là que mon grand-père Ismaël est passé dans la cuisine. « Ça sent bon par ici », qu'il a dit. « Tenez, pépé ! Puisque vous êtes là, vous allez me goûter ça et vous m'en direz des nouvelles ! » lui lance la tante Berthe en lui tendant une grande cuillère de sauce. Mon pépé trempe l'index dans la sauce puis il suce consciencieusement son doigt. « Hum ! *Aquò es bon*[2] ! » constate-t-il, les yeux brillants de gourmandise. Il prend alors la cuillère des mains de tante Berthe avec l'intention d'en avaler tout le contenu et, tout d'un coup, suspend son geste. Et je le vois qui met ses lunettes et scrute la

1. *Chiffonnier à qui on vendait la peau de lapin.*

2. *En occitan : « Cela est bon. »*

sauce qui est encore dans sa cuillère. Il s'approche ensuite de la cocotte. Personne ne s'est aperçu de rien, sauf moi qui ai remarqué qu'avec la cuillère il *fourguignait*…

— Il fouillait, rectifie Julien.

— Pourquoi, monsieur ? *Fourguigner*, ce n'est pas français ?

— Non, Renaud. C'est le verbe occitan *forgalhar* indûment francisé. Tout comme *trifougner* ou *tchaoupiner* que je vous entends parfois employer.

— Il fouillait donc dans la cocotte avec la cuillère et quand il l'a ressortie pleine de jus, il a mis ses doigts dedans et a pris entre l'index et le pouce quelque chose d'ovale comme un ballon de rugby miniature. Il a levé fièrement le bras, comme s'il brandissait un trophée, et il s'est écrié : « *È ! La Bertà ! Es un conilh*[1] *al vin blanc o a las olivas ?* » Ma mère et sa sœur se sont retournées comme un seul homme et ma tante a été la première à réagir : « Zut ! C'est la mémé Félicie qui a mal vidé les lapins ! On ne va quand même pas tout jeter pour quelques misérables crottes qui nagent dans la sauce. Tu sais ce qu'on va faire, Marthe ? On va filtrer le jus et ni vu ni connu. D'accord ? Et vous, Pépé, vous allez fumer la pipe dans le jardin et vous n'avez jamais mis les pieds dans la cuisine. Entendu ? » Le pépé a répondu : « Entendu, mais vous me ferez cuire un steak haché parce que je n'ai plus assez de dents pour mâcher les morceaux de lapin ! »

1. *En occitan : « lapin ».*

— Et toi ? Tu en as mangé du lapin ? demande Bernard.

— Non, j'ai demandé un steak haché comme pépé.

— Et les autres ?

— Ils se sont régalés ! Ils ont félicité la tante Berthe et lui ont même demandé comment elle s'y prenait pour préparer un aussi bon lapin au vin blanc. « C'est mon secret, leur a-t-elle répondu, et je ne vous le dévoilerai pas ! » Le pépé a ajouté : « Moi, je le connais ton secret, Berthe, mais je ne dirai rien. » Personne n'a insisté et l'affaire en est restée là.

— Voici vos steaks-frites ! annonce Mme Suzon en déposant les assiettes sur la table.

— Merci, madame ! répond le trio avec un ensemble parfait.

— Bon appétit, messieurs ! ajoute-t-elle avant de se retirer.

Trois quarts d'heure plus tard, Renaud et Bernard s'apprêtent à affronter les dernières épreuves de leur examen.

— Tout va très bien se passer, leur assure Julien. Ce matin, vous avez tout réussi et vous ne risquez plus rien. Vous pouvez donc aborder les dernières épreuves en toute sérénité mais je compte sur vous pour donner le maximum. D'accord ?

— Oui, monsieur ! Je vais cravacher jusqu'au bout ! promet Bernard.

— Moi aussi ! renchérit Renaud. Je ne vais rien lâcher jusqu'à la fin !

— Parfait ! Vous avez toute ma confiance.

Stimulés par les encouragements de leur maître, les deux élèves regagnent leurs places pour subir les dernières épreuves écrites de l'examen portant sur les sciences naturelles, l'histoire et la géographie. Il leur est ensuite demandé d'exécuter un dessin, en l'occurrence l'illustration d'un menu de restaurant, puis de réciter ou chanter l'un des dix textes présentés dans leur cahier de chants et récitations élaboré, illustrations comprises, tout au long de l'année.

Leur marathon terminé, les deux candidats viennent chercher auprès de Julien confirmation de leurs intuitions.

— Monsieur, je crois qu'on s'est bien débrouillés. Vous avez vu les questions qui nous étaient posées en histoire ? demande Bernard.

— J'en ai pris connaissance, oui. Ce que je voudrais savoir, c'est ce que vous avez répondu. Vous vous souveniez de George Stephenson, des frères Lumière, de Marie Curie ?

— Oui, monsieur ! C'est aux deux premiers que l'on doit l'invention de la locomotive et du cinéma. La troisième a découvert le polonium et le radium.

— Et elle a obtenu deux prix Nobel, un en physique et un en chimie, complète Renaud.

— Très bien. Et en géographie ? poursuit Julien.

— C'était plus difficile, concède Bernard. S'ils nous avaient interrogés sur le Sud-ouest au lieu du Nord, ça nous aurait bien arrangés. On a quand même su dessiner à peu près la région du Nord.

— Et les ports, les villes minières et textiles ?

— Pour ce qui est des ports, nous avons cité Boulogne-sur-Mer pour la pêche et Calais pour le commerce. Ville minière, nous avons choisi Douai, et Roubaix pour la ville textile.

— Tous les deux ?

— Oui, monsieur, affirme Renaud. Pareil en sciences, monsieur. C'est bien normal puisque nous avons appris les mêmes choses avec vous. Donc, nous avons fait, par exemple, le même croquis d'une dent cariée.

— Très bien, conclut Julien à demi convaincu par l'explication logique de son élève. Maintenant, pendant que je vais voir mes collègues, vous allez vous offrir un jus d'orange chez

Albert et ensuite vous me rejoindrez ici, poursuit-il en leur tendant un billet.

Julien s'approche du jury qui met la dernière main au classement des candidats. En lorgnant par-dessus l'épaule de l'inspecteur qui préside le groupe, il parvient à lire la liste des douze élèves admis. Renaud et Bernard se classent respectivement troisième et cinquième. Le directeur de l'école du canton lui adresse un clin d'œil en signe de félicitations. Julien lui sourit par convenance. Bien sûr, ses élèves ont réalisé une belle performance et, par ricochet, lui-même sera favorablement apprécié des parents et de sa hiérarchie, mais il est des succès au goût amer. Il aurait tant aimé que l'un de ses élèves soit premier du canton !

Certes, Renaud monte sur le podium à la troisième place, la première étant occupée par une candidate présentée par Lucien, le collègue de Laugnac et la deuxième par un élève de Ravachol, ce frénétique « *freinétiste* » fustigé par l'inspecteur et son acolyte, M. Boquet, tous deux allergiques à toute innovation éducative exogène bousculant le confort de leur conservatisme et compromettant l'intransigeance de leur formalisme pédagogique.

Mais qui se souviendra du second et, *a fortiori*, du troisième ? Seule la première recevra les félicitations du jury et sera citée dans les colonnes de la presse locale. Les autres candidats admis se satisferont des compliments de leur instituteur et de leurs parents et amis. Quant aux rares élèves qui auront échoué aujourd'hui, ils garderont l'espoir de réussir plus tard en se présentant à des sessions réservées aux adultes.

— Monsieur ? On va avoir les résultats ? demande Bernard en revenant de L'Estaminet, accompagné de son camarade de classe.

— Ça ne devrait pas tarder.

Le jury a terminé sa délibération. Le président sort de la salle avec une liste à la main.

Les enfants se rassemblent. De la chape de silence qui s'est abattue sur le groupe, émergent ponctuellement les noms des candidats reçus au Certificat d'études primaires élémentaires que l'inspecteur énumère avec une componction théâtrale. Lorsqu'il replie sa feuille de papier, les enfants reçus laissent égoïstement éclater leur joie sans se soucier de l'amertume des candidats recalés.

Moins démonstratifs que leurs disciples, les enseignants n'en éprouvent pas moins des sentiments contrastés. Les uns, dont tous les élèves ont réussi, rayonnent de satisfaction tandis que les autres, même s'ils ne sont nullement responsables de l'échec de leurs candidats, ont du mal à masquer leur profonde contrariété.

— T'as vu, Julien ? Deux élèves présentés, deux élèves reçus ! Enseigner selon les préceptes de Freinet, ça n'empêche pas d'obtenir de bons résultats contrairement à ce que me serinent ces deux têtes de nœud d'inspecteur et de conseiller pédagogique ! proclame haut et fort Ravachol en s'avançant vers Julien.

— Bravo, Ravachol. Je suis content pour toi mais, à ta place, je parlerais moins fort et je n'irais pas provoquer le patron.

— Je vais me gêner, tiens ! Ils m'ont tellement fait *caguer*[1] que je ne vais pas me priver de cette occasion de leur clouer le bec !

— Tu es vraiment teigneux comme un blaireau ! Un jour, ça te coûtera cher.

— On verra bien. Et tes candidats, Julien ? Ça s'est bien passé pour eux ?

— Oui, ils ont réussi tous les deux.

— À la bonne heure ! Et maintenant, à nous les belles vacances. Au fait, qu'est-ce que tu vas faire pendant ces deux mois d'été ?

— Je vais me marier.

— Tu blagues ?

— Non, je suis sérieux.

— Avec Agnès ?

— Arrête de déconner, Robert.

— Avec Jeannine, alors.

— Et si je te disais oui ?

1. *Forme francisée du verbe occitan cagar, du latin* cacare, *« déféquer ».*

— Je ne te croirais pas. Donc, si ce n'est ni avec Agnès, ni avec Jeannine, c'est forcément avec Jeanne !

— Ah ! Bon ! Et pourquoi ce ne serait pas avec Jeannine ?

— Parce que tout le monde sait que c'est une gougnotte.

— Une gougnotte ? *Qu'es aquò ?*

— Tu n'as qu'à le lui demander.

— Tu me prends vraiment pour un abruti. Tu ne crois quand même pas que je vais aller demander à Jeannine…

— Qu'est-ce que tu veux demander à Jeannine ? énonce la voix mélodieuse de la jeune institutrice surgie inopinément auprès de ses deux collègues.

— Julien voulait te demander comment ça s'était passé pour tes élèves, improvise prestement Ravachol.

— Très bien. Je ramène deux certifiés à Lacépède.

— Félicitations, Jennie. Les parents vont t'accueillir chaleureusement, prédit Julien.

— Oui. Ma copine Sapho a même prévu une petite réception à la mairie. Bon, je vous quitte. Il faut que je rentre avec mes candidats, annonce la jeune femme en embrassant Julien.

Avec un petit sourire en coin, Ravachol tend la joue pour mendier un baiser.

— Et moi, Jeanine ? Je n'y ai pas droit ? plaisante-t-il.

— Bien sûr, sinon tu nous ferais une crise de jalousie.

Au moment où sa collègue dépose un baiser mutin sur le bout de son nez, Ravachol lui confie :

— Au fait, Jeannine, tu es au courant ?

— Au courant de quoi ?

— Julien et Jeanne convolent en justes noces cet été.

Ravachol, qui s'attendait à ce que son scoop surprenne son interlocutrice, en est pour ses frais. Loin d'être étonnée, Jeannine se tourne lentement vers Julien, lui sourit et, avec d'incontestables accents de sincérité dans la voix, lui déclare :

— Je te souhaite beaucoup de bonheur, Julien. Jeanne est l'épouse qu'il te faut.

— Bon, je me casse, décide abruptement Ravachol. On se reverra à la rentrée. Allez ! Bonnes vacances !

— Comment le trouves-tu, Jennie, notre brave Ravachol ?

— Indomptable et coriace. Remarque, dans ton genre, toi aussi tu es tenace. Plus on te résiste, plus tu t'accroches. Je ne savais pas comment te faire comprendre que je ressens une profonde amitié pour toi mais pas d'amour. Tout simplement parce que tu es un homme. C'est pour cela que je me montrais si réservée à ton égard. Tu étais tellement passionné que tu ne pouvais pas comprendre.

— C'est exact, Jennie. J'ai tendance à me laisser emporter par mes sentiments. Je m'emballe trop vite et trop fort ce qui me vaut parfois de cuisantes désillusions.

— Je sais que je suis la cause de l'une d'elles. Faut pas m'en vouloir, Julien. Je n'avais pas d'autres solutions pour te dessiller les yeux que de me donner en spectacle devant toi avec la complicité de Sapho.

— Tu veux dire que vos étreintes dans la lumière des phares, le dimanche soir de votre retour de La Mongie, c'était... ?

— Bien sûr Julien. D'habitude, nous sommes bien plus discrètes. Les bonnes gens tolèrent les relations homosexuelles – les féminines plus que les masculines, soit dit en passant – à condition qu'elles ne s'étalent pas au grand jour. Mais là, quand nous sommes arrivées et que je t'ai deviné, tapi dans l'obscurité, ça m'a fait mal. Je ne voulais pas que tu t'attaches à moi de cette façon parce que j'étais incapable de te donner ce que tu attendais en retour. Alors, avec Sapho, nous avons sorti le grand jeu.

— Tu savais donc que j'étais là et tu as voulu lever toute équivoque. Je ne t'en veux pas, Jennie, au contraire. Je pense seulement que tu aurais pu rendre un homme heureux. Mais, après tout, si tu trouves ton compte avec Sapho, pourquoi pas ? Et moi, je souhaite que vous soyez très heureuses toutes les deux.

— Merci, Julien, pour ton attitude compréhensive. Tu vois, notre exhibition t'a permis de tirer les choses au clair.

— C'est très juste. Remarque...

Julien n'en dit pas plus. C'est aussi bien que Jeannine ignore que dix minutes avant d'assister aux démonstrations d'amour des deux femmes, l'ancienne institutrice du village l'avait instruit de leur relation saphique.

— Qu'est-ce que tu voulais me dire ?

— Non, rien de particulier... Si, je souhaite qu'à défaut d'avoir pu partager l'amour, nous partagions une solide amitié. D'accord ?

— D'accord, Julien. Maintenant, je me sauve. Bonnes vacances, et à la prochaine rentrée scolaire.

Julien regarde Jeannine s'éloigner vers un univers passionnel interdit aux hommes.

Celle qu'il avait sublimée en oiseau de paradis qu'il croyait amadouer se révélait, en fait, un oiseau de feu au contact duquel s'étaient brûlées les ailes de son mirage.

Le temps des délires passionnels hasardeux était révolu, celui des choix pragmatiques était venu.

X

Noces campagnardes

Au cours de ce dernier trimestre de l'année scolaire, Julien et ses élèves avaient travaillé dur. Les succès scolaires enregistrés au terme de ces semaines d'efforts intenses récompensent à la fois le maître et les enfants.

Quant aux parents, ravis des réussites de leur progéniture, ils se montrent reconnaissants vis-à-vis de Julien mais expriment également leur souhait de le conserver sur le poste d'enseignant de la commune.

C'est le maire qui, le premier, se présente avec sa femme, sa fille, son gendre et le jeune Blaise, son petit-fils.

— Monsieur l'instituteur, au nom de mes administrés et en mon nom propre, je viens vous faire part de la reconnaissance de tous les parents d'élèves et des élus de notre commune.

— Voyons, monsieur Desgranges, appelez-moi Julien, comme d'habitude.

— D'accord. Donc, mon cher Julien, pour fêter la fin d'une année scolaire particulièrement fructueuse pour nos enfants, nous sommes venus boire le champagne avec vous, poursuit le maire en déposant une bouteille de Moët & Chandon Brut Impérial sur la table basse du salon.

— Ce sont mes élèves qui ont fourni un bon travail, monsieur le maire. Moi, je n'ai fait que mon devoir.

— Quoi qu'il en soit, intervient le gendre, les résultats sont là et tous les parents souhaitent que vous restiez chez nous.

— Et nos enfants aussi veulent garder leur maître, n'est-ce pas, Blaise ? ajoute sa femme.

— Allez, Paul ! Ouvre ce champagne et buvons au maintien de notre instituteur à Cours, ordonne l'épouse du maire sans laisser à son petit-fils le loisir de répondre immédiatement à l'interpellation de sa maman.

Le maire s'exécute et, tandis qu'il dévisse le muselet qui enserre le goulot de la bouteille, la voix grêle de Blaise perce le silence expectatif qui s'est installé en prélude aux exclamations qui accompagneront inévitablement la détonation du bouchon, projeté contre le plafond au mépris des règles les plus élémentaires de la sommellerie.

— Monsieur, promets-moi que tu reviendras m'aider à apprendre encore beaucoup de choses l'an prochain.

Plus que les souhaits des parents, que les vœux du maire ou de son adjoint, que le désir d'une Justine coquine ou l'aspiration d'une Mathilde empathique et protectrice, cette supplique spontanée d'un enfant de six ans touche Julien. Sans détour, ce gamin lui exprime son attachement. Sans l'ombre d'un calcul, sans le moindre soupçon d'arrière-pensée. Avec un naturel désarmant. Pendant plus de neuf mois, Julien a eu, en face de lui, un groupe de trente élèves, mais chacun des enfants n'a eu affaire qu'à un seul interlocuteur, le maître. Il comprend qu'en dépit de son implication affective, il sera plus facile pour lui de changer d'école que pour les élèves de changer de maître.

— Je reviendrai pour assurer la prochaine rentrée mais, tu sais, Blaise, je ne pourrai pas rester très longtemps.

— Pourquoi tu ne resteras pas puisque tout le monde veut que tu restes ?

— Parce que je dois faire mon service militaire comme tous les hommes de notre pays.

— Et après, tu reviendras dans notre école ? insiste Blaise qui semble avoir définitivement troqué le vouvoiement qu'il utilise habituellement contre un tutoiement qui lui donne un statut privilégié d'intime.

— Nul ne connaît l'avenir, Blaise. Peut-être oui, peut-être non. En tout cas, je reviendrai, ne serait-ce que pour saluer ta famille qui m'a si bien accueilli à Cours.

La réponse de Julien est ponctuée par la projection du bouchon qui frôle la tête du gendre, percute le mur, rebondit vers le plafond et finit sa course sur le crâne de Mme Desgranges pendant qu'une bonne partie du champagne gicle hors de la bouteille et asperge copieusement les chaussures de Julien.

— Mon pauvre Paul ! Tu ne sauras jamais déboucher une bouteille de champagne ! fulmine l'épouse du maire.

— Bien sûr que si mais, vois-tu Monique, j'ai voulu montrer à Julien comment on tire un obus de mortier et, faut le reconnaître, j'ai bien atteint ma cible, plaisante le maire.

— Mon pauvre homme ! Au lieu de chercher à sauver la face, tu ferais mieux de t'excuser auprès de M. Delsol. Regarde dans quel état tu as mis ses souliers !

— Ce n'est pas grave, madame Desgranges. Ça m'évitera d'avoir à les nettoyer, intervient Julien afin d'empêcher que la situation ne vire au fiasco.

— Et vous devez avoir les pieds trempés ?

— C'est plutôt un luxe. C'est la première fois que je lave mes pieds avec du champagne. Allez ! Portons un toast en l'honneur de tous les élèves de Cours et, en particulier, de ceux qui ont réussi leur entrée en 6e et de ceux qui ont obtenu leur certificat.

Après avoir avalé une gorgée de champagne, le maire repose sa flûte et, suivant une idée obsessionnelle qui a certainement motivé sa visite, il tente une nouvelle fois de circonvenir le jeune instituteur.

— Voyez-vous, Julien ? Si vous acceptez de revenir après votre service militaire, je ferai repeindre votre logement, je vous ferai installer un chauffage central, une baignoire, une antenne de télévision et tout ce que vous pourriez me demander d'autre.

— Mon mari a toujours tenu ses promesses, renchérit son épouse. C'est plutôt rare chez les élus, convenez-en.

— En plus, Julien, rappelez-vous que je vous ai promis le poste de secrétaire de mairie.

Julien écoute poliment les propos racoleurs du premier édile de la commune. Certes, monsieur le maire ne sait peut-être pas ouvrir une bouteille de champagne, mais il sait fort bien user d'arguments convaincants pour faire aboutir les projets qui lui tiennent à cœur. Et, comme le dit souvent le vieux Pingeaud : « *Quora a una idèa dins lo morre, l'a pas dins lo cuol*[1] *!* »

— Merci beaucoup, monsieur le maire, pour tant de sollicitude ; j'apprécie profondément. Cependant, si je reviens un jour, ce sera, avant tout, pour retrouver mes élèves et continuer le chemin avec eux.

— Bien. Je continue à espérer, Julien, que le destin vous ramènera dans notre village pour plusieurs années.

Ce sujet essentiel étant épuisé, la conversation roule sur l'actualité locale.

On s'immisce dans la vie privée des concitoyens, on approuve, on critique, on condamne les infidélités de l'épicière, on compatit au malheur de son mari, on étrille le communiste Hippolyte, on encense le gaulliste Irénée Bonnevent, premier adjoint, et lorsqu'on a tari les sources d'inspiration de proximité, on élargit l'exploration au domaine national monopolisé par le général de Gaulle, encensé par les uns, voué aux gémonies par les autres pour avoir négocié l'indépendance de l'Algérie proclamée officiellement, il y a quinze jours, le 5 juillet 1962.

On commente enfin quelques nouvelles internationales du moment, de la pendaison du criminel de guerre nazi Adolphe Eichmann[2] en Israël au premier

---

1. *En occitan : « Quand il a une idée dans le museau [la tête], il ne l'a pas dans le cul ! »*

2. *Adolphe Eichmann, haut fonctionnaire du IIIe Reich, officier nazi, responsable de la mort de millions de juifs*

concert donné par les Rolling Stones à Londres. Puis on se dit au revoir, on se souhaite les meilleures choses du monde et on se sépare en se remerciant mutuellement d'avoir contribué à l'agrément de cette rencontre.

Dès le lendemain matin, alors que Julien se rase, quelqu'un frappe énergiquement à sa porte.

— Oui ? Qui est là ?

— C'est Justine. J'ai quelque chose pour vous.

Que lui veut-elle encore ? Va-t-elle le harceler jusqu'au dernier jour ? Une joue rasée, l'autre enduite de savon à barbe, il se résout à entrebâiller la porte.

— Bonjour, Justine. Que se passe-t-il ?

— Bonjour, Julien. Je vous apporte un télégramme qui est arrivé hier soir. Je n'ai pas voulu vous déranger car vous étiez avec la famille Desgranges. Surtout que ce n'était pas urgent, précise l'épicière en tendant une petite page de facturier sur laquelle sont tracées quelques lignes manuscrites. Je vous laisse continuer vos ablutions, Julien. Au revoir.

Julien parcourt immédiatement le message griffonné à la hâte sur ce support de fortune, peut-être

---

déportés dans les camps d'extermination, échappa au procès de Nuremberg de novembre 1945 mais fut capturé en Argentine, le 11 mai 1960, par le Mossad (une des trois agences israéliennes de renseignements) qui le rapatria en Israël où il fut jugé et condamné à la pendaison. Après son exécution, son corps fut incinéré et, conformément aux dernières volontés du condamné, les cendres furent dispersées dans la Méditerranée, au-delà des eaux territoriales d'Israël afin d'éviter qu'elles ne « souillent » le territoire de l'État hébreu.

toléré mais certainement pas agréé par le ministère des PTT. Il claque la porte et laisse éclater sa joie, ne se lassant pas de relire à plusieurs reprises le texte truffé de fautes mais chargé de tant d'espoir : « J'ai la joi de t'annoncé mon succè au premier bac. Jeane. »

Justine a bien fait de se sauver sinon, emporté par la vague d'enthousiasme qui déferle en lui, Julien aurait peut-être commis l'imprudence de lui sauter au cou.

Dix minutes plus tard, sa réponse laudative filait sur les ondes vers sa tendre dulcinée.

Dans les deux jours qui suivent, Julien reçoit successivement la visite de tous les parents d'élèves venus le remercier et lui souhaiter de bonnes vacances. À aucun d'eux, il n'a dévoilé l'imminence de son mariage qui rend encore plus hypothétique son maintien à Cours à l'issue du service militaire, car l'implication de sa future épouse dans les prises de décisions ultérieures rend très aléatoire tout projet d'avenir.

Précisément, il est question du mariage dès qu'il réintègre le foyer familial après avoir fermé l'école pour deux mois et demi.

— Va pas falloir traîner pour votre mariage, avertit d'emblée sa mère. Vous avez décidé d'une date ?

— Oui maman, le samedi 18 août.

— Nous sommes déjà fin juillet. Tu vas t'occuper des formalités dès demain. Il te faut voir le maire et le curé. Papa et moi, nous nous occuperons, avec les parents de Jeanne, de l'organisation des repas et du bal ainsi que des invitations. Vous avez réfléchi aux camarades que vous souhaitez inviter ?

— Du côté de Jeanne, sa maman te donnera la liste. Pour ma part, tu peux déjà noter mes deux témoins, Christian et Maurice. Puis Léon, mon copain de collège, Ravachol, Barjot et Paillasson, mes meilleurs copains d'École normale.

— Tu veux inviter Maurice ? Ça ne me paraît pas une très bonne idée, objecte Estérina.

Julien sait que sa mère n'est guère prolixe, mais que les mots qui sortent de sa bouche sont marqués au sceau du bon sens. En vérité, il n'apprécie guère Maurice et, s'il avait décidé de le prendre comme témoin, c'était pour l'humilier parce qu'il avait osé lever des yeux de merlan frit sur Jeanne. À bien y réfléchir, ce pauvre Maurice n'est-il pas plutôt victime que coupable ? Victime du charme de Jeanne et du complot de parents cupides qui, par pur intérêt, lui donnaient l'espoir de partager sa vie avec la jeune fille qu'il aimait. Est-il charitable d'ajouter du tourment à son infortune ?

— Tu as raison, maman. On n'invite pas Maurice, ce serait trop mesquin. À sa place, je prendrais Léon comme témoin.

Julien ne voit pas passer les quatre semaines qui précèdent le mariage et se retrouve, tout surpris, à la veille de la cérémonie. Tout est fin prêt.

Le dimanche 29 juillet, il avait sacrifié sa partie de billard au profit d'une visite à la mairie de Sauvagnas à l'occasion de laquelle il avait remis tout un dossier de documents au secrétaire afin que les bans soient publiés dans les délais légaux. Certain que personne ne s'aviserait de faire opposition à son mariage, il s'était ensuite rendu à la messe, en compagnie de Jeanne, afin de rencontrer le curé après l'office. L'Irlandais les avait reçus dans la sacristie et, tandis que les enfants de chœur ôtaient leurs soutanes rouges et leurs surplis blancs, le prêtre avait gentiment sermonné Julien.

— Je te félicite, Jeanne, pour ton assiduité à la messe dominicale. Par contre, toi, Julien, je ne te vois pas souvent dans l'église.

— Mon père, j'ai quand même servi la messe tous les dimanches du temps du curé hollandais, avait argué Julien.

— C'est bien, mon fils, mais cela ne t'absout pas. Les brebis égarées s'exposent à la férocité du loup. Mieux vaut, pour leur salut, qu'elles regagnent au plus tôt le troupeau et son berger.

— Oui, mon père, avait concédé Julien, habitué à l'utilisation fréquente des métaphores par les curés déclamant emphatiquement leur sermon du haut de leur chaire.

— Vous viendrez donc vous confesser jeudi prochain. Je vous poserai quelques questions afin de m'assurer que vous n'êtes pas d'irrécupérables mécréants. Voici un opuscule dans lequel vous trouverez les réponses.

Impatient, sans doute, d'aller déguster un bon whiskey qui rincerait son gosier encore altéré par cet âpre vin de messe fourni par un drôle de paroissien, l'Irlandais n'avait pas retenu plus longtemps les futurs époux.

— Tu vois, Julien, avait alors fait remarquer Jeanne, toi qui redoutais qu'il ne fasse des difficultés parce que personne de chez toi ne pratique, tu te faisais du mauvais sang pour rien.

— C'est vrai, mon amour. Je craignais qu'il soit intolérant ; j'avais compté sans le pouvoir de persuasion des deniers qu'ils reçoivent pour les baptêmes, mariages et autres sacrements.

— Tu es un incorrigible anticlérical ! Ils ne courent pas après l'argent. Tu vois bien comme ils vivent simplement.

— Primo, tu sais bien que je ne suis pas anticlérical mais seulement agnostique. Secundo, sans argent, les curés vivraient dans la misère ; ça doit donc les intéresser d'en récolter un minimum pour éviter d'aller mendier devant leur église après avoir dit la messe. Tertio, la banque du Vatican, ce n'est pas un mythe, autant que je sache, et le pape et sa cour de cardinaux ne battent pas la campagne en haillons comme le faisait Jésus.

— Mon chéri, nous n'allons pas nous disputer quinze jours avant de nous marier. L'essentiel, c'est que nous puissions passer par l'église. Mais il va falloir que tu potasses le contenu du livret que le curé nous a remis.

— Je vais m'y atteler, je te le promets, mon ange, avait conclu Julien en enlaçant sa future femme.

— Merci, Julien, tu es gentil quand tu veux l'être. Promets-moi aussi d'être tolérant et patient avec moi. D'être moins impulsif. Comme beaucoup de personnes qui ont eu affaire à ton père, papa pense que c'est un homme qui a le cœur sur la main mais qu'il faut aborder avec circonspection si l'on ne veut pas s'exposer à de sévères rebuffades, voire à des coups de canne assénés avec toute la vigueur que décuplent ses colères explosives. Et certains disent que les chiens ne font pas des chats et que tu tiendrais donc de lui. C'est vrai, ça ?

— Un peu, certainement. Par hérédité, peut-être, par l'exemple qu'il m'a toujours montré, aussi. Ceci dit, avoir du caractère, c'est une qualité. Ce n'est pas comme avoir mauvais caractère qui participe d'un grave défaut. Tu es rassurée, maintenant ?

— Tu sais bien que je t'aime tel que tu es, tel que je te connais depuis toujours.

— Moi aussi, Jeanne. Si tu savais comme il me tarde de partager ta vie vingt-quatre heures sur vingt-quatre ! Allez, je te dépose chez toi et je vais bosser mon *catoche*.

Quatre jours plus tard, à 9 heures, Julien avait rejoint Jeanne dans l'église déserte. L'Irlandais était arrivé cinq minutes après et avait invité le futur marié à le suivre jusqu'au confessionnal. Le prêtre était entré dans la loge centrale du meuble liturgique et avait refermé la porte derrière lui. Julien s'était agenouillé dans la loge de gauche. Le décor était planté. Julien avait esquissé un sourire en faisant une analyse sans concession de la situation : lui, pauvre pêcheur, indigne de s'adresser directement au Seigneur, s'apprêtait à avouer ses péchés à l'apôtre de Dieu qui, confiné dans la cabine adjacente, allait transmettre par télépathie les *mea culpa* du pénitent au Juge Suprême ; en retour, ce dernier lui renverrait, par le même canal télépathique, la sentence divine dont Julien aurait écopé.

— Mon fils, parlez, je vous écoute, avait chuchoté l'opérateur télépathique après avoir entrebâillé le petit guichet grillagé percé dans la cloison.

Julien était passé aux aveux. Oh ! Il n'avait pas tout déclaré ! Quelques fautes vénielles par ci, quelques péchés capitaux par là, pas de quoi satisfaire totalement la curiosité de son inquisiteur qui l'avait incité à étoffer la liste de ses égarements et de ses transgressions de la morale chrétienne. Il avait alors ajouté deux ou trois peccadilles et avait attendu le verdict. Il s'en était tiré avec deux *Pater noster* et cinq *Je vous salue Marie*. Tandis que Jeanne, à son tour, avouait ses faiblesses à l'Irlandais, Julien avait remonté l'allée centrale de la nef jusqu'à la grille en fer forgé au-delà de laquelle seuls le prêtre, ses acolytes et les enfants de chœur étaient autorisés à pénétrer pendant les offices. Agenouillé sur les marches, il était censé faire pénitence et demander pardon au bienveillant créateur du ciel et de la terre. En réalité, au lieu de prier Notre Père et de saluer Marie, il avait laissé ses pensées dériver hors du temps présent et de cet espace de silence. Il s'était projeté dans l'avenir et avait essayé d'imaginer sa nouvelle vie auprès de Jeanne. La jeune fille était venue près de lui, avait expié ses péchés en marmottant les prières absolutoires imposées par le curé qui les avait ensuite interrogés sur le contenu de la brochure qu'il leur avait remise le dimanche précédent.

— C'est très bien, avait-il déclaré à la fin de l'épreuve. Maintenant, je vais vous confier la liste des documents que vous devrez me fournir. De plus, vous reviendrez me voir afin que nous mettions au point, jusque dans les plus petits détails, le déroulement de la cérémonie.

Julien, Jeanne et leurs parents respectifs se sont affairés pendant deux semaines. Aujourd'hui, chacun peut se réjouir de la tâche accomplie.

— Alors, fiston, c'est demain le grand jour ? lance Fernand.

— Oui, papa. J'espère qu'il fera beau temps.

— Il ne faudra pas que tu te couches trop tard, Julien ; la journée de demain sera longue, avertit Estérina.

— Je sais, maman, mais je n'ai pas sommeil.

— Eh bien, moi, je vais aller au lit parce que demain, mariage ou pas, il me faudra tirer le lait. Bonne nuit à tous.

Solange, la sœur de Julien, est déjà couchée. Quant au vieux domestique, Élie, terrassé par un excès de vin ingurgité pendant le souper, il y a déjà belle lurette qu'il ronfle sur sa paillasse de maïs, dans sa petite chambre de célibataire endurci.

Julien se retrouve seul avec sa mère. Mine de rien, il l'observe, essaie de deviner ses pensées. Il lui voue une admiration sans bornes et un profond respect. Le sait-elle seulement ? Dans cette famille Delsol, on exprime ses sentiments par des comportements et des actes, pas par des paroles et des simagrées. On ne se congratule pas, on ne se félicite pas, on ne se fait pas des mamours, des bisouilles et des papouilles, mais on s'aime d'un amour serein, pur et indéfectible, enchâssé dans le cœur d'êtres profondément pudiques et discrets.

— Sois raisonnable, Julien. Va dormir si tu veux bien profiter de la journée de ton mariage.

Retiré dans sa chambre, Julien a du mal à s'endormir. Dans la pièce voisine, Élie ronfle comme une locomotive et, quand survient une apnée, c'est le trottinement d'une famille de rats dans le grenier qui assure la transition sonore. Dans le couloir voisin, la pendule à balancier, indifférente aux préoccupations des hommes, égrène imperturbablement les heures. Julien anticipe mentalement le déroulement de la journée qui l'attend, et lorsqu'il parvient à la dernière étape du parcours qui le conduira dans l'hôtel agenais où il passera sa nuit de noces, sa conscience s'estompe et il sombre dans un sommeil de plomb.

— *De pè, lo nòvi*[1] *!* tonne Pingeaud en frappant du poing contre la cloison en bois qui sépare les deux pièces.

Julien sursaute, se frotte les yeux et entend à nouveau Pingeaud qui l'avertit tout en continuant à tambouriner sur les planches.

— *Te càl te levar, pichon, si voles pas que qualqu'un mai prenga la teuna plaça*[2] *!*

— Oui, oui, j'ai entendu Élie.

Premier objectif de Julien : aller chercher la future mariée à 9 h 30 pour se rendre au village à 10 heures. Après avoir avalé son petit-déjeuner, il est monté au puits et, nu comme un ver, sous la douce caresse du soleil d'août, il a pris ce qu'il appelle, par un délicieux abus de langage, une douche en plein air qui consiste, en réalité, à puiser et à se renverser sur la tête de pleins seaux d'eau autant que nécessaire

---

1. *« Debout, le futur marié ! »*

2. *« Il te faut te lever, petit, si tu ne veux pas que quelqu'un d'autre prenne ta place ! »*

pour pouvoir se frictionner, se savonner et se rincer. Rien de tel pour amorcer une journée dans les meilleures conditions !

À 9h45, Julien est sur le départ. Avant de monter dans sa 4 CV, il veut s'assurer que rien ne cloche dans sa tenue vestimentaire.

— Dis, maman ? Ça va comme je suis ?

— Tu es parfait. Tu marques bien avec ce complet.

Ce sont ses parents qui lui ont offert ce costume. Et pas n'importe lequel ! Un costard sur mesure acheté chez Verbo, le magasin de vêtements pour hommes de la rue Montesquieu.

Tout le monde, dans le coin, connaît le magasin Verbo, ne serait-ce que pour avoir entendu claironner, sur un air militaire, sa publicité dans les salles de cinéma lot-et-garonnaises et sur les ondes des radios régionales :

(Chanté)

Brigadier, vous n'avez donc pas d'oreilles !
Vous n'entendez pas sonner le réveil !
Mais si, mais si, mon adjudant,
Mais je faisais un rêve épatant :
Je rêvais que j'étais en civil,
Dans un superbe complet cousu fil à fil.

(Parlé)

Vêtements Verbo, rue Montesquieu à Agen.

Ce sont encore ses parents, avec ceux de Jeanne, qui ont pris en charge tous les frais occasionnés par le mariage de leurs enfants, de la rémunération du prêtre à celle du photographe, du coût des repas à celui de la location d'un orchestre.

Encore une fois, Julien mesure l'abnégation et la générosité de son père et de sa mère qui s'acharnent au travail sans jamais se plaindre et qui ne s'accordent aucun plaisir dans le seul but d'aider leurs enfants à accéder à une vie meilleure que la leur. Ils usent leurs mains sur les manches des outils agricoles et leurs forces dans les travaux harassants de leur ferme afin d'éviter que leur progéniture ne connaisse le même sort que le leur. Lui, leur fils aîné, a saisi la chance qu'ils lui ont offerte au prix de leurs sacrifices. Sera-t-il en mesure, plus tard, de leur exprimer concrètement l'immense gratitude qu'ils sont en droit d'attendre de sa part ?

Lorsqu'il amorce la descente de l'allée qui conduit chez Jeanne, il prend conscience de la gravité des heures qui viennent. Il va vivre un moment crucial, conséquence de choix irréversibles et d'engagements définitifs qui vont bouleverser son quotidien.

Les parents et amis de Jeanne ont décoré l'allée de bouquets, de guirlandes, de feuillages ; il ne pouvait pas rater le chemin. À partir de là, impossible de bifurquer, son parcours est minutieusement jalonné jusqu'à l'extrémité de cette journée qu'il terminera la bague au doigt.

Devant la ferme, le père de Jeanne devise joyeusement avec des invités en attendant que son épouse ait terminé d'apprêter sa fille.

— Tiens, voilà mon futur gendre ! lance-t-il à la cantonade. Alors, ça y est, Julien ? Tu viens enlever ma petite Jeanne ? Va falloir patienter encore un peu : la Germaine est en train de lui passer sa robe de mariée.

— Bonjour, monsieur Berthoumieux. Ne vous inquiétez pas, je vous la ramènerai souvent.

D'ailleurs, je ne vous la prends pas, c'est vous qui me la donnez et je vous en suis très reconnaissant.

Suivent quelques échanges de banalités et quelques plaisanteries de circonstance, pour ne pas dire à la limite de la grivoiserie, jusqu'à ce que s'ouvre la porte de l'habitation. Seule une abeille en quête de pollen trouble, l'espace d'un instant, le silence qui s'est abattu sur l'assistance dès l'apparition de Jeanne.

Elle est là, sur le seuil de la maison où elle est née, puis s'est muée en fillette espiègle avant de traverser l'adolescence et de s'épanouir en une jeune femme gracieuse, divine fleur humaine aux pétales nacrés que Julien est venu cueillir ce matin. D'abord, il admire sa beauté, rehaussée par le maquillage appliqué par une cousine esthéticienne, puis il s'approche afin de capter les notes délicates du parfum qu'elle exhale et savourer la douceur de ces lèvres veloutées sur lesquelles il vient de poser les siennes. Les applaudissements qui crépitent autour d'eux font éclater la bulle d'amour dans laquelle ils se sont un instant isolés et les rappellent aux responsabilités qu'ils doivent assumer durant cette journée.

— Allez ! En route pour la mairie ! ordonne la mère de la future mariée. Jeanne, tu montes avec nous. Les autres, vous nous retrouvez au village.

Solidement charpentée, le port altier, le regard sourcilleux et la voix cassante, Germaine en impose à plus d'un. On raconte dans les chaumières que c'est elle qui porte la culotte au sein du ménage et que Théophile baisse la sienne devant sa femme, mais les gens sont tellement médisants que l'on ne sait pas où se niche la vérité. Nul doute que son gendre la découvrira bientôt.

Sur la place communale bondée de monde, Julien retrouve ses proches, ses amis et tous ceux qui ne font pas partie des invités mais ont cependant tenu à témoigner, par leur présence, leur estime aux familles des futurs mariés. Accompagné de Jeanne, dont il serre convulsivement la main de temps à autre pour lui communiquer les bouffées de bonheur qui le submergent, il remercie à tout va, embrasse les uns, serre les mains des autres, et s'arrête en face de ses copains de classe. Sans rancune, il donne une accolade affectueuse à son cousin.

— Merci d'avoir accepté d'être mon témoin, Christian. Désolé pour Jeanne. Tu ne m'en veux pas, j'espère ?

— Non, pas du tout. J'ai joué ma chance, j'ai perdu. Jeanne a fait son choix, n'est-ce pas Jeanne ?

— Plus exactement, Christian, je l'ai confirmé, car tu sais bien que j'ai commencé à fréquenter Julien le jour du dépiquage chez les Roumiguié au Cap del Bosc[1], où nous étions tous, il y a sept ou huit ans. Mais je dois te dire que je suis ravie de devenir ta cousine.

— Merci, jolie cousine. Et moi, je suis ravi d'être votre témoin.

— Tiens, suivez-moi, tous les deux. Je vais vous faire connaître Léon et mes copains de collège et d'EN, enchaîne Julien. Voici ce satané Léon qui m'a

1. *La scène est relatée dans* Le Vieux Cartable *de Roger Cavalié (Éditions De Borée).*

entraîné, pendant nos années de cours complémentaire Jasmin, dans ses quatre cents coups, dont certains particulièrement foireux !

— Fallait bien que je dessale un peu le plouc qui débarquait en ville ! plaisante Léon qui n'a pas perdu sa gouaille de collégien.

— Je suis content que tu sois là, Léon. N'oublie pas que tu es notre témoin, toi aussi. Au fait, voici Jeanne.

— Bonjour, Jeanne. Tu es ravissante. Tu permets, Julien, que je l'embrasse ? Ne crains rien, je ne te la piquerai pas, ajoute le gai luron en adressant un clin d'œil à son ami avant de déposer un baiser sur chaque joue de la jeune fille sans attendre la permission du futur époux.

De cette œillade d'un dixième de seconde jaillissent quatre années de souvenirs, des plus radieux, cristallisant leurs cocasses couillonnades d'adolescents, aux plus amers que le temps a permis de relativiser. Parmi ces flash-back indigestes, il en est un qui actualise un évènement de juillet 1955 qui a bien failli anéantir définitivement leur amitié. Alors qu'il allait annoncer son succès au concours d'entrée à l'EN à Juliette, une jouvencelle de son quartier avec laquelle il entretenait une tendre idylle, il l'avait découverte dans les bras de Léon qui l'avait draguée à son insu.

— N'exagère pas, Léon, tu vas lui saboter son maquillage ! Allez ! Viens avec nous ! Je vais vous présenter mes copains d'EN.

Julien fait quelques pas et tombe sur Jules.

— Salut *lo regent* ! Alors ? Ça y est ? Tu convoles en justes noces ? articule avec application le jeune paysan.

— Eh ben dis donc, Jules ! Tu parles comme un livre, maintenant ?

— Ne recommence pas à te foutre de ma *fiole*, Julien. On *voira* demain si tu as progressé autant dans le billard que moi dans le français.

— Parce que tu crois que je vais venir jouer au billard demain matin ? Jules, demain je serai un homme marié.

— Et alors ? Chez David, y a plein d'hommes mariés qui tapent la belote pendant que leurs demis vont à la messe.

— Leurs demis, ils les sirotent en jouant aux cartes, Jules. Ce sont leurs moitiés qui vont à la messe.

— Je suis pas été un bon élève mais j'ai appris quand même que demi et moitié, c'était kif-kif bourricot !

— D'accord, Jules, d'accord. Je te laisse. On se reverra plus tard.

Julien et Jeanne, suivis de Christian et de Léon, avancent encore de quelques pas.

— Ah ! Voici Jérôme Lefoll, *alias* Barjot, puis Christian Zamberou, dit Paillasson, et Robert Chady, surnommé Ravachol.

Tous les trois sont sapés comme des milords. Même Ravachol qui, d'habitude, est attifé comme un as de pique, est aujourd'hui en complet… mais avec une veste à col mao choisie à dessein pour ne pas être comme tout le monde.

— Le maire nous attend ! Le maire nous attend !

L'information, partie d'une seule source – la bouche de Germaine –, est très vite portée par des voix déferlantes qui submergent la placette et ses groupes de bavards. On se précipite vers l'unique salle municipale où la mère de Jeanne, plantée dans l'embrasure de la porte, filtre autoritairement les entrées.

Derrière la table recouverte d'une nappe de tissu vert se tiennent le maire, Truffasse, plastronnant à la manière de son illustre compatriote Napoléon juché sur son cheval blanc à la bataille d'Austerlitz et, près de lui, la secrétaire de mairie, petit bout de femme discrète et compétente, tout l'opposé de son chef ! En face d'eux, Julien et Jeanne entourés de leurs témoins et d'une vingtaine d'invités serrés comme des sardines.

Après avoir enfilé son écharpe tricolore sous le regard fixe du général de Gaulle placardé derrière lui, le maire, détenteur du statut d'officier d'état civil, se fend d'un bref discours de bienvenue.

Il rappelle, au passage, qu'il a déjà marié les parents de Julien et ceux de Jeanne et qu'il compte bien, « si les Sauvagnacais lui renouvellent la confiance qu'il mérite » (rires étouffés dans l'assistance), baptiser les enfants des futurs mariés. Puis il débite les articles du Code civil relatifs aux devoirs de chacun des époux avant de solliciter le consentement de Julien et de Jeanne ainsi que les signatures réglementaires. Le tour est joué.

Pressée d'abandonner cet espace confiné que la chaleur d'août rend encore plus inhospitalier, l'assistance reflue dans la rue où elle est reprise en main par Germaine, bien sûr.

— Les mariés, par ici ! Dépêchez-vous ! Les demoiselles et les garçons d'honneur, placez-vous derrière eux. Les adultes, suivez ma sœur qui va vous conduire à l'église !

— Dis donc, Jeanne, ta mère c'est un vrai adjudant ! murmure Julien à l'oreille de sa femme.

— Il faut bien que quelqu'un se charge du protocole, Julien.

— C'est vrai, mais n'empêche que je ne voudrais pas que tu deviennes comme elle, insiste le nouveau gendre en observant songeusement cette virago survoltée devenue officiellement sa belle-mère dans les minutes précédentes.

Comme s'il avait deviné ses pensées, Ravachol se porte à la hauteur du marié et lui glisse :

— Julien, tu connais le proverbe chinois qui dit « quand on achète une maison, on regarde les poutres : quand on prend une femme, il faut regarder la mère » ?

— Ce n'est pas parce que tu portes une veste à col mao que tu es obligé de me sortir un proverbe chinois, réplique Julien. Allez ! Va rejoindre ta jolie cavalière et ne regarde pas trop sa mère si tu veux profiter de la journée.

La mère Germaine a, en effet, décidé que Ravachol serait le chevalier servant de sa nièce Élise, jeune fille que les caprices de la nature ont dotée d'une grâce dont n'a jamais bénéficié sa maman, surnommée « la guenuche » par nombre de paroissiens incléments.

Tandis que les cloches sonnent à toute volée, le cortège d'honneur s'ébranle et remonte la petite rue du village jusqu'à l'église située à moins de cent mètres de la mairie.

Au moment où Julien franchit le seuil, au bras de sa mère, les premières notes de la célèbre *Marche nuptiale* de Mendelssohn les accompagnent jusqu'à la limite du transept où ils se séparent. Suivent Fernand en compagnie de Germaine, les enfants de chœur précédant le prêtre et, enfin, Jeanne au bras de son père suivant les petits enfants d'honneur. La célébration religieuse peut commencer.

Tout se déroule conformément au protocole établi conjointement par le curé et les familles des mariés. Dans les faits, c'est surtout la mère Germaine qui s'est occupée de ces détails.

Après l'échange des anneaux immortalisé par deux ou trois photographes amateurs, l'office s'éternise et les invités commencent à s'agiter, surtout les bons vivants, impatients de prendre l'apéritif et de passer à table. L'Irlandais n'en a cure : ici, nous sommes à Sauvagnas, pas au château de Trinquelage[1].

Enfin, les cloches se déchaînent à nouveau sous la flèche du clocher tandis que les notes solennelles de *L'Alléluia* de Haendel s'élèvent vers les voûtes de

---

1. *Dans le conte de Noël intitulé « Les trois messes basses » (partie intégrante du recueil de nouvelles* Les lettres de mon moulin*), l'auteur, Alphonse Daudet, met en scène le révérend dom Balaguère célébrant, avec son sacristain Garrigou, la messe de Noël dans la chapelle seigneuriale du château de Trinquelage. Tenté par le diable qui se cache sous les traits du sacristain, le prêtre, succombant au péché de gourmandise, bâcle l'office religieux pour se rendre au plus tôt au festin offert par le marquis.*

la nef. Sous la direction de la mère Germaine, les invités s'acheminent vers la sortie, bientôt imités par le cortège, les enfants d'honneur en tête, suivis des mariés et des membres de leurs familles respectives.

Julien et Jeanne s'arrêtent sur le seuil de l'église où il leur est demandé d'échanger, à plusieurs reprises, de longs baisers pour satisfaire les photographes improvisés parmi lesquels opèrent inévitablement quelques personnes maladroites ou inexpérimentées qui, confondant les boutons de leur appareil ou tremblant comme des parkinsoniens lors de la prise de vue, demandent aux mariés de reprendre la pose.

— Si ça doit durer longtemps, on va attraper des crampes, laisse échapper Julien entre deux baisers figés.

— Alors, donne-moi de vrais baisers, mon chéri, pas des bécots simulés.

Le dialogue est interrompu par une pluie abondante de grains de riz qui ruissellent sur les cheveux des mariés, pénètrent sous les vêtements, s'incrustent sur la peau. Chacun des époux s'ébroue comme un chien surpris par une averse et, avançant de quelques pas, reçoit maintenant des poignées de pétales de roses et de confettis.

— C'est bon ! C'est le moment de prendre les photos de groupes. Nous allons en prendre devant l'église avec monsieur le curé et monsieur le maire, puis d'autres devant la fontaine du jardin du presbytère.

Julien avait remarqué cet intrus virevoltant dans tous les sens et braquant dans toutes les directions son Canon à téléobjectif, duquel fulguraient parfois des éclairs aveuglants. Il s'était douté qu'il s'agissait du photographe professionnel choisi par la mère Germaine pour capter les instants les plus magiques de la cérémonie, les portraits des parents souriant avec des larmes d'émotion dans les yeux, les visages espiègles des enfants d'honneur, les jeunes filles au bras de leurs cavaliers, Truffasse bombant le torse sous son écharpe bleu blanc rouge et l'Irlandais, en chasuble d'or et étole brodée, bénissant les mariés.

— Si vous voulez bien vous regrouper pour la photo ? suggère-t-il gracieusement. Vous, les mariés, ici, au centre du premier rang.

Julien et Jeanne rejoignent les places qui leur ont été assignées et attendent patiemment la suite des évènements. Estérina, les yeux légèrement rougis, se tient près de son fils. Quant à Fernand, il ne laisse rien transparaître de son émotion. Un homme, ça ne pleure pas.

Le soleil tape fort et la mère Germaine transpire de chaleur mais aussi d'impatience.

— Dépêchez-vous un peu ! Nous allons prendre une insolation ! Faites-les se presser un peu, monsieur Ray Delvert.

— Vous me faites trop d'honneur, madame Berthoumieux. Je ne suis pas Raymond Delvert, mais simplement l'un de ses collaborateurs.

Vexée de s'être trompée, et surtout de voir sa méprise étalée devant tout le monde, la maman de Jeanne reporte sa hargne sur son mari.

— Qu'est-ce que tu attends pour venir sur la photo, Théophile ? Que nous prenions un coup de bambou ?

L'émissaire de Ray Delvert, imperturbable, attend que les retardataires s'installent puis, fixant alternativement l'œil sur le viseur de son appareil et sur le groupe, il donne ses dernières instructions.

— La dame au chapeau bordeaux, serrez-vous un peu contre votre voisin ; je ne vous vois qu'à moitié.

— Pas étonnant, persifle Julien, c'est la cousine Angèle avec ses cent dix kilos. Pour l'avoir en entier sur le cliché, faut un objectif grand-angle.

— Tu n'es pas gentil, Julien, proteste Jeanne.

— Mais si, ma chérie, je plaisante.

— Vous, le petit monsieur en haut, au dernier rang, on ne voit que vos cheveux. Descendez sur le banc au-dessous du vôtre. Là ! C'est bien.

— Je suis sûr qu'il s'agit de l'oncle Adrien, un vrai lilliputien, suppute Julien en se retournant. Bingo ! C'est bien lui.

— Tu n'es pas gentil, mon amour, réitère Jeanne.

— Mais si, ma chérie, je plaisante.

— Ne bougez plus ! Regardez ma main ! Et voilà pour une. Non, non ! Ne partez pas encore ! Restez comme vous êtes ! Nous allons prendre deux ou trois photos de plus pour être sûrs d'en avoir une de parfaite. Madame Berthoumieux, souriez ! Souriez ! Et vous, le jeune homme en costume mao, cessez de faire du plat à votre voisine et regardez-moi !

Vous ne le saviez pas, monsieur le photographe, mais vous saurez désormais que l'on ne provoque pas impunément Ravachol !

— Franchement, monsieur, quand je compare votre tronche au joli minois de ma cavalière, y a pas photo ! Et vous comprendrez que je préfère regarder l'adorable frimousse de ma voisine que votre bobine !

La sortie inattendue du jeune homme jette un froid dans le groupe mais le photographe, un instant déstabilisé, se reprend très vite et se tire d'affaire par une pirouette.

— Vous me rassurez, mon ami. Vaut mieux que vous incliniez vers la gent féminine que vers les hommes. Bon ! Ne bougez plus ! Ça y est, c'est terminé. Maintenant, avec la permission de monsieur le curé, nous allons prendre d'autres clichés dans le jardin du presbytère.

Au grand dam des invités les plus gourmands qui salivent déjà en imaginant le festin qui les attend, le photographe et la mère Germaine entraînent tout le monde dans le décor romantique du petit jardin paroissial où, sous le regard attendri d'une statue de la Vierge, s'épanche l'eau vive d'une source.

Et l'homme du huitième art de prendre successivement des photos des mariés entourés de leurs parents, de leurs cousins, de leurs oncles et tantes, de leurs amis… tant et si bien que l'horloge du clocher indique 12 h 30 quand il plie boutique en annonçant qu'il rentre à Villeneuve-sur-Lot pour développer les photos qu'il exposera en soirée dans le couloir du restaurant où chacun pourra commander les clichés qu'il désire posséder.

Toute la noce s'empresse alors d'aller prendre l'apéro à l'unique café du village, chez David. L'oncle de Julien, bien secondé par son épouse qui comptabilise tous les apéritifs servis, veille à ce qu'aucun verre ne reste vide. Ce mariage, c'est une sacrée bonne affaire pour lui ! Non seulement il est en train de récupérer le coût du cadeau de mariage qu'il a offert à ses neveux mais, de plus, il rattrape le prix de la robe de cérémonie qu'il a dû payer à sa femme, tante Marie, car elle ne passait plus dans celle qu'elle avait achetée, il y a quatre ans, pour le baptême de leur petit-fils.

— Direction le restaurant ! ordonne la mère Germaine.

Les parents des mariés n'ont pas regardé à la dépense. Il ne sera pas dit que le mariage de leurs enfants sera moins fastueux que celui du fils du premier adjoint, il y a un an ! Fernand et Estérina, loin de ces mesquineries, auraient fait à moindres frais, mais la mère de Jeanne voulait un mariage qui en jette ! Deux repas sont donc prévus, dans les deux restaurants du canton afin de ne fâcher personne. Pour le repas de midi, ce sera au *Tout va bien*, et pour le soir, au *Picadou*.

Dans la salle principale réquisitionnée pour l'occasion, les tables ont été disposées de façon à figurer un U.

Exposés sur un long buffet collé à l'un des murs, les cadeaux, déclinés en paquets plus ou moins volumineux et en enveloppes garnies d'argent liquide ou de chèques, seront récupérés à la fin du repas et entreposés chez les parents de la mariée.

Julien et Jeanne découvriront demain que ce ne sont pas forcément les gens fortunés qui sont les plus généreux.

Des menus et des marque-places en forme de pièce montée nacrée ont été placés près des couverts.

À la table d'honneur, les mariés sont entourés de leurs témoins et amis, tandis que les parents et leurs invités occupent les deux tables latérales.

Indifférents aux conversations animées qui génèrent un joyeux brouhaha autour d'eux, Julien et Jeanne apprécient silencieusement ce moment de répit après les obligations assumées pendant la matinée.

— Tiens ? On va manger des écrevisses, remarque le marié en lisant le menu.

— Oui, c'est une des spécialités du cuisinier, explique son épouse.

— Et les fayots aussi, c'est sa spécialité ?

— Non, ça, c'est papa qui a demandé qu'ils soient au menu. Il adore les haricots.

— T'as vu, chérie, tout ce qu'on va avaler. Du foie gras, du gigot, des fromages, une pièce montée. Et tous ces vins ! On pourra aller faire la sieste après ça.

— Il vaudra mieux aller marcher un peu pour digérer avant le repas de ce soir.

Les extras font leur entrée, les bras chargés d'assiettes garnies de nourriture. Ils servent en premier les convives de la table d'honneur, en commençant par les mariés, puis le reste de la noce.

Très vite, les vins produisent leur effet euphorisant et les histoires égrillardes commencent à émerger, déclenchant de sonores éclats de rire chez les hommes, suscitant des réprobations indignées chez les femmes.

La traditionnelle pièce montée, dans laquelle sont fichées des bougies feu d'artifice qui projettent des bouquets scintillants multicolores, est enfin présentée cérémonieusement aux mariés, auxquels revient la charge de la découper. Ils s'acquittent tant bien que mal de leur tâche tandis qu'explosent les bouchons de champagne et que Fernand se lève pour faire un discours. Il se tourne vers les mariés.

Julien sait que, derrière les lunettes noires qui dissimulent leur mutilation irréversible, les yeux de son père le fixent et le voient. Comment pourrait-il en être autrement ? Où Fernand trouverait-il le courage de survivre dans un monde de ténèbres dépourvu de formes, de couleurs et de mouvements si ce n'est en y projetant des images reconstruites à partir de ses souvenirs visuels et de son imagination ? Le fils qu'il aperçoit, là, à cinq mètres de lui, c'est bien Julien, mais pas celui que Jeanne épouse et que les invités regardent. C'est le petit garçon de neuf ans aperçu une dernière fois avant l'accident, le gamin dont il s'est ensuite imaginé l'évolution physique, année après année, vérifiant périodiquement, en posant ses mains calleuses sur la tête de son rejeton, qu'il grandissait bien comme il se le représentait.

— Mes chers enfants, je vous souhaite...

Pendant trois ou quatre minutes, Fernand déroule un petit discours de circonstance et l'on devine, aux quelques hésitations plus ou moins perceptibles qui altèrent son débit de paroles, qu'il a procédé à plusieurs répétitions de son propos afin de le mémoriser, sans support écrit évidemment.

Ce sera la seule allocution de la journée. Par contre, les gens ne se faisant pas prier pour chanter ou raconter des blagues, l'atmosphère est à la fête, l'allégresse atteignant son paroxysme lorsque Léon, feignant de se casser une dent en croquant le caramel collé à un chou à la crème, se lève en grimaçant de douleur et, gestuelle à l'appui, se lance dans une interprétation hilarante du succès d'Henri Salvador, *Le blues du dentiste*.

Vers 17 heures, la noce évacue la salle.

Planté près de la sortie, le patron et son chef cuisinier saluent les convives avec un petit mot gentil, toujours le même.

— Merci, m'sieurs-dames. Ça va ?

Et tous les membres de la noce de répondre invariablement :

— Oui monsieur, merci, tout va bien.

Sauf Ravachol, ennemi juré de tout conformisme.

— Oui monsieur, merci, mais si un jour ça ne va plus, faudra changer votre enseigne.

— Vous avez quatre heures de libres, annonce la mère Germaine. On se retrouve pour le dîner à 19 h 30 au *Picadou*.

— Il faut que quelqu'un me ramène à la maison pour traire les *brètes*[1], prévient Fernand.

— Je rentre aussi pour traire les miennes. Je vais vous emmener avec moi, toi et Estérina, et je vous ramènerai pour dîner au restaurant, propose tante Yvonne.

En attendant le repas du soir, Julien consacre un peu de temps à ses amis. Avec eux, il évoque un passé avec lequel, aujourd'hui, il a définitivement coupé les ponts. Finie la vie de célibataire ! À partir

1. *Terme occitan désignant une vache laitière de la race pie noir.*

de maintenant, il doit assumer sa responsabilité de chef de famille.

De son côté, Jeanne, rayonnante de bonheur, converse avec ses cousins et Julien qui, de temps en temps, lui jette un tendre regard en se disant qu'il a de la chance de l'avoir épousée, remarque le soudain le changement d'expression de son visage. Que vient donc de lui confier sa cousine ?

Dès qu'ils se retrouvent seuls, avant même qu'il ouvre la bouche, Jeanne lui rapporte l'information qu'elle a reçue.

— Tu ne sais pas ce que m'a dit Nicole ? Qu'il était question que l'on nous porte le tourin cette nuit dans notre chambre.

— Je voudrais bien voir ça ! Qu'ils essaient, ils seront bien reçus !

— Ne t'énerve pas, Julien. Réfléchis. S'ils font irruption dans la chambre, tu ne pourras pas les mettre tous à la porte, ils seront trop nombreux. En plus, ça ne se fait pas. Il faut respecter les traditions. La solution, c'est de faire en sorte qu'ils ne nous trouvent pas.

— Tu as raison, mon amour. Personne d'autre que nous ne sait où nous allons passer la nuit. Tu ne l'as pas dit, j'espère ?

— Bien sûr que non ! C'est notre secret !

Le soir, pendant le repas, Julien est obsédé par une seule idée : préserver sa nuit de noces de toute intrusion parasitaire. Au point de ne même pas se rendre compte de ce qu'il avale. Au dessert, un invité mal inspiré suggère qu'on pratique le jeu de la jarretière.

Julien se lève.

— Je le regrette pour vous, mes amis, mais la jarretière de Jeanne ne sera pas mise aux enchères car j'use de mon droit de préemption. Donc, mangez, buvez et circulez, il n'y a rien à voir !

Des cris de protestation fusent de toutes parts.

— Hou ! L'égoïste !

— Jaloux !

— Bêcheur !

Julien s'en moque. Personne n'ira retirer la jarretière de la cuisse de sa femme, surtout à une heure où l'effet de l'alcool désinhibe jusqu'aux plus timides, autorisant des audaces du plus mauvais goût !

Les premières mesures d'une valse viennoise parviennent de la salle voisine où s'est installé un petit orchestre composé de trois musiciens du cru : une accordéoniste qui est la coiffeuse du canton, un saxophoniste-trompettiste, concessionnaire Citroën du coin, et un batteur qui s'évade momentanément de sa propriété agricole pour aller taper sur la peau de ses caisses et le cuivre de ses cymbales.

M. Berthoumieux entraîne sa fille sur la piste pour ouvrir le bal. Piètre danseur mais soucieux de respecter le protocole, Julien invite sa maman et trépigne maladroitement sur place durant quelques mesures avant de changer de cavalière. Tandis qu'Estérina renoue avec le plaisir de virevolter au bras d'un bon valseur, Julien enlace Jeanne et improvise une valse peu orthodoxe dont les orteils martyrisés de sa femme garderont un douloureux souvenir.

— Excuse-moi, mon ange. La valse, c'est trop compliqué pour moi. Ce soir, je vais en rester aux slows et aux boléros, mais d'abord, je vais vérifier que personne n'a bloqué la 4 CV sur le parking et je reviens.

Julien se glisse à l'extérieur, s'immobilise et inspire une grande bouffée d'air. Du haut de sa voûte constellée de diamants, la lune lui sourit et dispense une lumière froide qui se reflète sur les carrosseries des voitures garées à trente mètres du restaurant.

— Voyons, où est ma 4 CV ? murmure-t-il en avançant parmi les véhicules. Ah ! La voilà ! Les vaches ! Ils ont réussi à me coincer avec d'autres voitures !

Il se retourne et aperçoit une ombre qui disparaît derrière une 203. Le plus naturellement du monde, il fait quelques pas et s'arrête devant la Peugeot.

— Qu'est-ce que tu fous là ? lui demande une voix connue, celle de Léon.

— Je suis venu repérer ma bagnole. Et toi, Léon, qu'est-ce que tu fais là derrière ?

— Je suis venu pisser. Allez ! On va danser ?

Vingt minutes plus tard, même manège. Julien revient près de sa voiture pour identifier les véhicules qui la coincent. Évidemment, il y a celles de ses copains, ceux-là mêmes qui complotent de lui porter le tourin cette nuit, et celle de tante Yvonne qui, au retour de la traite des vaches, ne dénichant aucune place convenable de libre, n'a trouvé rien de mieux à faire que de stationner son Aronde devant le capot de la 4 CV.

« Chic ! se dit Julien en rebroussant chemin. J'ai trouvé la solution. »

Et ne voilà-t-il pas qu'il tombe à nouveau sur Léon.

— Qu'est-ce que tu fabriques, là ?

— Je suis venu pisser.

— Décidément, tu as un vrai problème de vessie ! À moins que ce ne soit déjà la prostate qui te joue des tours. Tu ferais bien de consulter. Allez ! On va danser ?

Julien a la certitude d'être sous surveillance et il va devoir la jouer fine. Il rejoint tante Yvonne. Il a toujours eu un faible pour cette tante qui, fraîchement mariée avec le frère d'Estérina, s'était occupée de lui comme une mère pendant ses premières années d'école à Sauvagnas.

— Dis, tata Yvonne, je vais te demander de me rendre un grand service.

— Si je peux le faire, Julien, tu sais que tu peux compter sur moi.

Julien remarque plusieurs regards posés sur lui.

— Écoute, tata. Je ne peux pas te parler plus longtemps ici. Tu me rejoins dans dix minutes pile dans les toilettes des dames.

— Drôle d'endroit pour une rencontre !

— Je t'expliquerai plus tard.

L'accordéoniste a posé son instrument sur une chaise et, accompagnée par le saxophoniste et le batteur, elle interprète le sublime slow des Platters, *Only you*.

Julien s'empresse d'inviter son épouse et, tout en se dandinant sur place, affectant de lui couler des mots tendres dans le creux de l'oreille, il lui fait part de son plan.

— Ma chérie, voilà comment nous allons procéder pour nous tirer en douce. Ma tante Yvonne déplacera sa voiture pour que je puisse sortir et, aussitôt après, elle se garera de façon à boucher la sortie du parking. J'irai me planquer derrière la mairie de Pont-du-Casse. Dès que l'occasion se présentera, elle t'embarquera discrètement dans son Aronde pour t'emmener jusqu'à moi. Puis elle reviendra ici où je me doute que mes copains essaieront de lui soutirer des renseignements. On peut se fier à elle, elle ne leur donnera aucune information sauf, s'ils insistent, des indications erronées pour les envoyer sur une fausse piste.

Tante Yvonne est ponctuelle au rendez-vous convenu quelques instants plus tôt et Julien lui fait part de son projet d'évasion.

— C'est d'accord, Julien. Je ferai comme tu m'as dit.

— Merci, tata. Tu es toujours aussi gentille pour moi. Maintenant, nous allons revenir dans la salle et nous séparer pour ne pas éveiller de soupçons.

Julien et tante Yvonne regagnent donc séparément la salle.

— Où tu étais passé ? demande Jérôme qui était visiblement en charge de pister le marié.

— J'étais allé pisser, pourquoi ?

— Tu en as mis du temps ! fait remarquer Léon.

— Il y avait du monde dans les chiottes, alors j'ai attendu mon tour. Parce que moi, figure-toi, je ne vais pas pisser dehors comme les chiens. Maintenant que vous m'avez vu, qu'est-ce que vous attendez pour aller guincher ?

Julien laisse passer quatre ou cinq danses et, quand il constate que tous les jeunes, oubliant tout ce qui les entoure, se lâchent au centre de la piste sur le rythme endiablé d'un *Let's twist again*, professionnellement interprété par nos trois musiciens amateurs, il adresse un signe de tête à sa tante qui opine du bonnet. Ils sortent à trente secondes d'intervalle et tout se passe comme prévu.

Maintenant, tante Yvonne a regagné la salle de danse après avoir bloqué la sortie du parking avec sa Simca ; les jeunes danseurs, rassurés par la présence de Jeanne sur la piste, n'ont pas remarqué la disparition de Julien, et celui-ci roule tranquillement vers Pont du Casse. Il sourit en imaginant la tête que feront ses copains quand ils se rendront compte qu'il leur a filé entre les doigts.

Sa jubilation est de courte durée : deux phares aveuglants surgissent dans son rétroviseur et se rapprochent rapidement. Serait-ce la Dyna Panhard de Jérôme qui déboule sur ses traces ? La Traction de Christian ? La Dauphine de Léon ? Toutes plus rapides que la 4 CV ! Il ne lui reste qu'une solution : prendre une petite route adjacente et, tous phares éteints, se terrer dans un sentier forestier ou derrière une ferme et attendre. Justement, voici un chemin vicinal qui part perpendiculairement sur la droite. Julien freine brutalement et amorce le virage à angle droit. Brutalisée, la petite berline réagit mal ; elle entame un tête-à-queue, glisse sur le bas-côté et termine sa pirouette dans le chaume voisin. Quelle chance qu'il n'y ait pas eu de fossé ou de talus le long de la voie communale !

La voiture qui le suivait passe en trombe et disparaît. Julien a reconnu la silhouette caractéristique d'une DS. Pendant quelques minutes, il ne bouge pas ; il prend le temps de se remettre de ses frayeurs. L'idée qu'il ait pu échouer si près du but lui rappelle que rien n'est gagné d'avance. Sa tante réussira-t-elle à exfiltrer Jeanne de la salle de bal ? La lui ramènera-t-il sans drainer dans son sillage une meute de poursuivants ? Il en est là de ses réflexions quand les faisceaux lumineux d'une nouvelle voiture balaient la route et se fondent dans la nuit. Zut ! C'est l'Aronde de tante Yvonne. Julien redémarre et, même si les roues arrière patinent considérablement, il parvient à ramener son auto sur la chaussée. De poursuivi, le voici devenu poursuivant. Il enfonce la pédale de l'accélérateur et reprend la route en direction de Pont-du-Casse qu'il atteint au moment où sa tante effectue un demi-tour derrière la mairie.

Jeanne sort de l'Aronde et, son bouquet de mariée à la main, s'engouffre dans la 4 CV.

— Merci, tata ! À bientôt ! Nous t'embrassons très fort ! crie Julien avant d'enclencher la première.

— Je suis contente d'avoir pu vous aider. Passez une bonne nuit de noces, mes enfants.

Les deux voitures reprennent la route, mais dans des sens diamétralement opposés.

Julien a réservé une chambre au *Provençal*, un hôtel agenais confortable qui donne sur le Cours du 14 juillet. Pourquoi le *Provençal* ? Tout bêtement parce que, dans l'esprit de Julien, ce nom évoque une région de lumière, de douceur, de vacances qu'il idéalise pour ne l'avoir jamais visitée.

Il aurait pu réserver à l'*Hôtel du Périgord*, à cent mètres du *Provençal*, mais, le *Périgord*, il connaît. Les Périgords devraient-on dire, le vert, le noir, le blanc et le pourpre, territoires merveilleux qu'il a découverts au cours de ses multiples escapades d'adolescent.

— Tu as bien compris, mon amour. Je te dépose au *Provençal* et, pendant que je vais garer la 4 CV devant le *Périgord*, tu m'attends dans le hall de l'hôtel. Le veilleur de nuit est au courant. J'en ai pour cinq minutes à peine.

— Entendu, mon chéri. Fais attention, des fois que les jeunes déboulent ici.

Jeanne avait raison et il s'en faut de peu que Julien ne se trouve nez à nez avec ses poursuivants qui, à la fin de leur exhibition au centre de la piste, se sont immédiatement rendu compte de la disparition des deux mariés. Ils se sont précipités dans leurs voitures et ont foncé vers Agen, la plus probable des destinations des deux tourtereaux. En route, ils ont croisé la Simca qui a confirmé leur hypothèse. Au moment précis où Julien pénètre dans le *Provençal*, un concert de klaxons lui parvient du parking du *Périgord* où ses copains viennent de découvrir la 4 CV. Il salue le veilleur, prend le bras de son épouse et tous deux disparaissent dans l'ascenseur, à l'abri des curieux et des importuns. Dans le couloir, il soulève Jeanne dans ses bras et, comme dans une scène de film, franchit le seuil de la chambre nuptiale pour aller la déposer sur le lit, près d'un magnifique bouquet de roses. Une carte, glissée parmi les fleurs, indique que la direction de l'hôtel offre aux heureux mariés, avec ses vœux de bonheur, deux lots de linge de toilette marqué à leurs initiales et le champagne placé au frais dans le petit réfrigérateur, près de la porte.

Envahi par une bouffée de chaleur consécutive à l'effort fourni quelques secondes plus tôt, Julien ouvre la fenêtre. Des éclats de voix lointains, en provenance de la place du Pin, attirent son attention. Il apprendra le lendemain – ce qui ne fera que confirmer son intuition – qu'il s'agissait d'une altercation entre ses camarades et le veilleur de nuit du *Périgord*, affrontement dont l'intensité avait provoqué l'intervention musclée des représentants des forces de l'ordre stationnés dans le poste de police contigu à l'hôtel.

Julien referme la fenêtre, enlace sa femme et, dans l'intimité retrouvée, dégrafe fébrilement la robe de la mariée.

XI

Le tourin indigeste

La rentrée scolaire est fixée au vendredi 15 septembre. Il serait temps de prendre de vraies vacances, mais les nouveaux mariés ne sont guère fortunés. Ils ont bien un peu d'argent déposé sur un livret de la Caisse d'épargne mais, comme le dit Jeanne, qui se révèle déjà une gestionnaire rigoureuse du budget du ménage : « Imprévoyant aujourd'hui, mendiant demain. »

Comment faire pour s'offrir à peu de frais une quinzaine de jours sur la Méditerranée ? S'ils choisissaient de passer tranquillement leurs congés à Sauvagnas, il n'y aurait pas de problème. Mais les gens de la campagne profonde rêvent d'aller tremper leurs pieds dans la mer tandis que ceux qui habitent sur le littoral affectionnent les escapades dans l'arrière-pays. C'est ce dépaysement qui donne de l'attrait aux vacances.

Insouciants, pour ne pas dire inconscients, Julien et Jeanne trouvent très vite une solution. Peu importe l'inconfort, la fatigue ou les courbatures puisqu'ils sont jeunes et qu'ils s'aiment. Ils feront du caravaning. N'allez pas vous imaginer qu'ils disposeront, ne serait-ce qu'en location, d'un véhicule spacieux, aménagé en petit studio, équipé d'un moyen de chauffage, d'une télévision, de vécés... Leur camping-car, ce sera la 4 CV : trois mètres soixante de longueur, un mètre quarante-trois de largeur, un mètre quarante-cinq de hauteur au sol. Prenez en compte le coffre avant, le compartiment moteur à l'arrière et la garde au sol... et vous aurez une idée du volume de l'habitacle dans lequel évolueront nos voyageurs. Ils s'attellent aussitôt à la préparation de leur expédition.

Julien fait une razzia dans le stock de conserves de ses parents et les dépose dans le coffre de la petite berline où il ajoute une valisette de linge préparée par Jeanne, une couverture kaki inusable ramenée du front par un oncle et un morceau de chaîne à vache avec un cadenas. Sa mère complète le chargement avec quelques kilos de pommes de terre et autres légumes, une douzaine d'œufs, deux saucissons, quelques fruits, une baguette de pain, une petite poêle et une casserole. Voilà pour l'essentiel, en particulier la nourriture qu'ils pourront réchauffer, si besoin est, avec le camping-gaz à cartouche rapporté du logement de Cours. Pour la nuit, Julien a dégoté quatre sacs de jute relégués dans un angle du grenier ; il les remplit de paille bien tassée et les insère entre les deux rangées de sièges. Dès ce soir, ils feront office de matelas sur lesquels nos deux baroudeurs en herbe s'allongeront en survêtement.

C'est parti. Personne ne connaît la destination exacte des nouveaux mariés. Eux-mêmes ne savent qu'une chose : ils vont vers la Méditerranée.

Ils arrivent à Narbonne entre chien et loup.

— On s'arrête ici ? demande Jeanne.

— Vaut mieux pas, je crois. C'est une grande ville. Il doit y avoir pas mal de policiers qui circulent et, s'ils nous repèrent, ils vont nous prendre pour des marginaux, objecte Julien. Que dirais-tu de Gruissan-Plage ?

— Je te fais confiance, mon chéri, mais il me tarde de pouvoir me dégourdir les jambes.

Quarante minutes plus tard, la 4 CV traverse le village de Gruissan, dont les maisons encerclent l'imposante tour Barberousse, et poursuit sa route jusqu'à la plage des chalets.

Les nouveaux mariés stationnent la 4 CV en bordure de plage et, dans la nuit complice, courent vers la mer qui miroite jusqu'à l'horizon sous la clarté blême de la lune. Ils s'enlacent, s'embrassent fougueusement, ivres de bonheur et de liberté, puis, la main dans la main, reviennent à la voiture.

— Minuit déjà ! Il est temps de manger, fait remarquer Jeanne.

— Je croyais que l'on pouvait vivre d'amour et d'eau fraîche ? badine Julien.

— Dans notre situation, nous avons le plus important, l'amour. Pour l'eau fraîche, il faudra attendre, poursuit la jeune femme.

— Zut ! Tu me fais penser qu'on n'a rien à boire !

— Mais si, mon chéri. J'ai vu un petit jerrican dans le coffre.

— Ah oui ! Tu as raison. C'est de l'eau pour le radiateur de la voiture. Nous sommes sauvés mais, demain, il faudra en acheter. Allez ! On réveillonne ?

À la lueur chétive d'un réverbère, les jeunes mariés, pressés d'aller dormir, improvisent un léger casse-croûte et préparent ensuite leur couchage rudimentaire. Julien retire les sièges avant de la 4 CV, les attache au pare-chocs avec la chaîne à vache qu'il cadenasse pendant que Jeanne étale les quatre paillasses sur le sol de l'habitacle. Ils enfilent ensuite un survêtement par-dessus leurs habits et, allongés sous la couverture militaire, entament une nuit réparatrice.

C'était sans compter sur l'intervention de l'animal le plus dangereux pour l'espèce humaine. Tous deux avaient promis à leurs parents de ne pas s'aventurer à nager trop loin du rivage pour éviter toute rencontre inopinée avec un requin en maraude, mais ils n'avaient pas imaginé que le danger viendrait de ce petit insecte volant, le plus meurtrier de la planète, avec des centaines de milliers de morts par an à son palmarès, le moustique femelle.

Écrasés de fatigue, Julien et Jeanne dorment du sommeil du juste quand, à 3 heures, une escadrille de ces minuscules vampires, après avoir détecté de nouvelles cibles sur leur radar, lancent une attaque urticante d'envergure. Tirés de leur sommeil par l'inflammation causée par les stylets perforants des assaillantes, Julien et Jeanne passent le reste de la nuit, l'oreille en alerte, guettant toute nouvelle vibration qui annonce la présence d'une prédatrice ; alors, ils essaient vainement de capturer l'insecte en vol et, quand le bruit cesse, ils attendent qu'éclose la pointe de douleur qui permettra de localiser l'endroit où l'ennemie a atterri pour l'écraser d'une gifle rageuse.

Le lendemain, à la première heure, Jeanne appelle ses parents de la cabine téléphonique de Gruissan village et leur assure que tout va pour le mieux, passant sous silence l'horrible fin de nuit vécue au bord de la plage. Après une longue baignade, Julien propose un programme d'excursions.

— On pourrait descendre jusqu'à Banyuls et remonter par étapes jusqu'à Narbonne avant de rentrer chez nous. Qu'est-ce que tu en penses, chérie ?

— Tu sais bien, mon amour, que je me suis engagée à suivre mon mari.

— Dans ce cas, allons-y !

La petite 4 CV avale vaillamment les cent vingt kilomètres de trajet. Sous le soleil généreux de ce mercredi 22 août 1962, les paysages offrent à nos deux touristes leurs plus belles couleurs. À l'approche de leur destination, de la corniche qui serpente parmi les vignes en terrasses où se nichent quantité de *casots*[1], Julien et Jeanne contemplent la mer dont les eaux d'un bleu profond pourlèchent la base des falaises aux parois assombries faute d'exposition au soleil.

Ils garent la 4 CV dans la descente qui conduit à la baie et continuent à pied jusqu'à la terrasse d'un bar où ils se paient le luxe de déguster un délicieux banyuls en apéritif. Ragaillardis par ce tonifiant naturel, ils parcourent allègrement les rues de la petite ville et sont surpris par la nuit qui tombe rapidement sur la station alors que les rayons attiédis du soleil déclinant caressent encore les crêtes environnantes. Il est temps, à présent, de chercher un endroit pour passer la nuit. Ils reprennent leur

1. *Ce terme, dérivé du catalan* casot *(petite et mauvaise cabane), désigne un cabanon, souvent construit en pierres sèches, servant d'abri pour les hommes et les outils.*

camping-car de fortune et roulent sur quelques centaines de mètres, vers l'arrière-pays.

— Ça te plaît là, chérie ? demande Julien en stoppant près d'une parcelle abandonnée.

— Oui, c'est un joli coin. On a même vue sur mer. Pour le prix, on ne va pas mégoter !

Julien fait une petite marche arrière, passe la première, s'engage sur le chemin d'accès et pénètre sur le terrain délimité par des haies naturelles où jujubiers, églantiers et prunelliers se développent de la manière la plus anarchique qui soit. Aidé de Jeanne, il procède, comme il l'avait fait la veille, à la préparation du couchage puis, après avoir avalé un sandwich et un fruit, tous deux entament leur nouvelle nuit avec l'appréhension d'être encore une fois détectés par les moustiques. Serait-ce l'effet d'opérations locales de démoustication ou la conséquence de la relative altitude des lieux ? Toujours est-il qu'aucun de ces maudits insectes ne vient troubler le sommeil des nouveaux mariés. Ils se réveillent détendus et d'excellente humeur. Julien s'extrait de l'habitacle, contemple la mer, exécute quelques assouplissements pour dissiper les inévitables courbatures provoquées par l'inconfort des matelas.

Il se retourne vers la route. Damnation ! La sortie du champ est obstruée par un tracteur. Il s'approche de l'engin : personne ! Il regarde autour de lui : pas de maison d'habitation !

— Chérie !

— Oui mon amour ! Que se passe-t-il ?

— Il se passe que nous sommes enfermés dans le champ ! Prisonniers des Catalans ! Il ne manquait plus que ça !

— Comment va-t-on faire pour sortir, Julien ?

— Je n'en sais rien, ma chérie. On ne va quand même pas déterrer la hache de guerre !

— Qu'est-ce que tu veux dire ?

— Que jusqu'au siècle dernier, racontent les historiens locaux, quand les Catalans, de Perpignan par exemple, se rendaient chez les Occitans, à Narbonne par exemple, ils prenaient soin de rédiger leurs testaments avant de partir.

— Et pourquoi donc ?

— Parce qu'ils n'étaient pas sûrs de revenir vivants, tant l'animosité entre les deux peuples était exacerbée ! Mais aujourd'hui, ce n'est plus le cas. Les uns et les autres défendent légitimement leur identité mais se respectent.

Le propriétaire du tracteur aurait-il entendu les derniers mots de Julien ? Sorti d'on ne sait où, il vient vers le jeune couple.

— *Hola, amants joves*[1] *!* dit le visiteur catalan

— *Adieusiatz, mossur*[2] *!* répond Julien l'Occitan.

— Qu'est-ce que vous faites dans mon champ ? Qui vous a donné la permission de vous y installer ?

Les mots du Catalan, pertinents et incisifs, contrastent avec l'intonation plutôt conciliante qui les imprègne d'aménité. Julien croit y voir l'effet apaisant d'une tacite complicité entre les deux provinciaux qu'ils sont, et la suite des évènements lui donne raison.

En effet, après avoir complaisamment étalé ses origines rurales et reconnu que lui-même, sous le

---

1. *« Bonjour, les jeunes amoureux. »*
2. *« Bonjour, monsieur. »*

coup de l'indignation, aurait agi de la sorte vis-à-vis d'un intrus, Julien conclut que devant le témoignage de sa bonne foi et les excuses présentées, il aurait fait preuve de compréhension et aurait libéré le coupable.

Sans un mot, le Catalan avait retiré son tracteur et, avant de disparaître, avait lancé :

— *Anem ! amants ! Desapareixeu i que la felicitat amb vosaltres*[1] *!*

— *Mercés plan, mossur*[2] *!* lui avait répondu Julien dans la langue maternelle de ses parents.

Aucune nouvelle déconvenue ne vient troubler les cinq jours suivants, et nos deux vacanciers en profitent pour rayonner dans cette merveilleuse région du Languedoc-Roussillon. Toutes les quarante-huit heures, ils donnent signe de vie à leurs parents qui avaient laissé transparaître une inquiétude compréhensible en les voyant partir camper dans des conditions pour le moins insolites, sans équipements adéquats, sans buts précis, sans durée déterminée. Julien et Jeanne n'ont cure des soucis des autres. Égoïstement, ils ne pensent qu'à savourer la plénitude de leur bonheur dans un cadre idyllique qu'ils découvrent un peu plus chaque jour.

Aujourd'hui, ils ont visité la forteresse de Salses que les Espagnols avaient construite au nord de la Catalogne, lorsque le Roussillon était terre ibérique. Puis ils se sont promenés sur l'avenue de la

1. *« Allez ! Les amoureux ! Disparaissez et que le bonheur vous accompagne ! »*

2. *« Merci beaucoup, monsieur. »*

côte vermeille longeant la belle plage de Canet et, après avoir dîné à la Crêperie de l'Âne, ont mis le cap en direction de Perpignan, à la recherche d'un coin tranquille pour dormir.

— Et si on s'arrêtait là, dans les vignes ? suggère Jeanne.

— Oui, ce ne serait pas mal. Allons-y.

Julien prend un chemin caillouteux qui s'enfonce dans les terres et stoppe à une centaine de pas de la départementale.

— Allez ! Faut mériter son confort ! lance-t-il en commençant à aménager l'habitacle de la 4 CV en chambre à coucher.

Rompu à la manœuvre, il ne lui faut guère plus de cinq minutes pour terminer l'installation des paillasses sur lesquelles il s'allonge aussitôt avec Jeanne. Quelques moustiques égarés dans le vignoble pénètrent subrepticement dans la voiture où ils effectuent un vol de reconnaissance, la vibration de leurs ailes émettant un son monocorde qui, loin de bercer l'oreille des deux campeurs, met leurs sens en éveil. Dès qu'un de ces kamikazes descend en piqué sur la cible repérée et enfonce son rostre dans la peau de sa victime, une main vengeresse l'écrase impitoyablement. Vers 23 heures, le combat cesse faute de combattants et le sommeil reprend ses droits.

Julien fait un cauchemar : des Gitans veulent lui dérober les sièges qu'il a attachés à l'arrière de la voiture avec la chaîne à vache cadenassée. Au risque d'arracher le pare-chocs, ils tirent par saccades, essayant de briser l'attache. Le bruit des pièces métalliques qui s'entrechoquent lui parvient distinctement à l'oreille et, comme les manouches s'acharnent sur le butin qui leur résiste mais qu'ils ne veulent pas abandonner, la 4 CV ne cesse d'essuyer des secousses, de tanguer, de grincer des articulations. Julien n'ose pas sortir de la voiture de peur d'être agressé par ces Gitans dont il aperçoit les carrures impressionnantes, les visages grimaçant de fureur sous les chevelures d'ébène luisantes de sébum, les yeux furibonds, noirs de colère. Et voici que l'un d'eux cogne à la vitre de la portière en aboyant :

— Debout là-dedans ! Debout !

Julien ouvre les yeux. La voiture ne bouge plus. Dehors, il fait soleil. Les Gitans se sont évaporés dans la nature ; demeure seulement, sous un chapeau élimé, un visage basané au regard étonné.

— Allez ! Debout, paresseux ! insiste l'homme.

Julien sort de l'auto, cligne des yeux et recouvre enfin ses esprits.

— Bonjour, monsieur ! Excusez-nous, s'il vous plaît. Nous sommes arrivés pendant la nuit et nous nous sommes arrêtés au premier endroit qui nous a paru tranquille.

— C'est-à-dire sur mon chemin, au milieu de mes vignes.

— Nous sommes désolés, monsieur. Nous avions prévu de quitter les lieux de bonne heure mais nous étions fatigués et nous ne nous sommes pas réveillés.

— N'importe comment que vous le tourniez, vous avez passé une nuit chez moi. Ça vous fera donc mille deux cents francs plus la taxe de séjour et je ne compte pas le garage.

Julien, encore un peu vaseux, se demande si c'est du lard ou du cochon.

— Comme vous avez une bonne tête, je vous offre le petit-déjeuner : vous n'avez qu'à tendre la main pour cueillir quelques raisins.

Jeanne, qui a entendu la conversation, pointe son nez hors de la 4 CV.

— Écoute, mon chéri, ne fais pas d'histoires. Donne à ce monsieur ce qu'il te demande et ensuite, partons.

— Bonjour ma jolie dame. Vous avez bien dormi ? demande courtoisement le viticulteur.

— Très bien, Monsieur, mais le réveil est moins agréable.

— Allez, ma petite dame ! Je vous ai bien menée en catalane[1]. Rassurez-vous, je plaisante ! Tout ce que je souhaite, à présent que vous êtes bien réveillés, c'est que vous quittiez ma vigne, non pas parce que je veux vous mettre dehors mais parce que je vais pulvériser mes fongicides et que ce ne serait pas bon pour vous de les inhaler.

— Merci pour votre hospitalité, monsieur. Nous n'en abuserons pas davantage, répond Julien, satisfait de s'en tirer à bon compte.

Une heure plus tard, à Perpignan, Jeanne téléphone chez elle.

— Vous rentrez quand ? lui demande sa mère.

— Nous ne savons pas. Peut-être début septembre.

— Ah ! C'est embêtant ça.

— Pourquoi maman ?

---

1. *Catalane : adjectif substantivé, employé pour désigner une barque catalane (bateau).*

— Parce que ta cousine Nicole repart en Lorraine demain et qu'elle aurait bien aimé vous dire au revoir.

— Elle ne peut pas retarder un peu son départ ?

— Eh non ! Elle reprend son travail le 28.

— Attends une minute, maman. J'en parle avec Julien.

Jeanne entrouvre la porte de la cabine téléphonique et, sans lâcher le combiné, s'étire vers l'extérieur.

— Écoute, mon chéri. Nicole repart demain et voudrait nous dire au revoir.

— Eh bien ! Qu'elle passe par ici ! Tu ne veux quand même pas qu'on écourte notre voyage de noces pour faire la bise à Nicole ?

— Tu sais bien que ce n'est pas sa route, Julien. Et n'oublie pas que c'est grâce à elle que nous avons échappé au tourin. C'est elle qui nous a avertis.

Julien se gratte la nuque ; c'est sa façon inconsciente d'exprimer sans paroles une profonde perplexité.

— Alors, mon chéri ? Qu'est-ce que je réponds à maman ? Je lui dis que tu ne veux pas interrompre tes vacances ?

Évidemment, posé en ces termes, le problème n'admet pas trente-six solutions. Déjà que la mère Germaine n'a accepté le mariage qu'à son corps défendant et qu'elle a du mal à cacher son ressentiment à l'égard de ce « fainéant de Julien qui, non content de déserter de la ferme familiale, a brisé le destin de Jeanne, appelée à devenir la plus riche agricultrice de la commune si elle avait épousé

Maurice », mieux vaut essayer de l'amadouer plutôt que d'alimenter son hostilité.

— Réponds-lui que nous sommes vraiment ravis de nous priver d'une semaine de vacances pour passer dix minutes avec ta cousine.

— C'est d'accord, maman. Julien ne veut pas manquer le départ de notre cousine. Nous rentrerons donc ce soir.

— Parfait. Vous dormirez à la maison pour être sur place au moment du départ de Nicole.

Julien et Jeanne décident de passer leur dernière journée de vacances à Saint-Laurent de la Salanque. C'est dimanche, jour de marché, et les rues de la ville sont particulièrement animées.

Les nouveaux mariés suivent la foule composée de gens du cru mêlés à des touristes de toutes provenances. Les premiers marchent d'un pas rapide qui les conduit sans hésitation aux étals qui leur sont familiers. Ils rencontrent souvent des concitoyens, ils s'arrêtent, discutent en catalan et repartent de plus belle faire leurs provisions. Les seconds découvrent ou redécouvrent les couleurs et les senteurs des marchés du Sud. Ils déambulent en famille, le nez au vent et le regard papillonnant ; ils sont curieux de tout ce qui est différent de chez eux, s'arrêtent à tout bout de champ, paralysant momentanément la progression de la longue procession profane. Il fait chaud. Entraînés à marche forcée dans la marée humaine qui les submerge, des enfants pleurnichent ; des chiens aboient à la vue de congénères qui tirent sur leurs laisses en les fixant d'un œil provocateur ; des forains interpellent les passants : « Fouillez ! Fouillez ! Messieurs-dames !

Tout à cinquante pour cent ! » Des producteurs agricoles vantent leur marchandise : « Achetez les belles fraises de Millas ! »

— Et si on achetait des produits frais pour pique-niquer ? suggère Julien.

— Mais on a encore des conserves, mon chéri. Et du saucisson de tes parents aussi.

— D'accord, mais ça ne se perd pas. En plus, si on continue à ne manger pratiquement que des conserves, on va finir avec le scorbut, fait observer Julien.

Jeanne n'insiste pas et, demi-heure plus tard, ils repartent avec les bras chargés de radis, tomates, concombre, artichauts, pêches auxquels ils ajoutent un demi-poulet rôti, une baguette de pain et, pour marquer le dimanche, un litre de muscat de Rivesaltes et un Bras de Gitan[1].

Ils filent ensuite vers Narbonne, s'arrêtent en route pour déguster leur festin à l'ombre de pins parasols infestés de cigales infatigables qui leur offrent un concert champêtre quelque peu lancinant, puis ils vont prendre un dernier bain de mer à Gruissan avant d'entamer le retour vers Sauvagnas.

À leur arrivée, ils sont chaleureusement accueillis, aussi bien chez les parents de Julien que chez ceux de Jeanne.

— C'est très gentil d'être rentrés pour moi. Je suis vraiment très touchée, leur confie Nicole en les embrassant.

1. *Le Bras de Gitan est une génoise avec une crème pâtissière roulée aux parfums du sud.*

— Tu es tellement gentille avec nous, Nicole. Tu sais, nous n'oublions pas que c'est grâce à toi que nous avons passé une nuit de noces sereine, lui assure Jeanne.

— C'est bien vrai ça. Jeanne a raison. Nous te devons beaucoup de reconnaissance et tu es tellement adorable que, pour rien au monde, nous n'aurions manqué ton départ. Ça nous fait un immense plaisir de pouvoir te souhaiter un bon voyage, déclare hypocritement Julien.

Après tout, mieux vaut mentir et faire plaisir que dire la vérité et désobliger !

Entre évocation de la journée de mariage, récit du voyage de noces et commentaires sur l'attentat du Petit-Clamart survenu quatre jours plus tôt, la conversation s'éternise jusqu'à minuit.

— Faudrait quand même penser à aller dormir parce que demain matin Nicole part de bonne heure, prévient Théophile.

— Et vous, les nouveaux mariés, vous devez avoir sommeil après avoir fait toute cette route. Allez dormir, va ! insiste la mère de Jeanne.

Julien et Jeanne ne se font pas prier et s'éclipsent aussitôt. Dix minutes plus tard, ils dorment comme des loirs.

Le jeune marié, secoué par son épouse, se réveille en sursaut. La lumière est allumée et des éclats de voix lui parviennent. Éberlué, il s'assied ; il s'aperçoit dans la glace de l'armoire située au pied du lit et remarque même que son pyjama est décousu au niveau de l'épaule. Il se demande où il est ; il s'est passé tant de choses hier ! De ses index repliés, il se frotte les yeux bouffis de sommeil. Ah oui !

Fini le camping-car de fortune, les courbatures, les moustiques, les avatars : il est dans un vrai lit, dans une vraie chambre, avec la lumière électrique qui éclaire une scène kafkaïenne : il voit sortir, au travers de la porte de l'armoire, ses témoins de mariage, ses copains, ses beaux-parents, Nicole, ses cousins ; mais comment contenaient-ils tous dans cette armoire ? Et comment font-ils pour traverser la porte.

— Allez, Julien ! Réveille-toi donc ! ordonne Jeanne.

Comme s'il émergeait d'un sommeil hypnotique, Julien reprend brusquement pied dans la réalité. À présent, il se rend compte que la porte de la chambre est grande ouverte et livre passage à Ravachol, Léon, Christian et les autres, tous ceux qui sont là maintenant, l'air rigolard, épiant les réactions des deux tourtereaux et formant autour du lit une haie humaine infranchissable.

— Qu'est-ce que vous faites ici ? Mais quelle heure est-il donc ? demande Julien.

— Devine ! lui lance Léon.

Julien saisit sa montre sur la table de nuit, écarquille les yeux pour lire l'heure.

— Quatre heures ? Ma chérie, dis-moi que je rêve ! Que je fais un cauchemar ! Mais que font donc toutes ces personnes dans notre chambre à coucher ? Toi, Léon, que viens-tu faire ici à cette heure ? Et toi, Ravachol ?

— Tiens, regarde Julien, ce qu'on vous apporté pour vous requinquer après toutes ces nuits épuisantes que vous avez passées depuis votre mariage.

Vous vous êtes défilés le jour de la noce mais aujourd'hui vous n'y échapperez pas !

Ce disant Ravachol présente aux jeunes mariés un pot de chambre en faïence fleurie, rempli aux trois quarts d'un tourin blanchi dont les effluves aillés diffusent rapidement dans la pièce.

— C'est-y pas ragoûtant ça ? Une succulente soupe à l'ail ! Et pas n'importe quel ail ! À l'ail de Beaumont de Lomagne, s'il vous plaît ! Et visez un peu la présentation, messieurs-dames ! Alors les *nòvis*[1] ? Qu'est-ce que vous en dites ? insiste Ravachol.

Julien se frotte à nouveau les paupières puis fixe son regard sur le contenu de ce vase de nuit. Que l'on ait détourné le récipient de son usage habituel, Julien trouve cela plutôt burlesque, mais ce qu'il découvre à l'intérieur ne le porte nullement à rire. Émergeant du potage blanchâtre, deux pommes de terre en robe des champs supportent une énorme carotte dont l'extrémité a été explicitement ciselée afin que l'on ne se méprenne pas sur l'objet que l'artiste sculpteur a voulu représenter.

— Tu vois, Ravachol, le tourin ? Passe encore. Mais l'obscénité de la présentation, très peu pour moi ! C'est d'un mauvais goût dont je ne vous savais pas capables. Désolé de vous le dire aussi franchement, mes amis, mais cette vulgarité ne m'amuse pas.

Les propos de Julien jettent un froid dans l'assistance et les sourires s'effacent ou se figent en rictus.

1. *Terme occitan désignant les « nouveaux mariés ».*

C'est Théophile qui réagit le premier. Il s'approche du lit et, d'un ton affable, s'adresse à son gendre :

— Écoute-moi, mon petit. Faut pas t'offusquer de cette présentation grivoise. C'est la tradition, c'est tout. D'ailleurs, tu vois, on écrase cette sculpture figurative, on mélange tout et maintenant vous allez me déguster ce tourin et vous m'en direz des nouvelles ! Alors qui commence ?

— Moi je veux bien, déclare Jeanne qui n'était pas intervenue jusqu'ici.

— He bien, voilà une cuillère, ma fille ! Et laisses-en un peu pour ton mari. Ensuite nous irons tous réveillonner dans la salle à manger. D'accord, mon fils ?

Mon fils ! Comment résister à de telles marques d'affection ?

— D'accord, papa Théophile !

— Et vous tous, vous êtes d'accord pour faire la fête ? lance à la cantonade le maître des lieux.

Une ovation fait écho à sa question.

— Alors, suivez-moi. Nous allons laisser les jeunes mariés s'habiller et nous rejoindre ensuite.

Lorsque le dernier des intrus a quitté la chambre et refermé la porte derrière lui, Jeanne se blottit dans les bras de Julien.

— Tu n'es pas toujours très sociable, lui reproche-t-elle gentiment.

— Jeanne, mon amour, à la demande de ta mère, je sacrifie une semaine de vacances pour assister au départ de Nicole et ne voilà-t-il pas qu'en réalité, c'est pour nous enquiquiner avec leur tourin qu'ils nous ont fait revenir. Et d'une ! Quant à leur représentation des attributs virils, elle est d'une grossièreté révoltante. S'ils veulent donner dans la grivoiserie, libres à eux mais qu'ils ne viennent pas m'*emmouscailler* avec leur salacité. Et de deux ! N'ai-je pas raison ?

— Si, bien sûr, mon amour. Mais tu devrais te montrer un peu plus tolérant. Promets-moi de faire un petit effort dans ce sens et serre-moi dans tes bras, poursuit Jeanne, plus persuasive que jamais.

À cet instant précis où Julien chavire de volupté en savourant la tiédeur veloutée des lèvres de sa tendre épouse taquinant son cou, un vers de Pierre-Claude Nivelle de La Chaussée lui vient à l'esprit : « Ce que veut une femme est écrit dans le ciel. »

XII

Raymond

LA DATE DE LA RENTRÉE SCOLAIRE se rapproche à grande vitesse. Finie l'insouciance distillée par des semaines entières de vacances ! Il est temps, à présent, de se préparer à reprendre le collier.

Jeanne vient de recevoir, insérés dans une grande enveloppe estampillée du Centre national de télé-enseignement, ses documents pour amorcer son année de préparation à la deuxième partie de son bac philo. Fortement motivée, elle s'est déjà mise au travail à raison de deux ou trois heures d'études par jour.

— Mon petit mari chéri, tu voudras bien m'aider quand tu auras un peu de temps libre ? a-t-elle demandé avec un sourire enjôleur.

— Bien sûr, mon ange, je serai toujours près de toi mais je ne suis pas omniscient, tu sais. Il est des domaines où tu es certainement plus ferrée que moi. Par exemple, en philo, tu es sûrement plus calée que je ne le suis. Par contre, puisque tu veux devenir institutrice, je te ferai voir comment préparer les cours, programmer les activités pédagogiques… D'abord, je vais t'emmener à Cours pour te montrer mon école et te faire visiter la villa que j'occupe et que nous allons aménager pour nous deux.

Pendant tout le trajet, Jeanne s'extasie sur la beauté des paysages que l'automne pare de couleurs mordorées, exaltées par l'éclat fauve du soleil déclinant et, sans aucun doute, par la magie de l'amour qui unit les nouveaux mariés et sublimise leur sensibilité.

Comme il l'avait fait l'an dernier, lors de sa première apparition à Cours, Julien se rend directement à l'épicerie.

— Bonjour, Justine. Je viens vous présenter mon épouse, Jeanne.

— Bonjour, Jeanne. Soyez la bienvenue dans notre village. Vous avez de la chance d'avoir un mari comme Julien. Allons de l'autre côté pour discuter tranquillement.

Ils pénètrent dans la cuisine.

— Tiens, qui vois-je ? Bonjour Édouard ! Comment allez-vous ? Toujours en pleine forme ? Voici Jeanne, mon épouse.

— Bonjour, Julien. Vous permettez que j'embrasse votre femme. Je suis content de vous revoir. Attrape le pastis, Justine, qu'on fête ça !

Apparemment, Édouard a déjà pris l'apéritif. Plusieurs, certainement. Sa face rougeaude et son regard vitreux en témoignent. Et lorsqu'il se lève et se dirige vers un placard en titubant, le doute n'est plus permis.

— Assieds-toi, Édouard, ordonne sa femme. Je m'occupe des verres. Alors, Julien, vous revenez nous voir, cette année ?

— Pas pour très longtemps, Justine. Dans deux mois, je pars faire mon service militaire.

— Et j'espère que vous reviendrez ici, ensuite, intervient Édouard.

— Cela dépendra de l'évolution de la situation. Nous verrons cela plus tard.

— Moi, je trinque à votre retour ! tranche Justine en lançant un clin d'œil à Julien.

Dix minutes plus tard, en sortant de l'épicerie, Julien et Jeanne rencontrent Mathilde.

— Jeanne, ma chérie, j'ai le plaisir de te présenter Mathilde, la cantinière du village.

— Bonjour à tous les deux. Si j'ai bien compris, vous êtes la fiancée de Julien.

— Non, madame. Je suis son épouse, précise fièrement Jeanne.

— Quel cachottier vous faites, Julien ! J'avais bien remarqué votre changement de comportement à la fin de l'année scolaire mais je ne pouvais pas en deviner les raisons. Pourquoi vous ne m'avez rien dit ?

— Je voulais vous faire la surprise. Allez ! Nous nous reverrons bientôt. Nous allons rendre visite à monsieur le maire et à son adjoint chargé des affaires scolaires.

Chemin faisant, Julien avertit sa moitié :

— Ma chérie, je te conseille de rester méfiante vis-à-vis des deux femmes que nous venons de rencontrer. La première est une redoutable croqueuse d'hommes et mieux vaut éviter d'être copine avec elle si tu veux préserver ta bonne réputation. La seconde, incorrigible pipelette, se charge de rapporter les exploits de sa voisine, mais aussi tout ce qu'on lui confie, surtout si c'est sous le sceau du secret. Donc, avec elle, moins tu parles et mieux tu te portes. Tiens, nous voilà arrivés à Bésigue, chez le maire. Tu verras, ce sont des gens charmants.

L'accueil réservé au jeune couple par M. Desgranges et son épouse confirme l'opinion exprimée par Julien. Ici encore, le maire tente de convaincre le jeune instituteur de revenir à Cours après son service militaire. Une fois encore, Julien se tient prudemment sur son quant-à-soi.

La dernière visite de la journée est réservée à M. Bonnevent. Julien a déjà prévenu Jeanne mais celle-ci n'en est pas moins surprise de découvrir le manoir des Chanterelles dont le charme la subjugue instantanément.

— Quelle belle demeure, mon chéri ! C'est le rêve !

— En effet, mon ange, mais tout ange que tu es, replie tes ailes et redescends sur terre. Nous nous contenterons des logements de fonction et nous aviserons quand nous approcherons de la retraite. Tiens, le monsieur aux allures de *gentleman-farmer* qui vient vers nous, c'est l'adjoint au maire. C'est quelqu'un de courtois mais légèrement prétentieux.

— Bonjour, monsieur Bonnevent. Je suis venu vous présenter mon épouse, Jeanne.

— Bonjour, mon jeune ami. Je suis ravi de vous revoir. Mes hommages, madame. Au nom de tous mes administrés, je vous adresse tous nos vœux de bienvenue. Mais, entrez donc cinq minutes.

Julien accepte l'invitation afin que Jeanne puisse admirer la décoration intérieure du manoir.

— Donc, Julien, vous allez assurer la rentrée, rester environ deux mois puis nous quitter pour dix-huit mois.

— C'est exact, monsieur Bonnevent.

— Et après ?

— Après quoi ?

— He bien ! Après les dix-huit mois ! Ce que nous souhaitons, nous, c'est que vous reveniez chez nous. Écoutez, mon jeune ami, tous les parents tiennent à vous ; tous les enfants espèrent vous revoir. Je vous garde bien au chaud le poste de secrétaire de mairie et je vous laisse le logement de fonction pendant toute la durée de votre service militaire. Où trouveriez-vous mieux que ça ?

— Je vous remercie, monsieur Bonnevent. Mais si l'académie vous nomme un enseignant pour l'année entière, où le logerez-vous ?

— Bonne question, mon jeune ami. Hé bien ! nous scinderons la villa en deux. Elle est suffisamment spacieuse pour ça. Et quand vous reviendrez, vous récupérerez la totalité du logement. Et soyez tranquille, je suis un homme de parole. Quant à l'académie, si elle recommence à nous envoyer des ribambelles de remplaçants, qu'elle ne compte pas sur nous pour les loger !

C'est sur ces propos sans équivoque que Julien et Jeanne prennent congé de M. Bonnevent.

— Maintenant, ma chérie, nous allons passer au logement de fonction pour voir comment l'aménager au mieux pour les six ou huit mois à venir.

15 septembre 1962. Julien accueille ses élèves avec la sérénité que confère l'expérience.

La rentrée précédente s'est très bien déroulée, et il n'y a aucune raison pour que celle-ci ne se passe pas aussi bien. D'autant plus qu'aujourd'hui, en dehors des trois mioches de cinq ans qui intègrent la section enfantine, il connaît bien les élèves. Autre raison – et non des moindres, tous les enseignants sincères en conviendront –, il n'est plus soumis à la pression de sa hiérarchie. Titularisé, il ne sera plus jamais confronté au conseiller pédagogique, et en fonction pour un mois et demi seulement, il ne reverra pas l'inspecteur dans son école. Inconsciemment peut-être, mais de toute évidence, cette totale autonomie pédagogique s'accompagne d'un délicieux sentiment de liberté qui ne dispense pas, cependant, d'un nécessaire sens de la responsabilité.

Julien ne voit pas les jours passer. Pendant qu'il fait classe, Jeanne assure l'intendance au sein du foyer et, parallèlement, prépare son bac. Parfois, en début de matinée, elle reçoit la visite de Raymond. C'est un adorable bambin de cinq ans avec une petite tête ronde, de grands yeux bleus, une chevelure blonde taillée en brosse. Une semaine après la rentrée, il était arrivé avec des larmes plein les yeux : il avait fait pipi dans son pantalon et Julien l'avait provisoirement confié à Jeanne.

— Ma chérie, je te laisse Raymond. Tu fais ce que tu peux puis tu me le ramènes en classe.

Au bout de vingt minutes, il était réapparu sur le seuil de la salle de classe, tout guilleret, la mine réjouie, un sourire radieux remontant ses pommettes saillantes et plissant ses yeux bleu ciel.

Pendant la récréation, Jeanne avait rejoint Julien dans la cour de l'école.

— Alors ? Le petit Raymond était content de revenir en classe ?

— Il était rayonnant. Comment tu t'y es pris pour l'apprivoiser à ce point ?

— Je l'ai simplement déculotté et je l'ai lavé comme un bébé. Puis j'ai rincé son pantalon et je l'ai séché au fer à repasser. Ensuite, j'ai reculotté Raymond et je lui ai préparé un bon chocolat qu'il a avalé avec deux biscuits. Je lui ai fait un bisou et je l'ai raccompagné jusqu'à la porte de la classe. C'est pas plus compliqué que ça.

Dès la fin de la journée, la nouvelle franchit le portail de l'école, couru le long des routes, emprunté les chemins de traverse et pénétré dans les foyers : « Vous vous rendez compte ? La femme de l'instituteur a agi envers le petit Raymond comme elle l'aurait fait envers son fils ! Ça, c'est une femme gentille, pas fière pour deux sous ! »

Il aura suffi d'un simple geste spontané de compassion pour que Jeanne soit définitivement adoptée par la population locale… et surtout par le petit blondinet. À un tel point qu'une semaine plus tard, il réédite sa prouesse. Mêmes causes, mêmes conséquences et même dénouement. Cinq jours plus tard, rebelote ! Soudainement suspicieux, Julien s'approche du marmouset, s'agenouille devant lui et renifle l'entrejambe humide du pantalon. Rien ! Aucune odeur d'urine.

— Dis donc, Raymond ? Tu fais pipi dans ton pantalon et ton pantalon ne sent pas le pipi. C'est bizarre.

— Monsieur ! Moi je sais ! J'ai vu Raymond qui faisait couler l'eau du robinet sur sa braguette ! clame un élève du CE1.

— Joris, je ne t'ai rien demandé. D'abord, si tu veux intervenir, tu lèves le doigt. Ensuite, tu ne dois pas dénoncer un camarade. Ici, chacun est capable de reconnaître ses erreurs tout seul. Alors, mon petit Raymond, comment se fait-il que ton pantalon soit mouillé ?

— C'est moi qui l'ai mouillé, monsieur. J'avais envie d'aller boire du chocolat chez toi.

Pauvre petit bonhomme ! Élevé dans une famille nécessiteuse, il ne doit pas boire du chocolat très souvent.

— Écoute-moi, Raymond. Maintenant tu es un grand garçon. Tu ne fais plus pipi dans ton pantalon comme les bébés. Alors, si de temps en temps tu as envie de boire du chocolat, tu vas frapper chez moi et tu dis à ma femme : « Jeanne, je voudrais boire du chocolat s'il te plaît. » Elle te préparera un bon chocolat. D'accord ?

— Oui, monsieur ! répond l'enfant, les yeux embués de larmes.

— Allez ! File voir Jeanne. Et n'oublie pas de revenir en classe.

Et c'est ainsi que le petit Raymond a pris l'habitude de venir, de temps à autre, se faire offrir un chocolat reconstituant avant d'entrer en classe.

Allez savoir ce qui se passe exactement dans la tête d'un gamin haut comme trois pommes ! Toujours est-il que chaque fois que Jeanne lui ouvre la porte, il est là, planté comme un piquet, sa petite bouille ronde éclairée par un sourire épanoui. Limpides comme un ciel de printemps, ses yeux fixent Jeanne et lui délivrent un message sans paroles : « Tu vois, je suis là, fidèle à notre rendez-vous. Je suis venu faire provision de bonheur pour quelques jours. » Il tend sa main potelée qui enserre le petit bouquet qu'il a confectionné en venant à l'école à travers champs. Oh ! ce n'est pas une gerbe de fleurs aux senteurs intenses, ce sont de simples tiges végétales au parfum sauvage, quatre brins de millepertuis un jour, cinq ou six violettes la semaine suivante, deux brindilles d'acacia chargées de fleurs, un tournesol ou quatre boutons d'or ; pas de composition florale sophistiquée, pas de papier cristal avec carte de visite agrafée, non, simplement un message spontané d'enfant en quête d'amour et, dans ces plantes rustiques qui tremblent au bout de ces petits doigts, un cœur débordant d'espoir qui bat la chamade et s'offre ingénument à celui ou celle qui aura su l'apprivoiser.

— Monsieur ! Monsieur ! Il y a *lo clòp* qui vous fait signe devant le portail.

— Merci, Francine. Tu veux bien aller me chercher le courrier, s'il te plaît ?

L'élève court vers le facteur et revient les mains vides.

— Il vous faut aller signer, monsieur !

Tout en gardant un œil sur la cour de récréation, Julien rejoint le fonctionnaire des PTT.

— Bonjour Ernest. Vous avez un recommandé pour moi m'a dit Francine ?

— Oui Julien. Ça vient du ministère des Armées.

Julien décachette l'enveloppe, en extrait une lettre qu'il parcourt rapidement du regard.

— Francine, veux-tu porter cette lettre à ma femme s'il te plaît ? Les autres, mettez-vous en rangs.

10h45. Les élèves sont assis, complètement silencieux, contrairement à leur habitude. Ils scrutent le comportement de leur instituteur. Ils ont vu le facteur, la lettre recommandée transmise à Jeanne dès réception.

— Mes enfants, j'ai quelque chose à vous dire.

Les plus âgés de la classe ont déjà compris et n'attendent que la confirmation de leur intuition. Les plus jeunes pressentent qu'il se passe quelque chose d'inhabituel et sont impatients de savoir quoi.

— Vous saviez tous que je n'allais pas rester toute l'année avec vous. Eh bien ! Nous allons bientôt nous séparer…

Avec tact, Julien informe ses élèves qu'il cessera de faire classe fin octobre, date à laquelle il partira accomplir son service militaire. Les réactions des enfants sont très diverses. Les uns ne paraissent guère affectés, d'autres retiennent leurs larmes. Il y a ceux qui ne disent pas un mot et ceux qui parlent, qui posent une question, puis une autre sans écouter la réponse à la précédente. Effondré sur son bureau, Raymond verse de chaudes larmes.

— Ne pleure pas, Raymond. L'instituteur qui me remplacera sera gentil, tu verras. Et puis je reviendrai de temps en temps et nous nous reverrons.

— Oui, mais Jeanne va partir avec toi.

— Mais non, Raymond. Je vais partir tout seul. Jeanne va rester là et tu iras lui porter de jolis bouquets comme elle les aime.

À midi, tandis que les élèves s'égaillent en courant pour être les premiers à annoncer le départ imminent de leur maître d'école, Julien rejoint Jeanne. Il la serre nerveusement dans ses bras.

— Tu vas m'étouffer, mon chéri ! Tu as peur que je m'échappe ?

Julien relâche son étreinte.

— Tu as lu la lettre ?

— Bien sûr. On savait bien que ça allait arriver. Et puis, quelque part, c'est quand même une bonne nouvelle. Tu ne partiras pas en Algérie.

Julien doit en convenir, il est un grand chanceux. Il ne pouvait trouver meilleur parti à épouser. Douce, apaisante, sensée, tour à tour romantique et réaliste, optimiste mais prudente, c'est exactement la femme qu'il lui fallait.

Dans quelques jours, il va intégrer l'école des EOR[1] de Saint-Maixent pour suivre une formation de six mois, avec le grade initial d'aspirant[2] grâce à Gégé, son prof de gym de l'EN, lui-même lieutenant-colonel de réserve. Ce dernier avait en effet incité Julien et deux autres normaliens qui présentaient de bonnes aptitudes physiques à suivre les stages de préparation militaire de l'armée de terre puis ceux de préparation militaire supérieure (PMS).

Julien avait ainsi décroché plusieurs brevets militaires dans diverses spécialités : mécanique,

1. *Élève-officier de réserve.*

2. *Premier grade d'officier dans le cadre des officiers de réserve.*

conduite de GMC[1], premiers soins… Ce dernier, il avait bien cru qu'il allait le rater. L'adjudant instructeur qui l'interrogeait lui avait demandé :

— Seconde classe Delsol, que faites-vous en présence d'un soldat qui présente une hémorragie artérielle à l'avant-bras droit ?

— Mon adjudant, je place un garrot sur l'avant-bras droit du blessé, entre la plaie et le cœur.

— Le sang continue à s'écouler. Quelle mesure prenez-vous ?

— Mon adjudant, je serre le garrot.

— L'hémorragie perdure. Que faites-vous ?

— Mon adjudant, je serre encore le garrot.

— Le sang s'écoule toujours. Que faites-vous ?

Julien mobilise tous ses neurones ; rien ! Il se frappe le front pour rétablir une éventuelle connexion défaillante entre ses cellules cérébrales, en vain, pas l'ombre d'une solution ! Avec un sourire de vaincu, il regarde l'examinateur qui l'observe avec impassibilité.

— Seconde classe Delsol, votre blessé devient exsangue ! Remuez-vous le cul, bordel de merde ! Vous n'allez pas le laisser crever là !

Julien capitule.

— Mon adjudant, j'ai fait tout ce qui était en mon pouvoir. Je ne peux rien faire de plus.

— Mais si, vous pouvez encore le sauver !

— Et comment, mon adjudant ?

— Tout simplement en serrant encore un peu plus le garrot, espèce de ballot !

---

1. *General Motors Company, constructeur américain de camions militaires utilisés par l'armée française.*

Ah ! Elle était bien bonne, celle-là ! L'adjudant avait produit son effet. Il était content, et sa satisfaction s'était traduite par l'attribution d'une note généreuse à la prestation du seconde classe Delsol, indépendamment du fait que ce « ballot » était capable de laisser « crever » un pauvre trouffion victime d'une hémorragie artérielle.

Cette broutille plutôt cocasse n'était pas de nature à détourner Julien de son objectif : intégrer l'armée avec le grade d'officier. Durant chacun des stages qu'il avait accomplis pendant les vacances scolaires, il avait donné le meilleur de lui-même.

Il s'était même permis, après un séjour d'un an au CREPS[1] de Lespinet, à Toulouse, où il avait suivi une préparation intensive au professorat d'EPS[2], de réaliser le meilleur chrono de tous les temps sur le parcours du combattant du camp militaire de La Braconne, près d'Angoulême. Dans la foulée, toujours sous l'influence de Gégé, il s'était inscrit à des stages de préparation militaire au parachutisme.

Il avait dix-huit ans et de l'énergie à revendre. Des copains lui disaient qu'il était inconscient : ils se trompaient. Oui, il avait à cœur de prouver qu'il était un bon soldat de la République, quoi que les autorités militaires aient pu penser de lui deux ans plus tôt[3].

1. *Centre régional d'éducation physique et sportive*

2. *Éducation physique et sportive.*

3. *Se reporter à un passage du roman* Le Vieux Cartable *(Éditions De Borée) où l'auteur raconte comment, après avoir signé une pétition contre la torture appliquée en Algérie par certains éléments de l'armée française, Julien,*

Après de multiples et fastidieuses séances d'entraînement au sol, était enfin arrivé le jour tant attendu du premier saut, au camp d'Idron, près de Pau.

Julien revit cette journée avec une acuité oppressante.

Les parachutistes, encadrés par des moniteurs de l'École des troupes aéroportées de Pau, ont été répartis en sticks[1] de vingt qui embarqueront successivement dans la cabine du Nord-Atlas, dont les deux moteurs à hélices ronronnent tranquillement en attendant le décollage.

Julien se trouve dans le premier groupe. Il n'en mène pas large. Vingt fois, malgré le contrôle effectué par un moniteur, il vérifie que les sangles de ses deux parachutes, le dorsal et le ventral, sont bien tendues autour de son torse, de ses cuisses et de ses épaules, que les mousquetons sont solidement fixés à leurs anneaux, que son casque est parfaitement maintenu sur son crâne par la jugulaire qui lui scie le dessous du menton.

Il reçoit l'ordre d'embarquer. Ses jambes flageolent. À cause des douze kilos de parachutes ? Plutôt en raison de la trouille qui lui tord les tripes et qu'il faut maîtriser coûte que coûte. Il avance sur le tarmac, jette un dernier regard vers le ciel bleu et grimpe dans l'avion où un sergent saisit le

---

alors élève de l'École normale d'instituteurs d'Agen, avait été menacé, par les autorités militaires, d'une affectation directe dans un régiment disciplinaire lorsqu'il serait appelé sous les drapeaux.

1. *Groupe de parachutistes sautant du même avion.*

mousqueton de sa SOA[1] et le fixe au filin d'acier qui court d'un bout à l'autre du plafond de la cabine. Il est l'avant-dernier du stick à être monté, il sera le deuxième à sauter. Il s'assied sur l'un des bancs latéraux, près de la porte, et essaie de ne plus penser. C'est la première fois qu'il embarque dans un avion.

Le pilote met pleins gaz ; l'appareil vibre de toutes parts et démarre laborieusement dans un vacarme assourdissant. La porte est restée ouverte ; Julien regarde la piste défiler de plus en plus vite sous l'aile de l'avion ; simultanément, le bruit diminue, les vibrations cessent et le sol se dérobe.

— Nous allons effectuer un premier passage au-dessus de l'aérodrome sans sauter, annonce le sergent. Au second passage, la lampe rouge s'allumera pour signaler que vous devez vous lever et vous aligner dans l'ordre où vous sauterez. Quand la lumière passera au vert et que la sonnerie retentira, vous sauterez. Vous n'oublierez pas de faire le tour d'horizon et de repérer l'endroit où vous devez atterrir afin de bien diriger votre parachute. N'oubliez surtout pas d'amortir votre chute par un roulé-boulé car vous rencontrerez le sol à une vitesse de trente kilomètres à l'heure. OK ?

— OK, sergent ! crient les parachutistes avec un élan qui reflète l'insouciance des uns mais aussi, chez d'autres, le besoin d'exorciser leur angoisse.

Julien regarde sans les voir les passagers assis en face de lui. Des passagers particuliers qui vont écourter leur voyage et quitter l'avion en cours de vol. Sans prévenir, trois ou quatre briscards

---

1. *Sangle d'ouverture automatique.*

entonnent En passant par la portière dont les paroles, écrites par Jacques Séverac, ne sont pas de nature à apaiser les inquiétudes :

J'ai vu mourir un pauvre gosse
À peine âgé de dix-huit ans, de dix-huit ans,
Son pépin s'était mis en torche
Il est mort en criant maman, criant maman,
Je lui ai fermé les paupières
Recueilli son dernier soupir, dernier soupir
Et j'ai écrit à sa pauvre mère
Comme un para savait mourir, savait mourir !

Julien voudrait ne rien entendre, rien voir, rien ressentir jusqu'à ce qu'il soit à nouveau sur le plancher des vaches. Mais sa volonté le trahit ; les mots anxiogènes s'infiltrent perfidement dans son cerveau et ses yeux fixent le sol de sa planète qui s'éloigne progressivement de lui.

Le vrombissement des deux hélices décroît sensiblement et l'avion donne l'impression de planer : il vient d'atteindre l'altitude des quatre cents mètres d'où il déversera sa cargaison humaine. La lumière rouge s'allume.

— Ne bougez pas ! ordonne le sergent. Nous faisons un passage d'exploration. Vous sauterez aux prochains passages.

Posément, il saisit le siki[1] qui était posé à même le sol, à l'avant de la cabine, et s'approche du vide. Pas de parachute dans le dos, pas de harnais de sécurité, rien qui puisse le retenir s'il trébuche et

1. *Mannequin largué au-dessus de la zone de saut, lors du premier passage de l'avion largueur, pour apprécier la dérive et la dispersion.*

passe par l'ouverture, seulement une assurance époustouflante qui laisse Julien pantois.

La sonnerie retentit, la lumière rouge s'éteint, la verte s'allume.

— Go ! hurle le sergent en poussant le mannequin dans le vide.

La SOA se tend brusquement puis se rabat sur le fuselage ; elle vient de libérer le parachute du mannequin. L'avion amorce un virage et Julien aperçoit la corolle du parachute qui s'enfonce lentement dans le vide en direction des hangars du terrain militaire.

— C'est bon, il n'y a pratiquement pas de vent, vous n'allez pas tarder à sauter.

Bon Dieu ! Que ces lampes s'allument et que l'on en finisse ! Et ces choristes qui continuent à égrener leurs paroles morbides :

À cent à l'heure tu t'écraseras, tu t'écraseras.

C'est bien le moment de chanter des choses pareilles ! Alors, cette lumière rouge, elle vient ?

On te mettra entre quatre planches,
Entortillé dans ton pépin, dans ton pépin.

Enfin ! La lampe rouge brille sur la paroi de la cabine du pilote, au-dessus de la tête du sergent. On approche de la DZ[1] à une vitesse de deux cents kilomètres à l'heure.

Tout le monde s'est redressé, en file indienne. Le premier du stick, debout devant de la porte, les deux mains fixées sur l'encadrement, est déjà prêt à sauter.

1. Drop zone, *c'est-à-dire la zone de saut.*

Le pilote déclenche la sirène et envoie la lumière verte.

— Go ! crie le sergent.

Sans doute impressionné par le vide qu'il aperçoit devant ses pieds, le parachutiste marque un temps d'hésitation.

— Go ! crie de nouveau le largueur[1] en assénant sur le dorsal du para indécis une tape pour l'encourager, certes, mais suffisamment appuyée pour l'éjecter de l'avion.

Julien avance d'un pas et sourit bêtement au sergent.

— Go ! Il était déjà en déséquilibre, pressé d'échapper au confinement de cette cabine.

Vlan ! Quel cyclone dès que son pied se détache de la carlingue ! Faut-il qu'il soit irréfléchi pour ne pas y avoir pensé ! Lancé comme un projectile à deux cents kilomètres à l'heure, il a l'impression d'essuyer un ouragan tandis qu'il sent une petite secousse dans son dos : la SOA vient d'extraire le parachute dorsal de son sac. Et Chtonk ! Arrêt immédiat, d'une telle brutalité que son casque glisse vers l'avant et vient buter sur l'arête de son nez, occultant sa vision. Il le repousse vers l'arrière et, miracle ! tout lui paraît soudain féerique : la campagne ensoleillée qui monte lentement vers lui, le ciel éthéré fleuri de coupoles blanches, le silence, l'impression d'apesanteur. Il effectue un tour d'horizon pour s'assurer qu'il est à bonne distance des autres parachutistes. Lorsque la pelouse

1. *Spécialiste chargé à bord d'un aéronef du parachutage de personnel ou de matériel.*

n'est plus qu'à quelques dizaines de mètres, il plie légèrement les jambes et, au dernier moment, tire sur les suspentes pour freiner la chute. Il réalise un roulé-boulé parfait, se relève aussitôt et plie la toile de son parachute.

Grisé par ce premier saut, il est prêt à remonter immédiatement dans le Nord-Atlas qui vient d'atterrir pour embarquer un nouveau stick.

— Vous devrez attendre demain, lui lance un moniteur. Vous devez respecter le programme établi. Dans l'armée, on ne fait pas ce qu'on veut, on obéit.

Julien prend donc son mal en patience. Il s'assied à l'ombre d'un mur du hangar et contemple les vagues de corolles qui s'ouvrent dans le ciel et chutent au ralenti vers la terre ferme. Un parachutiste passe devant lui, l'uniforme souillé et nauséabond.

— D'où viens-tu, dans cet état ?

— Ne m'en parle pas ! Le vent s'est mis à souffler en altitude et il nous déporte vers l'est.

— Vers les goulags de Khrouchtchev ?

— Pas jusque là-bas, mais on ne sait plus où l'on va atterrir. Moi, je me suis retrouvé dans la cour d'une porcherie tapissée de fumier de cochons. En plus, les paysans m'ont vu arriver. Toute la famille était là pour m'accueillir. Ils étaient hilares ! Tiens, en voilà un qui se prend pour John Steele[1] et nous refait le coup de Sainte-Mère-Église !

1. *Parachutiste américain qui doit sa renommée à un atterrissage au cours duquel il resta suspendu au clocher de l'église de Sainte-Mère-Église, durant la nuit du 5 au 6 juin 1944.*

Julien lève la tête. La coupole d'un parachute pend lamentablement le long du mur du hangar au sommet duquel elle s'est enferrée. Le parachutiste, retenu par son harnais, n'ose plus bouger de peur de déchirer la toile et de chuter. Son supplice durera un bon quart d'heure, jusqu'à ce qu'un commando du génie militaire le tire de ce mauvais pas.

Le stage avait duré deux semaines et, après avoir effectué huit sauts, Julien était reparti avec son brevet de parachutiste en poche.

XIII

Saint-Maixent l'École

C'EST DONC AVEC LE GRADE d'aspirant que Julien intègre l'école des EOR de Saint-Maixent pour une formation de six mois au terme de laquelle il espère rejoindre, avec le grade de sous-lieutenant, les bérets rouges du 1er RCP[1] en garnison au camp d'Idron, à Pau.

La promotion d'EOR à laquelle il appartient compte cent soixante éléments répartis en quatre sections de quarante appelés. Lui fait partie de la deuxième section, placée sous l'autorité du capitaine Dumas.

Julien s'adapte très vite à ses nouvelles conditions de vie. Seule l'absence de Jeanne lui est cruelle. Le soir, dans le vaste dortoir qui abrite sa section, il lui écrit. Pour le moment, elle reste à Cours, mais elle a prévu de séjourner également chez ses parents et chez Fernand et Estérina.

Pas de permission pour les EOR pendant le premier mois et une permission de trente-six heures tous les quinze jours ensuite, c'est le règlement.

---

1. *1er régiment de chasseurs parachutistes.*

Il y a des jeunes gens de toutes les couches sociales dans cette deuxième section : des ouvriers, des étudiants, des fonctionnaires, des paysans, des fils de commerçants, de notaires, de médecins… Ils viennent des quatre coins de France. Et même de plus loin, exceptionnellement, comme en témoigne la présence de deux géants Nigériens, fils de grands chefs suffisamment influents pour convaincre leur gouvernement de payer les six mois de formation à leurs rejetons qui reviendront au pays avec, inévitablement, le grade d'officier.

Ils ne sont que deux, mais leur susceptibilité exacerbée provoque des tensions qui dégénèrent parfois dangereusement. À peine dix jours après le début de la cohabitation, à l'heure de la distribution du café matinal dans le dortoir, l'un des Nigériens, Nabilou, avait insulté un nommé Patrice, boxeur professionnel dans le civil, au motif que celui-ci ne l'avait pas servi en premier, lui, le futur chef d'état-major de l'armée nigérienne !

— Chef d'état-major de l'armée nigérienne ? Mon cul, oui ! Tu vas voir ce que j'en fais, moi, des chefs d'état-major de l'armée nigérienne ! s'était emporté Patrice en saisissant le géant par le revers de son pyjama et en l'entraînant vers la fenêtre ouverte du dortoir situé au deuxième étage de la caserne.

Il avait fallu l'intervention d'une demi-douzaine d'EOR pour empêcher le boxeur enragé de passer le Black par la fenêtre.

Les semaines passent rapidement car le rythme des activités est soutenu.

Julien a très vite sympathisé avec la plupart des appelés de sa section, en particulier avec Hervé, un instituteur des Hautes-Pyrénées au verbe coloré et à l'accent rugueux. Quant à ses rapports avec le capitaine Dumas, ils sont excellents. Il sait que l'officier l'a à la bonne car il est l'un des meilleurs éléments de la section et qu'à ce titre, il valorise son chef de section. Inversement, Julien apprécie la compétence et l'humanité de son capitaine. « Tout est pour le mieux dans le meilleur des mondes », comme le prétend le philosophe allemand Leibniz. C'est vrai, à condition d'être béatement optimiste… ce qui n'est pas le cas de Julien.

C'est pourtant le cœur joyeux et l'âme sereine qu'il vient de profiter, en tête à tête avec Jeanne, de sa permission du 30 décembre. Le 31, à potron-minet, il amorce son retour à la caserne en montant dans une micheline en gare de Monsempron-Libos. À Agen, il prend une correspondance qui l'emmène à Bordeaux où, après une bonne heure d'attente, il embarque dans un express en partance pour Paris. Julien doit changer une dernière fois de trains à Poitiers. Il est tranquille pour plusieurs heures. Il sursaute. Le train est arrêté. Il regarde à travers la vitre du compartiment : Châtellerault ! Il a raté Poitiers ! Il se précipite hors du wagon, se renseigne auprès du chef de gare. Une demi-heure d'attente avant le prochain train Châtellerault-Poitiers ! Il ne sera pas à la caserne avant 11 h 30. Trois heures de retard ! Il s'effondre sur un banc, se gratte la tête. Calamité ! Il est tête nue ! Mais où est donc passé son béret militaire ? Il fouille toutes les poches de son uniforme. Il doit se rendre à l'évidence : son béret a définitivement pris le large et, en ce moment, voyage vers Paris sans se soucier des tourments qui bouillonnent sous le crâne qu'il devait protéger.

Dès son arrivée à Saint-Maixent, Julien se rend au QG de son chef.

— Mon capitaine, je rentre à l'instant de permission. Je me suis endormi dans le train et me suis retrouvé à Châtellerault. Dans la précipitation, j'ai oublié mon béret dans le compartiment.

— C'est tout ?

— Oui, mon capitaine.

— Rejoignez immédiatement votre section.

— À vos ordres mon capitaine !

Heureux de s'en être tiré à si bon compte, Julien gagne la salle de cours où un sergent instructeur initie les élèves à la topographie et à l'orientation. Ceux qui sont d'origine rurale, surtout s'ils sont adeptes de la chasse, ne rencontrent aucune difficulté dans ces domaines. Pour d'autres, l'assimilation est plus ardue, surtout pour Nabilou et son copain Khalil, qui sont complètement désorientés par le vocabulaire spécifique à ces thèmes et qui ne peuvent pas compter sur l'aide des autres éléments de la section en raison de leur comportement clanique. Pourtant, quoique rivaux, les EOR sont très solidaires, excepté deux ou trois éléments solitaires. Le mécano assiste le carabin dans le démontage et le remontage du FAMAS[1] ou du MAT 49[2], tandis que

---

1. *Fusil d'assaut fabriqué par la manufacture d'armes de Saint-Étienne.*

2. *Pistolet-mitrailleur fabriqué par la manufacture d'armes de Tulle à partir de 1949.*

ce dernier lui détaille les cours de secourisme ; le paysan braconnier apprend à l'instituteur l'art de détecter les pièges et celui-ci lui renvoie l'ascenseur en le conseillant dans la rédaction d'un compte rendu modèle... Ainsi s'est constitué un réseau interne d'assistance mutuelle qui transcende les clivages sociaux et génère un très bon esprit de promotion, ce qui n'empêche pas chacun des EOR de tirer son épingle du jeu. Mais la compétition se déroule à la loyale.

— Cet après-midi, parcours du combattant chronométré pris en compte pour votre classement final ! annonce le capitaine. EOR Delsol, je compte sur vous.

— J'essaierai de ne pas vous décevoir, mon capitaine.

L'officier ne fut pas déçu. Julien lui devait bien ça. Son chef avait fait preuve d'une telle mansuétude ce matin ! Et il lui accordait une telle confiance !

— Bravo, Delsol ! Vous avez réalisé le meilleur temps de ma section et le deuxième temps toutes sections confondues.

Après le dîner, Julien décide d'écrire à Jeanne. Il s'applique à lui relater sa mésaventure du matin en insistant sur la bienveillance du capitaine à son égard.

— EOR Delsol !

Julien lève les yeux : un sergent se tient près de la porte du dortoir.

— Présent, sergent !

— Le capitaine Dumas m'a chargé de vous remettre ce message.

Julien prend le pli que lui tend le sous-officier et lit les premières lignes. Il a du mal à y croire ! Il relit le début du message.

— Qu'est-ce qu'il te veut, le capitaine ? demande Hervé.

— Rien, rien. C'est personnel.

— Ce n'est pas grave, au moins ?

— Non, non, ne t'inquiète pas.

Stoïque, Julien remonte sur son lit superposé et, faisant mine de continuer à écrire sa lettre, lit l'intégralité du message.

« Ordre de mission. L'EOR Delsol Julien est chargé d'exécuter scrupuleusement l'ordre suivant : à minuit, il se présentera en tenue de combat, équipé de son barda, au poste de garde où sera consignée l'heure de sa sortie. Il se rendra au champ de tir de Béchereau, à 45 minutes de marche, et mesurera la largeur du stand de tir avec une allumette. Il déposera le résultat de son investigation au poste de garde qui consignera également l'heure de son retour.

École militaire de Saint-Maixent-l'École, le 31 décembre 1962.

Signé : Capitaine Dumas, chef de la 2e section d'EOR. »

La désillusion s'abat sur Julien comme la vérole sur le bas clergé. Et dire qu'il s'est défoncé pour faire plaisir à son chef !

Après l'extinction des feux, il se force à rester éveillé. 23h30. Il descend silencieusement de son lit, se prépare en catimini et quitte le dortoir sans tambour ni trompette. Il applique scrupuleusement les premières instructions du capitaine et, à une heure, sous le regard rigolard d'une lune joufflue suspendue dans un ciel d'un bleu glacial, il débouche sur le stand de tir. Il n'a pas l'intention de passer une heure à mesurer le terrain avec une allumette au bout de ses doigts glacés. Il serait bien bête de le faire. De plus, il passerait pour un crétin aux yeux de son chef. Sans compter que son capitaine se moque éperdument du résultat : ce qui lui importe, c'est de sanctionner son subordonné pour la forme.

Julien n'a donc pas à s'embarrasser de scrupules sans fondement. Il étalonne son pas – cent soixante longueurs d'allumette –, arpente le stand – cent trente-cinq pas –, et effectue mentalement la multiplication. Résultat : vingt et un mille six cents longueurs d'allumettes. Il peut rentrer à la caserne et aller dormir quelques heures.

Quelques heures seulement car, avant le lever du jour, une épreuve importante attend les élèves de la deuxième section : le rallye. Toutes les cinq minutes, un élément du groupe va s'élancer dans la nature pour un parcours chronométré d'une dizaine d'étapes à accomplir dans la journée. Muni d'une boussole et d'instructions sommaires, chaque EOR devra trouver son chemin et à chaque étape, se soumettre aux tests imposés par des sous-officiers instructeurs : répondre à des questions théoriques sur le règlement militaire, l'équipement des armées, les missions militaires, démonter et remonter une arme, effectuer un tir au FAMAS, un lancer de grenades, porter des prises de *close-combat*… tout cela le plus rapidement possible, car le chrono ne cesse de tourner.

Julien démarre vers 8 heures, les poches bourrées de tubes de lait sucré concentré. Pas de souci pour la boisson : au creux de l'hiver, l'eau coule en abondance dans cette région. Il trottine, marche, reprend sa course, ne s'arrête jamais. Après six heures d'efforts, il atteint le neuvième atelier, envoie les trente-deux balles de son MAT 49 dans le cœur de la cible en forme de silhouette humaine et repart dare-dare vers le dernier atelier situé en fin de parcours.

Il sent qu'il est près de réaliser une très bonne performance, peut-être la meilleure de la journée ; il a déjà doublé six concurrents qui ont tenté de se mettre dans son sillage mais ont très vite décroché. Il se sent pousser des ailes et il vole vers la victoire.

L'arrivée est-elle si loin que ça ? Ce n'est pas possible, il a dû passer à côté sans la voir.

Il rebrousse chemin, oblique vers la droite, revient sur la gauche, quadrille le terrain. Sans résultat. Il porte à ses lèvres un tube de lait qu'il presse nerveusement, regarde sa montre. Bon sang ! Cela fait demi-heure qu'il tourne en rond. Il en pleurerait. Échouer si près du but, quelle guigne ! Résigné, il ne court plus, il ne marche plus, il se morfond sur place, incapable de situer l'arrivée qui, sans doute, n'est qu'à quelques pas de là. L'un des concurrents qu'il a doublés passe tout près.

— Qu'est-ce que tu fous là, Julien ?

— Ne m'en parle pas ! Je ne sais plus où je suis.

— Tu plaisantes ? Tu es à cent mètres à peine de l'arrivée. Suis-moi, on va terminer ensemble.

Quelle leçon d'humilité ! Lui qui se voyait déjà vainqueur du rallye !

Tout compte fait, il a sauvé les meubles. Avec sa septième place, il reste dans le peloton des meilleurs de sa section.

Le 3 février, alors qu'il profite d'un week-end de permission à Cours en compagnie de Jeanne, M. Bonnevent vient à sa rencontre.

— Bonjour, Julien. Je voudrais vous parler.

À en juger par sa mine grave, l'adjoint doit avoir quelque chose d'important à dire.

— Bonjour, Irénée. Que se passe-t-il donc ?

— Ça recommence, Julien. Ça recommence. L'académie nous envoie un remplaçant différent chaque semaine. Si ça continue, ça va barder ! Les parents sont à bout de patience. Il vous faut leur dire que vous allez revenir pour les calmer un peu.

— Je vous ai déjà dit que mon retour n'était pas certain à cent pour cent. Imaginez que l'académie nomme bientôt un titulaire sur le poste. Il ne sera plus vacant et je n'aurai aucune légitimité à demander ma réaffectation à Cours. Et si je rempile pour faire carrière dans l'armée ? Et si j'accompagne ma femme dans la couronne parisienne où elle pourra avoir un poste d'instit avec le bac, sans passer par l'École normale ? Vous voyez que la donne peut changer du tout au tout en fonction des circonstances.

— En attendant, vous pouvez toujours dire que vous pensez revenir dans notre école.

— Écoutez, Irénée, je crois que ce serait une erreur. Si, au contraire, je déclare que je ne suis pas du tout sûr de revenir, l'académie finira bien par nommer un enseignant titulaire à titre définitif.

L'adjoint au maire n'est pas convaincu. Déçu, il prend brusquement congé sans sacrifier aux formules de civilité habituelles.

— Il n'a pas l'air content, M. Bonnevent, observe Jeanne.

— Que veux-tu que j'y fasse, chérie ? Je n'allais quand même pas lui dire : *« Se sias pas content vira lo cuol al vent*[1] *!* » comme dit mon père !

— C'est peut-être ce qu'il va faire mais j'en doute, plaisante Jeanne.

La suite des évènements va confirmer son scepticisme. L'adjoint va réagir d'une tout autre manière, moins obscène mais plus vénéneuse.

Le 20 février, Julien retire une lettre recommandée au guichet du vaguemestre. C'est « Jaune d'œuf[2] » l'expéditeur. Il lui demande de s'engager à reprendre le poste de Cours à l'issue de son service militaire. Julien est furieux. D'une part, la démarche est contraire aux usages, d'autre part, il est persuadé que l'élu Bonnevent a exercé une pression sur le fonctionnaire, le menaçant de provoquer la chienlit dans son administration s'il refusait d'envoyer ce courrier.

De sa plus belle plume, Julien signifie à son inspecteur d'académie qu'il ne sait pas encore ce qu'il fera à la fin de son service militaire et qu'il ne peut donc pas prendre l'engagement de revenir à Cours.

1. *« Si tu n'es pas content, tourne le cul au vent ! »*

2. *Surnom attribué à l'inspecteur d'académie du Lot-et-Garonne par les enseignants de ce département (cf.* Julien l'insoumis, *Éditions De Borée, dans lequel l'auteur explique les raisons de l'attribution de ce surnom.)*

Le 25 février, Julien reçoit une nouvelle lettre recommandée expédiée par la mairie de Cours qui lui demande de quitter l'appartement de fonction au plus tard le 28 février. Pas de doute, c'est le maire qui a signé, mais c'est l'adjoint qui a dicté le texte à la secrétaire.

Julien se fend d'une réponse où chaque mot est consciencieusement pesé, chaque affirmation solidement argumentée. Il rappelle à l'édile les promesses qu'il a faites, des promesses verbales mais prononcées devant témoins, et il termine en indiquant qu'il ne quittera donc pas le logement.

Puis il écrit à Jeanne : « Jeanne, ma chérie, dès réception de cette lettre, ferme le logement à clé et va t'installer à Laguillemie ou chez tes parents en attendant que je revienne. »

Quand il rejoint Jeanne à Laguillemie, le 2 mars, elle lui raconte la tentative d'intimidation à laquelle s'est livré M. Bonnevent.

— C'était avant-hier après-midi. J'étais devant la maison lorsqu'il est arrivé dans sa DS. Le chien s'est mis à aboyer furieusement en faisant le tour de la voiture. M. Bonnevent s'est bien gardé de sortir de l'auto. Il a simplement baissé sa vitre et m'a dit : « Je viens récupérer les clés du logement. Allez les chercher tout de suite ! » Ta mère est sortie de la cuisine et lui a dit : « Bonjour, monsieur. Qu'est-ce que vous voulez ? » Il a répondu : « Ce n'est pas à vous que je m'adresse, madame, c'est à Mme Delsol que j'ai affaire. » Je ne savais que dire. Il a insisté : « Qu'est-ce que vous attendez pour aller chercher les clés ? » J'ai essayé de lui expliquer qu'on avait tous nos meubles dans le logement et qu'il fallait qu'on libère les lieux avant de remettre les clés. Il s'est énervé et m'a lancé : « Vos meubles, je m'en fous ! Vous les trouverez devant le portail de l'école et si vous ne les enlevez pas dans les quarante-huit heures on en fera du bois de chauffage pour l'école et la cantine ! » Mon pauvre ! Qu'est-ce qu'il n'a pas dit là ! Ton père qui était allé donner du foin aux vaches avait entendu la voiture s'arrêter devant la porte. Tu sais comme il fait.

— Oui, je sais. C'est comme si je l'avais vu : dès qu'il aura entendu la voiture, il se sera approché du portail de l'étable, aura collé son oreille derrière les planches et, ne reconnaissant pas la voix du visiteur, sera resté immobile sans perdre une bribe de la conversation.

— C'est exactement ça. Et tu devines la suite ?

— Je crois. Après avoir entendu les derniers mots de M. Bonnevent, il sera venu l'engueuler.

— Pire que ça !

— Ah bon ! Raconte-moi vite, lâche Julien en riant.

— Il a jailli du hangar, sa canne blanche décrivant des moulinets au-dessus de sa tête et, emporté par la colère, s'est cogné un genou sur l'aile de la DS, ce qui a décuplé sa fureur.

— Tu sais, ma chérie, mon père est un bon comédien. Il n'ignore pas que les gens pensent que l'accident qui l'a rendu aveugle lui a fait perdre ses nerfs et qu'il n'est plus contrôlable. Alors, il en joue à son aise.

— Peut-être mais, dans ce cas, il mérite largement un Oscar. Si tu l'avais vu ! Il s'est mis à donner des coups de canne sur le capot, à tambouriner sur le toit, à frapper sur le pare-brise avec une telle violence que M. Bonnevent a baissé sa tête sur le volant, les deux mains posées en guise de protection sur sa nuque, s'attendant à tout moment à ce que le verre feuilleté explose en mille morceaux. C'est Dick qui l'a tiré de son état d'inhibition. Excité par l'hystérie de ton père, il s'est dressé contre la portière dont la vitre était encore baissée, a passé sa tête à l'intérieur et a planté ses crocs dans l'épaulette du manteau de M. Bonnevent. C'est alors que celui-ci s'est ressaisi, a tiré sur le bouton du démarreur, a effectué une marche arrière précipitée et s'est enfui à toute vitesse. Ton père se marrait comme un enfant qui vient de faire une bonne blague. Il m'a dit : « T'as vu Jeanne, comment je t'ai débarrassé de cet emmerdeur ? »

Le soir même, Julien et Jeanne se réinstallent à Cours et, le lendemain, se rendent chez le maire. En les voyant arriver, M. Desgranges, l'air gêné, s'avance au-devant d'eux. Étranger aux problèmes des adultes, son petit-fils accourt et sa présence souriante détend instantanément l'atmosphère.

— Bonjour, Blaise. Tu as grandi, dis donc.

— Tu reviendras bientôt nous faire la classe ?

— Peut-être. Je viens parler de ça avec ton grand-père. N'est-ce pas, monsieur le maire ?

— Je sais ce que vous allez me dire, Julien. Mettez-vous à ma place.

— Je vous comprends, monsieur le maire, mais depuis ma lettre, il s'est passé quelque chose d'inadmissible.

Julien raconte l'irruption de l'adjoint chez Fernand et Estérina. Le maire est médusé.

— Mais je vous le jure, Julien. Je ne suis pas au courant. Il ne m'a jamais parlé de ça.

— Alors, qu'est-ce que vous en pensez ?

— C'est vrai, il y est allé un peu fort mais, en ce moment, nous sommes tous en colère contre l'académie.

— Monsieur le maire, dites-moi franchement si, contrairement à ce que nous avions décidé d'un commun accord, vous comptez m'enlever le logement.

— Mais non, Julien, vous pouvez le garder. D'autant plus que personne d'autre que vous n'a demandé à l'occuper et qu'une maison se dégrade davantage vide qu'occupée.

— Merci, monsieur le maire. Un dernier mot : si vous pouviez souffler à votre adjoint qu'il serait bien avisé de ne plus remettre les pieds chez moi ?

— J'essaierai de le lui faire comprendre avec tact. Je ne veux pas le contrarier, vous comprenez, car il m'est d'un précieux secours pour administrer la commune.

— Je comprends, monsieur le maire, je comprends.

Lundi matin. Dans l'express qui le ramène à la caserne, Julien analyse la situation. L'affaire du logement ? résolue. Le courrier de l'inspecteur d'académie ? réglé… Ah ! Il a dû en faire une drôle de bobine quand il a lu la réponse ! Il a dû changer de couleur, devenir aussi jaune qu'un… jaune d'œuf ! Maintenant, il faut penser aux choses importantes, à commencer par les trois dernières semaines de formation et le prochain départ vers le 1er RCP de Pau.

Le sort allait en décider autrement.

Le jour même, le capitaine Dumas le convoque dans son bureau. Depuis la corvée du stand de tir, Julien se tient à carreau. Il frappe, entre, se met au garde à vous avec un claquement de talons énergique et, la main à la tempe, se présente :

— EOR Delsol. À vos ordres mon capitaine !

L'officier sourit.

— Repos mon ami ! Je vais aller droit au but et j'ai besoin d'une réponse immédiate. Le capitaine des sports Pradal, responsable du Panier fleuri, complexe sportif de l'école militaire de Saint-Maixent, cherche un sous-lieutenant de réserve pour le seconder en qualité d'officier adjoint à l'officier des sports. J'ai pensé à vous. Acceptez-vous cette affectation ?

— Puis-je avoir des précisions, mon capitaine ?

— Lesquelles ?

— Une seule, mon capitaine. De quelle nature sera mon affectation ?

— À la fin du mois, vous choisirez une des affectations qui seront présentées. Vous serez affecté pour ordre dans le régiment de votre choix mais vous serez détaché à l'école militaire de Saint-Maixent.

— Mon capitaine, est-ce que je resterai à Saint-Maixent jusqu'à la fin de mon service militaire ?

— À voir avec le colonel Renaudy, commandant de la garnison de Saint-Maixent.

— Mon capitaine, j'accepte cette affectation sous réserve d'être maintenu ici jusqu'à la fin de mon service militaire.

— Très bien. Vous pouvez disposer.

Garde-à-vous, salut, demi-tour. Le sort en est jeté.

Deux jours plus tard, départ de tous les EOR pour un raid d'aguerrissement au camp de La Courtine, dans la Creuse.

Soixante-douze heures sans interruption à errer dans la campagne limousine, par des températures descendant la nuit jusqu'à moins quinze degrés, à la recherche d'hypothétiques rouges[1] que l'on devrait rapidement repérer sur le fond blanc immaculé du terrain enneigé mais que personne ne réussit à localiser. Bivouacs dans des cours de fermes, autour de brasiers assiégés par le froid, tours de garde dans le vent glacial qui brûle les yeux, oranges givrées que l'on décongèle dans l'eau bouillante au-dessus d'un réchaud de campagne, gourdes que l'on approche de la flamme pour faire fondre l'eau glacée. Et toujours pas de rouges à l'horizon. Au terme du troisième jour, retour à la base de départ. Sans avoir tiré une seule balle ! Bredouilles !

— Mon capitaine, que fait-on des munitions ?

— Vous pouvez vous en débarrasser.

C'est le défoulement complet, l'expression d'un profond dépit, la libération de toutes les énergies préalablement concentrées pour anéantir ces satanés rouges que l'on a poursuivis pendant trois jours sans jamais les atteindre. Ça tire de partout. Dans toutes les positions. Debout, couché, à genoux. Ça crépite, ça explose. Les douilles giclent, les rafales se succèdent et, tout à coup, silence. On se réfugie dans le dortoir, en cercles concentriques autour des cinq poêles gavés de boulets et on attend que le corps s'imprègne de chaleur jusqu'au creux des os.

1. *L'« ennemi » dans le jargon militaire.*

Bilan du raid : quatre amputations d'orteils gelés, deux luxations du poignet et une rupture de tendon.

— Pas de quoi s'alarmer, a commenté un sergent instructeur du camp, cela ne concerne qu'une partie infinitésimale de stagiaires.

Les blessés apprécieront le cartésianisme du sous-officier.

Retour à Saint-Maixent pour la fin de la formation, le baptême de la promotion et le choix des affectations.

Les programmes sont bouclés, les épreuves terminées, les classements établis, mais les résultats demeurent secrets.

Quant au baptême, il passe sous le nez de cette promotion d'élèves officiers de réserve par la faute d'un ou de plusieurs débiles qui n'ont rien trouvé de mieux que de badigeonner à l'antirouille garance l'entrejambe de l'uniforme de la statue du colonel Denfert-Rochereau, illustre militaire natif de Saint-Maixent.

Vendredi 22 mars, c'est le moment de découvrir le classement et, simultanément, de choisir son régiment.

Hervé accoste Julien.

— Si tu es avant moi, Julien, sois sympa. Puisque tu dois choisir une affectation pour ordre et que le colon t'a certifié que tu seras détaché ici jusqu'à la fin du service, ne me pique pas un régiment basé dans le Sud-ouest.

Ils entrent dans la vaste salle où vont se réunir les cent soixante élèves-officiers.

Sur un large tableau qui couvre tout un mur, sont inscrites les affectations disponibles.

Un capitaine annonce le nom du major de la promo. Tout le monde applaudit – un peu d'admiration, mais surtout de soulagement, car la tradition veut que le major choisisse un régiment de la Légion étrangère et il ne serait pas de bon ton de déroger à cette coutume.

Julien arrive en quatrième position. Il est satisfait. Étant classé dans les soixante premiers, il est sûr de quitter l'école militaire avec le grade de sous-lieutenant. Ce n'est pas tout ! Maintenant, il doit choisir. Pau ? Bordeaux ? Non. Il a promis à Hervé de ne pas lorgner sur ces villes de garnison. Son regard glisse sur le tableau et bute sur un nom inconnu : Radolfzell. Tiens ! Pourquoi pas ?

— 42e RI[1] à Radolfzell ! lance-t-il d'une voix forte et assurée.

Vers 17 heures, il frappe à la porte du bureau du capitaine. Il est chaleureusement accueilli, comme un jeune collègue, félicité et encouragé à envisager une carrière militaire.

Une carrière dans l'armée ? Effectivement, il y a songé ; sous-lieutenant, il va recevoir une solde supérieure de 20 % à son salaire d'instituteur. Il pourrait gagner le double en acceptant des missions hors du territoire métropolitain qui lui permettraient de découvrir d'autres horizons. Et Jeanne, dans tout ça ? Il faut qu'il prenne le temps de réfléchir. Mais s'il est venu rencontrer son capitaine,

1. *Régiment d'infanterie.*

c'est pour le remercier, ce qu'il fait avec sincérité, et aussi pour demander son aide.

— Mon capitaine, je reste à Saint-Maixent. Ma femme va venir vivre ici avec moi. Pourriez-vous m'aider à trouver une location ?

Julien a été bien inspiré. À 18 heures, il reçoit des mains de son chef les coordonnées d'une dame qui cherche à relouer, en plein centre-ville, un T2 qu'un militaire a libéré trois jours plus tôt. Dix minutes de marche à pied lui suffisent pour se rendre à l'adresse indiquée et réserver l'appartement situé au deuxième étage d'une maison dont la propriétaire occupe le bas.

Sur le chemin du retour, il s'arrête dans une boutique pour acheter des galons. En métal, en tissu, à glisser sur les pattes d'épaules de son uniforme, à coudre… bref, la panoplie complète de cet insigne qui indiquera explicitement à tous les militaires que Julien est un sous-lieutenant de l'armée de terre.

Dès le lendemain, avec Hervé, il prend le train qui les ramène vers leurs familles pour une permission de huit jours. Ils s'installent dans un compartiment où cinq troufions en goguette tiennent des propos subversifs sur leurs chefs militaires qu'ils qualifient de pédés, de brèles, de fils de putes et autres noms très flatteurs. Non contents de débiter leurs insanités, ils rotent sans retenue à chaque goulée de bière qu'ils ingurgitent, ponctuant chaque éructation d'un sonore « hamdoulah ! », paraît-il très respectueux envers Allah mais moins vis-à-vis de ceux qui ne comprennent pas l'arabe, pétant sans vergogne pour évacuer par en bas les reliquats de gaz qui n'ont pas réussi à s'échapper par en haut.

Julien et son ami soupçonnent les bidasses de vouloir s'accaparer le compartiment pour pouvoir picoler sans témoins. Comme s'ils s'étaient donné le mot, tous deux extraient de leurs poches un nécessaire de couture sommaire et, conformément à ce qu'ils avaient projeté de faire en quittant l'école militaire, se mettent en devoir de coudre leurs galons sur les pattes de leurs vestes. Les cinq deuxième classe les observent avec incrédulité pendant quelques secondes et, prétextant une subite et commune envie de fumer, se lèvent comme un seul homme et disparaissent dans le couloir.

— Tu paries, Julien, qu'ils ne vont pas revenir ?

— Non, ils ne reviendront pas. Bon débarras ! On va baisser un petit peu la vitre pour assainir l'atmosphère.

En gare de Bordeaux Saint-Jean, les deux amis se séparent en se promettant de rester en relation. Julien arpente le quai pour prendre la correspondance en direction d'Agen. Deux jeunes appelés le croisent en exécutant le salut militaire réglementaire. Il les salue à son tour, parcourt quelques mètres et s'arrête.

— Mais je les ai déjà vus quelque part, ces deux-là, marmotte-t-il en reprenant sa marche.

Les huit jours de permission s'écoulent trop vite à son goût. Deux jours chez ses beaux-parents, autant à Laguillemie, deux autres à Cours où, toujours en compagnie de Jeanne, il a préparé les valises pour le grand départ en 4 CV vers Saint-Maixent, le lendemain matin.

Il n'a pas rencontré l'adjoint au maire depuis l'incident du 28 février. Il l'a aperçu hier, et il a eu l'impression que l'élu l'évitait. C'est très bien ainsi.

— Chéri, tu veux bien aller voir ? Il me semble avoir entendu frapper.

Julien ouvre la porte.

Personne ! Seulement un immense bouquet de lilas sauvage suspendu dans le vide à un mètre du sol, une profusion de fleurs mauve clair aux senteurs envoûtantes et rien d'autre. Il plie les genoux en penchant la tête et aperçoit alors une paire de petites galoches.

— C'est pour toi, Jeanne !

— Pour moi ?

— Oui, c'est pour toi, Jeanne ! Viens voir.

À l'approche de Jeanne, les tiges fleuries frémissent imperceptiblement, le bouquet de lilas descend lentement, lentement, centimètre par centimètre, dégageant une petite frimousse timide, aux yeux couleur d'océan, sous une crinière d'or.

— C'est pour toi, Jeanne, répète l'enfant avec des étincelles d'amour dans les mirettes.

— Merci, Raymond. Viens boire un chocolat avec nous, mon petit bonhomme.

Il entre, s'assied et ne dit rien. Il contemple Jeanne. Elle lui demande des nouvelles de sa maman. Il fait un effort pour répondre en deux ou trois mots puis replonge dans le silence. Il boit son chocolat par petites gorgées pour faire durer les minutes. Il a terminé. Il ne bouge pas. Jeanne lui caresse la tête.

— Mon bout de chou, ta maman va s'inquiéter. Il faut que tu rentres chez toi maintenant. Tu reviendras nous voir plus tard.

Le lendemain matin, Julien prépare le départ. Occupé à ranger le maximum de bagages dans le minimum d'espace qu'offre le coffre de la 4 CV, il ne l'a pas vu entrer dans la cour. Ce n'est qu'en allant chercher son uniforme dans le logement qu'il découvre Raymond sanglotant près d'un nouveau bouquet de lilas posé sur la table de la cuisine.

— Et alors, Raymond, que se passe-t-il ?

— Il t'a vu près de la voiture et m'a demandé si tu partais, explique Jeanne en passant sa main dans les cheveux de l'enfant. Je lui ai dit qu'on partait tous les deux et il a fondu en larmes.

— Oui, Raymond, Jeanne et moi, nous partons, mais nous reviendrons de temps en temps, nous te le promettons.

Jeanne prend la tête du chérubin et l'attire contre sa poitrine. Avec des gestes instinctifs de mère, elle presse délicatement son mouchoir de coton sur les yeux humides du gamin.

— Oui, Raymond. Nous reviendrons te voir bientôt et, en attendant, nous penserons tous les jours à toi. Je t'écrirai aussi de belles cartes illustrées de jolis bouquets, comme ceux que tu m'offres.

— Tu vas les emporter avec toi, mes fleurs ?

— Bien sûr ! Je les mettrai dans un vase en arrivant dans ma nouvelle maison et, chaque fois que je les regarderai, je penserai à l'adorable petit garçon qui me les a offertes.

Julien est attendri par le comportement maternel de Jeanne. Ces paroles affectueuses qui sonnent si juste, ce comportement protecteur qui rassure et apaise ne traduiraient-ils pas un désir inconscient de maternité ?

Au terme de quatre heures de route, Jeanne découvre avec ravissement le petit appartement de Saint-Maixent où elle va séjourner, en compagnie de Julien, pendant neuf mois, la durée du service militaire ayant été réduite à dix-huit mois après la fin du conflit franco-algérien.

Dans l'ensemble, le trajet s'est déroulé sans encombre. Seule petite ombre au tableau, la rencontre inopinée avec les gendarmes après un dépassement interdit. Julien, contraint de rouler à vingt à l'heure, derrière un tracteur, pendant deux kilomètres de montée tortueuse, avait doublé en franchissant délibérément une ligne continue, dès que la visibilité le lui avait permis, tout au sommet de la côte. Deux pandores en embuscade cent mètres plus loin l'avaient intercepté.

— Bonjour, monsieur. Veuillez descendre du véhicule s'il vous plaît ? Présentez les papiers afférents au véhicule… Blabla-bla… D'où venez-vous ? Où allez-vous ? Bla-bla-bla… Voulez-vous ouvrir votre coffre s'il vous plaît ?

Cela aurait pu durer longtemps si l'un des représentants de la maréchaussée n'avait eu l'idée de jeter un regard fureteur à l'intérieur du véhicule.

— Mon adjudant, venez voir.

Le gradé s'amène *illico presto*, pensant peut-être découvrir un flingue ou une mitraillette l'autorisant à soupçonner Julien d'intelligence avec l'ennemi, en l'occurrence le dernier noyau des activistes d'une OAS moribonde. Ce serait une belle opération susceptible d'accélérer son avancement, un joli coup qui ferait la une de la presse nationale, un fait d'armes plus valorisant que la fastidieuse distribution de contredanses pour transgression du Code de la route ! Déception ! Ce n'est qu'un uniforme.

— C'est à vous, cette tenue militaire ?

— Oui, monsieur.

— Vous pouvez nous présenter votre carte d'identité militaire, s'il vous plaît ?

— Avec plaisir. La voici.

— Ah ! Vous êtes officier ?

— Oui, mon adjudant.

— Bien, vous pouvez continuer votre route, mon lieutenant.

Julien avait repris le volant.

— Tu te rends compte, chérie, avait-il glissé à Jeanne, si j'avais dit au gendarme que j'étais instit, il m'aurait mis un manche et là, me découvrant officier, il se serait presque mis au garde-à-vous !

XIV

Le Panier Fleuri

Le lendemain, Julien prend ses fonctions d'officier adjoint à l'officier des sports de l'école militaire de Saint-Maixent l'École. À son arrivée au Panier Fleuri, vaste complexe sportif implanté dans un cadre bucolique, il se présente au secrétariat du capitaine Pradal. Surprise !

— Qu'est-ce que tu fous là, Hugues ?

— Tu le vois. Je suis le secrétaire du capitaine. Et toi ? Qu'est-ce qui t'amène ?

— Je suis affecté ici jusqu'à la fin de mon service. Mais, dis donc, tu n'étais pas à la gare de Bordeaux, il y a une semaine.

— Si. Pourquoi ?

— On s'est croisés mais, sur le moment, je ne t'ai pas reconnu sous ton uniforme, avec le béret qui te cachait la moitié de la figure. Et toi ? Tu ne m'as remis quand tu m'as salué ?

— Non. Faut dire que j'étais tellement content de partir en permission que je regardais plutôt les filles que les gradés que je rencontrais.

Hugues ne changerait donc jamais ? Camarade d'École normale de Julien, il traînait une réputation non surfaite de dragueur.

— C'est vrai qu'ici tu es sevré. À la caserne, tu ne dois pas voir beaucoup de filles, à part quelques PFAT[1].

— Oui, il y en a quelques-unes, mais si peu qu'à part les plus moches, et encore, elles sont déjà casées. Et ici, où je passe le plus clair de mon temps à glander, il n'y a que des hommes.

Des hommes que Julien découvre tout au long de la journée.

D'abord, son supérieur, le capitaine Pradal, un petit gabarit à l'œil vif, planqué au service des Sports après avoir baroudé dans les rizières d'Indochine et le djebel d'Algérie.

Ensuite, une quinzaine d'instructeurs, tous adjudants-chefs, ayant pour mission d'enseigner toutes les activités physiques possibles et imaginables, du parcours du combattant aux sports collectifs, du *close-combat* à la course de fond en passant par l'escrime, la natation, les agrès, l'équitation… aux militaires de la garnison mais également aux saint-cyriens, ESOA[2], EOR et autres catégories de militaires venus effectuer des stages de perfectionnement.

Enfin, des hommes de troupe chargés de l'entretien des infrastructures et de toutes les sales besognes dévolues aux sans-grades.

Julien s'adapte très rapidement à la situation, dont il n'avait pas soupçonné l'aspect ubuesque avant de découvrir l'activité occulte à laquelle se livre le staff du Panier Fleuri.

---

1. *Personnel féminin de l'Armée de terre.*
2. *Élève sous-officier d'active.*

Le capitaine passe la plus grande partie de la journée, replié dans une arrière-salle, à disputer d'interminables parties de tarot avec les instructeurs disponibles tandis que le secrétaire a pour mission prioritaire de guetter l'irruption de tout officier supérieur non annoncé et, dans le cas où elle se produirait, de courir avertir son chef.

Pendant que tout ce beau monde déploie des trésors de stratégie dans la pénombre d'une salle retranchée du quartier général du Panier Fleuri, Julien profite des installations sportives pour améliorer sa condition physique. Il dispose de beaucoup de temps libre, les deux seules missions que lui a déléguées le capitaine étant de saluer, à leur arrivée et à leur départ, les sections de militaires qui viennent s'entraîner sur le stade et de superviser le travail qu'accomplissent les hommes de troupe. Parmi les tâches qui incombent à ces derniers, il en est une qui les mobilise particulièrement : la chasse aux taupes.

Au début, Julien se demande pourquoi tous sont volontaires pour participer à la traque de ces petits mammifères inoffensifs mais indésirables sous les pelouses des stades dont ils brisent la platitude en élevant de jolies petites pyramides de terre.

— Ah ! Tu n'es pas encore au courant ? lui demande Hugues.

— Au courant de quoi ?

— De la récompense qu'ils obtiennent pour chaque animal trucidé. Figure-toi que chaque fois qu'ils ramènent le cadavre d'une taupe, ils bénéficient d'une perm exceptionnelle de trente-six heures !

Dans le courant de la première semaine, deux chasseurs présentent leurs trophées à Julien qui les félicite et leur accorde leurs permissions. Ils les méritent bien. Ils ont attendu pendant des minutes, voire des heures, immobiles sous le soleil, un pied sur la pelle bêche, le regard scrutant le tas d'humus, prêts à enfoncer le métal tranchant au moindre frémissement du sol ; dès qu'une particule de terre tressaille, d'un seul mouvement, ils enfoncent l'outil jusqu'au manche et retournent vivement une motte, espérant extraire avec elle le petit animal que sa cécité rend incapable de fuir. Ce n'est pas gagné à tous les coups. Parfois, rien n'a bougé, ce n'était qu'une illusion due à la fatigue de l'œil ; parfois, la taupe a fui par une galerie opposée.

La semaine suivante, même tableau de chasse et aucune diminution du nombre de monticules de terre sur les stades. Suspect. Julien regarde les cadavres de plus près.

— Dites, vous deux, vous ne seriez pas en train de me prendre pour un demeuré ?

— Ah non, mon lieutenant !

— Vous êtes sûrs que vous n'êtes pas anosmiques ?

— Qu'est-ce que ça veut dire, mon lieutenant ?

— Vous demanderez au médecin-commandant lors de la prochaine visite médicale. En attendant, prenez les taupes et approchez-les de votre pif. Vous ne sentez pas une odeur de faisandé ? Vous auriez peut-être dû les placer dans un frigo, la semaine dernière. Bon ! Passe pour cette fois, mais que je ne vous y reprenne pas ! D'ailleurs, dorénavant, je m'occuperais personnellement des cadavres. Allez ! Disparaissez !

Dans les quinze jours qui suivent, toutes les taupes sont éradiquées et les taupinières anéanties.

En mai, bénéficiant d'une semaine de permission, Julien revient en Lot-et-Garonne avec Jeanne. Ils partagent leur temps entre leurs deux familles et, avant de repartir, font un saut à Cours pour saluer les parents d'élèves qui, à l'exception de l'adjoint au maire, les considèrent comme des amis.

Sans se l'avouer, ils espèrent bien revoir le petit Raymond. Ils se sont attachés à cet enfant doux comme une caresse, au cœur sensible comme une corde de violon, à la bouille ronde comme une pleine lune. De ses origines polonaises, il a gardé une singularité séraphique : des yeux d'un bleu céleste et des cheveux blonds comme les blés mûrs.

Et Raymond, sait-il pourquoi une force mystérieuse le conduit inéluctablement jusqu'à la maison de Jeanne dès qu'il apprend qu'elle est là ?

— Chérie, on a frappé. Je parie que c'est pour toi.

Jeanne ouvre la porte.

— Oh, les jolies grappes de lilas ! Mais qui se cache derrière ce bouquet magnifique ?

Et voilà que se ritualisent les prémices d'un bonheur imminent. Les mêmes gestes, les mêmes approches, les mêmes joies. Et le même dénouement déchirant quand Jeanne confie à l'enfant qu'elle repart dans la journée. Raymond verse de chaudes larmes qui roulent sur ses joues poupines, tombent sur le bouquet qu'il serre sur sa poitrine, glissent sur les grappes mauves.

Jeanne s'approche du gamin.

— Mon petit chou, tu veux bien me donner les fleurs. Je vais les placer dans un vase.

Raymond tend le bouquet vers Jeanne. Quelques gouttes perlent sur les feuilles et tombent sur le sol.

— Oh ! Regarde, Raymond ! Tu fais pleurer les lilas ! Allez, souris-moi pour que les fleurs s'arrêtent de pleurer.

L'enfant sourit.

— Tu vas les emporter avec toi ?

— Mais oui, mon petit bonhomme. Et chaque fois que je les regarderai, je penserai à toi.

— Je t'en porterai d'autres quand tu reviendras.

— Alors je vais revenir bien vite. Allez, file retrouver ta maman qui va s'inquiéter.

Gratifié d'un gros baiser de Jeanne sur chacune de ses joues rouges d'émotion, Raymond repart avec sa provision de bonheur.

Pendant le trajet retour, Jeanne ne se sépare pas du bouquet posé sur ses genoux. De temps en temps, elle caresse les grappes en regardant mélancoliquement l'infini, au-delà de la route qui déroule son long ruban de bitume devant la 4 CV.

Ils arrivent à Saint-Maixent au moment où circule une grande nouvelle : le président de la République sera reçu par le maire de la cité, M. Fouchier, le vendredi 14 juin, à 17 h 15. Avant de prononcer un discours sur l'estrade dressée devant la statue du colonel Denfert-Rochereau, le général de Gaulle passera en revue la promo de saint-cyriens actuellement en stage à l'école militaire de Saint-Maixent.

Pour s'être plusieurs fois entretenu avec ces élèves officiers d'active, futurs cadres supérieurs de l'armée, Julien a compris qu'ils ne portent pas le Général dans leur cœur ; nombre d'entre eux sont fils d'officiers supérieurs qui, déjà humiliés par le Vietminh en Indochine, n'ont pas supporté l'abandon de l'Algérie par le président de Gaulle alors qu'ils estimaient avoir vaincu l'ALN[1]. Le ressentiment qu'ils nourrissent à son égard, ils l'ont transmis, plus ou moins consciemment, à ceux de leurs enfants qui marchent sur leurs brisées.

Jour J. Un cortège de quatre kilomètres, composé de trente Chambord[2] noires alternant avec trente DS de même couleur, pénètre dans la ville.

Reçu à l'Hôtel de Ville, le Général est ensuite accompagné par les autorités civiles et militaires jusqu'à la place Denfert-Rochereau où il passe en revue les saint-cyriens, s'attardant parmi eux pour échanger quelques mots et serrer quelques mains gantées. Puis il monte solennellement sur l'estrade et prononce, avec cette éloquence tribunitienne qu'on lui connaît, une allocution dont la banalité est sublimée en chef-d'œuvre de rhétorique par le charisme de l'orateur.

Il repart aussitôt vers la préfecture de Niort où les appartements de M. le Préfet ont été mis à sa disposition après aménagement spécifique de la chambre à coucher dans laquelle a été monté, avant-hier, le

---

1. *Armée de libération nationale, bras armé du Front de libération nationale.*

2. *Modèle haut de gamme de la marque française d'automobiles Simca.*

lit présidentiel[1] fabriqué spécialement à Bignoux, près de Poitiers.

Sur la place Denfert-Rochereau redevenue déserte, quelques taches blanches maculent le goudron : ce sont les gants que le Général a serrés et que leurs propriétaires ont piétinés après avoir craché dessus de dégoût.

Bientôt, une autre grande nouvelle parvient à Julien, mais celle-ci n'est pas médiatisée. Et elle ne concerne pas la population.

Elle est adressée sous enveloppe cachetée au sous-lieutenant Julien Delsol et, pour ceux qui n'auraient pas compris, un vigoureux coup de tampon a imprimé la mention « Personnelle ». Elle provient du bureau du commandant d'armes responsable de la garnison, le colonel Renaudy. Bizarre, bizarre.

— Tiens, chérie. Tu veux bien l'ouvrir ? Cette lettre, je ne la sens pas.

Jeanne décachette l'enveloppe.

— C'est un ordre de mission.

— Passe-moi ça ! Ah le parjure ! Il m'avait pourtant donné sa parole ! Quel sagouin, ce mec !

— Mais de qui parles-tu, chéri ?

— De ce fourbe de colonel. Il veut m'envoyer au 42e RI de Radolfzell alors qu'il m'avait promis que je resterais ici. Je vais aller le voir dès aujourd'hui !

— Tu devrais peut-être attendre demain, le temps de prendre un peu de recul.

---

1. *Les lits de dimensions classiques (1,90 m de long) ne convenaient pas pour le général de Gaulle qui mesurait 1,93 m.*

— Pas question ! Je vais m'expliquer avec lui dès maintenant. Je veux tirer ça au clair tout de suite. Un colonel, ça ? Commandant d'armes, en plus ? On ne pouvait pas trouver plus minable !

Julien tient parole, lui ! À 15 heures, il se présente au bureau du colonel. Le secrétaire disparaît derrière une porte pour annoncer à son chef la présence du sous-lieutenant. Il revient vers Julien.

— Mon lieutenant, le colonel va vous recevoir sur-le-champ. Voulez-vous bien me suivre, s'il vous plaît ?

Julien entre, claque des talons et salue l'officier supérieur.

— Repos, mon lieutenant.

Le secrétaire a quitté furtivement les lieux et refermé la porte derrière lui. À ce moment précis, Julien éprouve la désagréable sensation que doit ressentir tout dompteur qui pénètre dans la cage d'un tigre et qui entend la grille se refermer derrière lui. Sauf qu'en l'occurrence, c'est plutôt un ours mal léché qu'il a en face de lui. Le colonel a dû déraper sur ses pantoufles en sortant du lit ce matin : il est de mauvais poil et ne fait rien pour le cacher. La présence évocatrice de deux chandeliers en bronze sur le bureau de l'officier offre un petit sursis récréatif à Julien avant d'aborder les choses qui fâchent : il se raconte qu'un soldat facétieux aurait un jour téléphoné au colonel en se faisant passer pour un général.

— Bonjour, mon colonel. Ici le général de brigade Valérien Dumont. J'ai un renseignement personnel à vous demander.

— Mes respects, mon général. À vos ordres.

— Mes officiers de renseignement m'ont indiqué que vous possédiez deux magnifiques candélabres de style Louis XV posés sur votre bureau. Est-ce exact, mon colonel ?

— C'est exact, mon général.

— Puis-je vous demander une chose, mon colonel.

— Vos désirs sont des ordres, mon général.

— Très bien, mon colonel. Alors, prenez vos candélabres et enfoncez-vous-les bien dans le cul !

D'après les dires des militaires qui gravitent autour de lui, le colonel n'avait pas décoléré durant trois jours. Julien esquisse un sourire qui n'échappe pas au colonel.

— Qu'y a-t-il de si plaisant dans ce bureau, mon lieutenant, que vous ne puissiez vous retenir de sourire ?

— Mon colonel, c'est seulement l'agrément que j'éprouve à vous revoir.

— À me revoir ?

— Oui, mon colonel. Je vous ai rencontré une première fois le 29 mars dernier au sujet de mon affectation au Panier Fleuri et, à cette occasion, vous m'aviez assuré que je terminerai mon service militaire à Saint-Maixent. Or, vous m'avez adressé ceci, mon colonel.

Julien met son ordre de mission sous le nez du commandant d'armes.

— Et alors ?

— C'est en contradiction avec votre parole.

Que n'a-t-il pas dit !

Usant et abusant de l'autorité que lui confère son grade, le colonel met Julien plus bas que terre et, avec cette extrême violence qui anime les personnes colériques à bout d'arguments, l'agonit de tous les noms d'oiseaux, le traite de lâche, lui racontant, dans son délire psychotique, le courage des soldats blessés de 14-18 qui repartaient au front après l'amputation d'une jambe ou d'un bras.

Julien est atterré. Il se demande si le colonel est en possession de toutes ses facultés mentales et, se souvenant d'une phrase du manuel du parfait officier, « mieux vaut une retraite bien organisée qu'une charge hasardeuse », il récupère son ordre de mission et se replie vers la sortie sans demander son reste.

— Alors ? s'enquiert Jeanne.

— Ma chérie, ce n'était pas le bon plan.

— Tu en as un autre ?

— Bien sûr. Tu ne crois pas que je vais abdiquer si facilement.

Julien dispose de trois semaines pour activer son plan B. Pendant quinze jours, il se fait oublier et confie à qui veut bien l'entendre qu'il est content de rejoindre son nouveau régiment stationné à Radolfzell, sur les bords du lac de Constance. Surtout que plus rien ne le retient à Saint-Maixent puisque Jeanne vient de passer avec succès les épreuves du second bac et va donc partir en Allemagne avec lui.

Le seizième jour, patatras ! Il sort du gymnase en claudiquant et en grimaçant de douleur. Hugues s'inquiète.

— Que t'arrive-t-il, Julien ?

— Rien du tout, mais je sors le grand jeu pour ne pas aller à Radolfzell. Tu n'en parles à personne. Tu me le promets ? Il n'y a que Jeanne et toi qui soyez au courant.

— Juré ! Craché ! Cochon qui s'en dédit !

— Dans ce cas, Hugues, le colon ne devrait pas tarder à muer en cochon. Tu veux bien avertir le capitaine que je me suis fait mal ?

Les grandes manœuvres de simulation sont amorcées.

— Que se passe-t-il, mon lieutenant ?

— Mon capitaine, j'ai chuté de la barre fixe en effectuant un grand élan.

— Ne bougez pas. Ou plutôt, allongez-vous sur le dos. J'appelle le service de santé.

Une ambulance militaire arrive en trombe. Deux solides gaillards accourent au secrétariat, placent Julien sur une civière et l'embarquent dans le fourgon. Direction l'infirmerie de l'école militaire.

Le médecin-commandant Larivois ausculte le blessé, effectue une radio de la zone lombaire et lui prescrit quinze jours de repos complet. Une Jeep ramène Julien chez lui.

Chaque jour, il reçoit la visite du médecin-commandant accompagné d'un infirmier chargé de lui administrer une piqûre dans la fesse. Le médecin demande à Julien de s'allonger sur le dos, saisit une cheville du patient et soulève la jambe.

— Vous me direz quand je vous fais mal.

Quand il s'agit de la jambe gauche, Julien ne dit rien. Le médecin en conclut que tout fonctionne pour le mieux au niveau de ce membre. Par contre, lorsqu'il élève le pied droit à plus de trente centimètres, Julien se contracte, gémit, grimace.

— Je vous fais mal, là ?

— Oh oui ! Aïe ! Aïe ! Aïe ! Que ça fait mal !

Le médecin stoppe le mouvement vers le haut, accompagne la descente du pied jusqu'à l'horizontale, regarde dubitativement son patient, se tourne vers son assistant.

— Je ne comprends pas. Il ne fait aucun progrès.

Les deux visiteurs quittent l'appartement ; Julien reste immobile pendant quelques minutes, puis saute à bas du lit et esquisse quelques pas de danse.

— Quel comédien ! Un jour, le toubib écoutera derrière la porte et tu auras l'air malin !

— Sois tranquille, ma chérie. Je m'assure d'abord que sa Jeep démarre. Tiens, regarde-la, là-bas. Il tourne au bout de la rue.

XV

De Saint-Maixent à Radolfzell

Ça ne pouvait pas durer aussi longtemps que les impôts. À la fin du mois de juin, déconcerté par l'inefficacité du traitement qu'il applique à Julien, le médecin-commandant décide de confier son patient à des confrères spécialistes.

— Mon lieutenant, dès lundi prochain, une ambulance vous emmènera dans le service neurologie de l'hôpital militaire d'instruction Robert Picqué, à Bordeaux. Prenez vos dispositions.

C'est ainsi qu'en début de la première semaine de juillet, Jeanne regagne Sauvagnas tandis que Julien prend ses quartiers d'été à Bordeaux.

Nouveaux examens médicaux qui ne détectent rien. Les neurologues en sont réduits à formuler des hypothèses qui induisent un nouveau traitement. Chaque jour, un infirmier inflige une douloureuse piqûre de moelle de lapin dans les miches de Julien et dépose une demi-douzaine de comprimés sur la table de nuit. L'injection, il ne peut s'y soustraire ; mais pour les cachets, c'est différent : il les rassemble soigneusement dans le creux de sa main puis, de sa démarche claudicante devenue quasiment naturelle, il sort de sa chambre, s'approche du grand bassin qui agrémente le parc de l'établissement et balance la poignée de cachetons dans l'eau où une multitude de poissons se les disputent dans un frétillement de joie qui émoustille la surface du liquide.

Les semaines et les mois se succèdent et, aux yeux des médecins, le traitement ne s'avère guère concluant. Toutefois, pour ne pas qu'ils se découragent, Julien leur signale, de temps en temps, de très, très légères sensations d'amélioration.

— Oui, docteur. Il me semble que ça va un peu mieux aujourd'hui...

— C'est sûr, j'ai un tout petit peu moins mal qu'hier.

En fait, c'est le contraire qui se produit ; son postérieur rechigne de plus en plus à résorber les millimètres cubes de moelle de lapin dont il est quotidiennement gratifié et manifeste sa satiété en émettant une petite douleur lancinante en guise d'avertissement.

Heureusement, Julien se donne de l'exercice pendant les permissions dont il bénéficie chaque semaine du vendredi soir au dimanche soir. Il rejoint Jeanne et passe de très agréables week-ends estivaux soit en famille à Sauvagnas, soit en couple à Cours, où Raymond vient immanquablement offrir ses merveilleux bouquets.

À l'hôpital, Julien s'est fait des amis parmi les patients. Il en est un qui ne sort jamais de l'établissement en raison d'un traitement quotidien très contraignant.

— René, tu peux me rendre un service ?

— Sans problème. Je t'écoute, Julien.

— Eh bien, voilà. Tu sais que je file chez moi chaque fin de semaine et que je suis obligé de rentrer le dimanche soir. Les sentinelles postées à l'entrée ne savent pas que je suis un patient. Avec mes galons, je peux entrer et sortir quand je veux. Le hic, c'est la ronde hebdomadaire du médecin colonel ; on est prévenus seulement la veille de son passage. Si je te laisse mes coordonnées, est-ce que tu peux m'avertir par télégramme de la date de son passage dès que tu la connais ? Comme ça, je rentre dans la nuit et au petit matin je suis dans mon lit d'hôpital, quitte à repartir le soir.

— C'est d'accord, Julien. Tu peux compter sur moi.

En toute tranquillité, Julien et Jeanne savourent les cèpes qu'ils ont cueillis dans les bois situés à quatre cents mètres de l'école de Cours. Le soleil alangui de ce début d'automne les a accompagnés le long des sentiers bordés de haies où foisonnent l'aubépine aux cenelles rouge corail, les ronciers couverts de mûres, les églantiers chargés de baies écarlates.

Ils sont ravis d'être là, ensemble, partageant un amour que rien ne semble pouvoir altérer, discutant sereinement des affaires de ce monde que les hommes de bonne volonté s'efforcent de rendre plus juste, plus hospitalier, plus humain. Le 28 août, le pasteur noir américain Martin Luther King a prononcé un discours dont chaque mot a résonné dans les consciences humaines : « I have a dream ». Qu'on est loin des reniements et des emportements dérisoires d'un Bonnevent ou d'un Renaudy !

— Tu n'as pas eu de télégramme, ce dimanche. Quelle chance, mon chéri.

— J'en aurai sans doute un demain soir. Si le médecin colonel ne fait pas la tournée des chambres le lundi, il la fait le mardi. Pour le moment, ça nous accorde un jour de plus, c'est toujours ça de pris. Au fait, ma chérie, on n'a pas vu Raymond aujourd'hui ; on pourrait peut-être aller le voir dans le courant de l'après-midi demain ?

— Oh oui ! C'est une bonne idée.

Le lendemain matin, Jeanne sursaute et secoue Julien.

— Il y a quelqu'un qui frappe. Lève-toi vite mon chéri !

— Ne t'affole pas ! C'est sûrement Raymond. Et je suis sûr qu'il préfère que ce soit toi qui ouvres.

Jeanne enfile sa robe de chambre et disparaît dans le couloir. Elle ne tarde guère à revenir.

— Julien ! Julien ! Lève-toi vite ! C'est le télégramme ! C'est Justine qui vient de me le remettre. Elle l'a reçu hier soir très tard. Elle a pensé qu'on dormait et a préféré attendre à ce matin.

Julien saute du lit, va s'asperger la figure d'eau froide au-dessus du lavabo et lit le télégramme : « Visite prévue demain Stop bon retour Stop ».

— Bon ! Pas la peine que je me presse. Que j'arrive une heure après le passage du toubib ou quatre heures après, ça ne changera rien.

À 15 h 30, Julien pénètre dans l'enceinte de l'hôpital et, avant de rejoindre sa chambre, se présente, en boitant plus qu'à l'accoutumée, à l'adjudant-chef qui assure le secrétariat du médecin-colonel. Le sous-officier le salue.

— Qu'est-ce qui vous amène, mon lieutenant ?

— Je suis le sous-lieutenant Julien Delsol hospitalisé chambre 311.

Le secrétaire, décontenancé par la désinvolture de ce jeune officier qui ne semble pas mesurer la gravité de sa faute, le regarde avec curiosité.

— Mon lieutenant, vous êtes d'active ou de réserve ?

— De réserve, mon adjudant-chef.

— Ouf ! Vous avez de la chance. Si vous aviez été d'active, vous auriez dégusté ! Là, vous allez vous en tirer à assez bon compte.

À 18 heures, cet « assez bon compte » se concrétise par la remise du livret militaire portant mention, sur toute une page, de sa « désertion », et par l'injonction, sous la forme d'un ordre de mission, de rejoindre le 42e RI à Radolfzell dans un délai de soixante-douze heures. Il est tout bonnement mis à la porte de l'hôpital.

Qu'à cela ne tienne ! Il a perdu une manche, mais il n'a pas perdu la partie ! La première chose qu'il fait, c'est de couper soigneusement, avec la lame Gillette de son rasoir, cette page infamante qui l'assimile à un déserteur de l'armée française et de la jeter dans les toilettes.

Ensuite, il rejoint Jeanne, à Cours, et tous deux se rendent à Laguillemie.

— Et d'où tu viens, fiston ? demande Fernand en ouvrant la porte.

— De l'hôpital de Bordeaux, papa.

— Et alors, pourquoi les gendarmes te cherchaient-ils partout ?

— Ils sont venus ici ?

— Oui. Ils m'ont dit que tu avais déserté l'armée et qu'ils pensaient que tu te cachais ici en attendant de rejoindre l'OAS. Je leur ai dit que je n'étais au courant de rien. Ils ne me croyaient pas. Ils me disaient : « Vous savez où il se cache mais vous ne voulez pas nous le dire. Attention, monsieur Delsol ! Ça s'appelle de la complicité et ça peut vous mener loin ! » Ils ont fini par comprendre que je n'étais pas au courant. Je me suis bien douté que vous étiez à Cours, mais je n'ai pas parlé. Allez, entrez vite parce qu'il commence à faire froid dehors.

Julien passe une nuit peuplée de cauchemars. Des dragons à têtes de serpents le poursuivent inlassablement ; il veut accélérer pour leur échapper mais ses jambes ne répondent plus et, sur le point d'être rejoint, il se réveille en sursaut. Jeanne lui caresse les joues ; il se rendort. Mais voilà que le colonel Renaudy a fait attacher Fernand sur une chaise et s'apprête à le torturer avec un chalumeau pour lui faire dire où se terre son fils ; Julien veut intervenir ; les sbires du colonel l'en empêchent ; il se débat.

— Arrête de bouger, mon chéri. Il te faut dormir sinon tu seras claqué demain matin.

7 heures. Inutile de rester au lit plus longtemps. Julien a besoin d'agir car ce n'est que par l'action que l'on se tire des mauvaises situations, pas par la passivité. Tout jeune, il a appris ça de la bouche de son grand-père Artemio, qui lui répétait souvent la même histoire nostalgique :

— Quand j'étais enfant, j'habitais avec mes parents dans une petite ferme, sur des coteaux où, une année, a sévi une sécheresse exceptionnelle. Pendant que la plupart des paysans allaient prier, dans la fraîcheur de l'église, pour qu'il pleuve sur leurs terres, mon père s'échinait à creuser des puits. Il réussit à capter de l'eau et put ainsi sauver ses cultures. Souviens-toi de ce proverbe, Julien : « Aide-toi et le ciel t'aidera. »

À 9 heures, Julien se présente à l'hôpital Saint-Jacques, à Agen. Il avance laborieusement sur l'allée qui conduit au quartier militaire intégré dans l'établissement civil.

Le doute n'est pas permis : ce jeune officier qui avance si lentement, en se contorsionnant à chaque pas, s'arrêtant parfois en levant les yeux comme s'il implorait du ciel un soulagement de sa douleur, mérite compassion et assistance médicale. Ici, c'est un médecin-capitaine qui le reçoit et se rend à l'évidence : le sous-lieutenant Julien Delsol n'est pas en état de rejoindre l'Allemagne et doit être immédiatement hospitalisé sur place.

Nouveaux examens, changement de traitement avec, notamment, au grand soulagement de Julien, suppression des piqûres de moelle de lapin !

Très vite, Julien sympathise avec Claude, un jeune médecin de la société civile incorporé dans le service de santé des armées. Il est originaire du canton de Laroque-Timbaut où ses parents exploitent une ferme à six kilomètres à vol d'oiseau de Laguillemie

— Alors, Julien, que t'est-il arrivé ?

— Écoute, Claude, à un *pays*[1] je peux confier un secret en toute confiance. Je ne suis pas plus malade que toi et je vais tout te raconter.

---

1. *Personne originaire du même village, de la même région qu'une autre personne.*

Julien relate son histoire dans les moindres détails. Le toubib se marre ouvertement. C'est ça aussi la solidarité paysanne ! D'origine commune, on fait front commun contre l'adversité.

— Parlons sérieux. Combien de temps crois-tu, Claude, que je vais pouvoir rester ici ?

— Jusqu'à début octobre, pas plus. Il faut que tu simules une amélioration progressive sur trois semaines environ sinon ils vont te faire passer sur la table d'opération.

— Tu veux rire ! Tu es en train de me chambrer !

— Non, Julien. Je ne rigole pas. C'est ce qu'a prévu le capitaine.

— *Macarèl*[1] *!* Ça ne plaisante pas ici.

— Enfin, je t'aurai averti.

Julien se le tient pour dit et, miraculeusement, son état s'améliore jusqu'au point de justifier sa sortie de l'hôpital agenais.

— Julien, mon chéri, avant de partir en Allemagne, j'aimerais bien aller dire au revoir à Raymond. Il y a longtemps qu'on ne l'a pas vu.

C'est la première fois que Julien et Jeanne se rendent au domicile du gamin qui vit, avec sa mère et sa grand-mère, dans une ferme d'une demi-douzaine d'hectares, à un kilomètre et demi du village de Cours. Quand ils descendent de voiture, dans la cour de la maison, ils sont impressionnés par le délabrement des bâtiments qui les entourent,

1. *Littéralement : « maquereau », « souteneur ». Sous forme exclamative : interjection exprimant l'étonnement, l'admiration, l'irritation (le sens initial du mot étant oublié).*

et lorsqu'ils pénètrent dans la pièce principale de l'habitation, ils ont du mal à penser qu'ils sont toujours au XXe siècle.

Affalée dans un fauteuil en bois rustique et paille de seigle, la grand-mère, toute de noir vêtue, fixe tristement les braises de la cheminée. La maman de Raymond, fille-mère stigmatisée par les familles paysannes du coin, traîne avec fatalisme le fardeau du déshonneur que lui imputent, sans indulgence, les âmes bien-pensantes de la paroisse. Dans cette masure moyenâgeuse, sans eau courante, sans électricité, sans commodités, la seule source de joie, la seule pépite de bonheur, c'est le regard ingénu d'un enfant qui éclaire le foyer de mille feux magiques.

— Vous venez voir Raymond ? demande la maman.

Comme si elle et sa mère n'existaient déjà plus.

— Oui, madame Zlakovitz. Et faire plus ample connaissance avec vous et votre maman, répond Jeanne.

— Oh, nous, vous savez, madame, on n'a pas grand-chose à raconter. On n'est que deux pauvres femmes qui cherchons à élever notre petit Raymond du mieux que nous pouvons pour qu'il devienne quelqu'un de bien.

— Et vous réussissez très bien, madame. Raymond est un garçon délicieux, très bien élevé. Quant à vous qui avez grandi en Pologne, il faudra nous raconter comment vous viviez dans votre pays natal et comment vous êtes arrivée ici. Je suis sûr que c'est passionnant. Quand nous reviendrons d'Allemagne, dans un mois et demi, vous viendrez, un soir, nous raconter tout ça chez nous. Nous vous ferons signe. Et Raymond ? Où est-il en ce moment ?

— Il est malade, monsieur. Il a une broncho-pneumonie. Il est à la clinique Esquirol à Agen.

Une heure plus tard, Julien et Jeanne sont au chevet de l'enfant.

Jeanne a voulu s'arrêter chez un fleuriste pour acheter des lilas.

— La saison est passée, madame. Par contre, j'ai du buddleia ; ça ressemble au lilas. D'ailleurs, on l'appelle le lilas d'été.

Elle a déposé les fleurs sur le petit lit blanc de Raymond. L'enfant a tout juste la force de lui adresser un sourire de gratitude, les paupières entrouvertes sur ses yeux brillants de fièvre.

Une infirmière entre. Julien l'entraîne à l'écart du petit malade.

— Madame, qu'en pense le docteur ?

— Il refuse de se prononcer pour le moment.

Jeanne a entendu ; elle ne peut retenir de grosses larmes qui glissent sur ses joues et tombent sur les grappes de fleurs.

Raymond ouvre grand les yeux et, avec un sourire pâle, murmure :

— Arrête, Jeanne, sinon les lilas vont pleurer.

Après avoir quitté la clinique, Julien s'inquiète de l'air préoccupé de Jeanne. Il en connaît la cause.

— Écoute, ma chérie, je n'ai plus que deux mois et demi d'armée à accomplir, mais comme j'ai droit à un mois et demi de permission libérable, je ne vais effectuer qu'un mois de présence en caserne. Je pars en Allemagne tout seul et toi tu restes à Sauvagnas. Tu pourras aller voir Raymond tous les jours.

Il a visé juste. Sans le dire, c'est exactement ce que souhaitait Jeanne.

Le 12 octobre, Julien amorce un trajet de plus de mille kilomètres que la vaillante petite 4 CV grignote allègrement jusqu'à Vesoul, où il s'arrête dans un hôtel pour la nuit. En première page du journal local qu'il parcourt avant de s'endormir, figure la photo d'Édith Piaf accompagnée d'un article annonçant son décès. Bien triste journée. Il pose le journal et éteint la lampe.

Reparti dès l'aube, il entre dans Radolfzell vers midi et se présente au commandant du 42e RI.

— Que vous arrive-t-il, mon lieutenant ? Vous boitez comme si vous aviez sauté sur une mine.

— C'est moins glorieux que cela, mon commandant.

Et Julien d'expliquer que l'inconfort de la 4 CV, avec laquelle il vient d'effectuer mille deux cents kilomètres, a ravivé les douleurs chroniques que quatre mois de traitements avaient eu du mal à atténuer.

— Vous ne pouvez pas prendre le commandement d'une section dans l'état où vous êtes. Voici le bon d'attribution d'une chambre où vous allez vous installer. Ensuite, vous irez à l'infirmerie où le médecin commandant vous prendra en charge.

Julien s'installe, se présente à l'infirmerie, subit une auscultation approfondie et, sur ordre du médecin, est transporté à l'hôpital militaire de Donaueschingen où les spécialistes ne parviennent pas à déceler les causes exactes de cette claudication persistante, leur génie de médecin n'égalant pas le talent de simulateur de leur patient.

Quinze jours s'écoulent ; Julien suit un nouveau traitement à base de gélules et comprimés. Par bonheur, ce magnifique établissement offre aux malades l'agrément d'un parc incluant un étang poissonneux et Julien, comme il le faisait à Bordeaux, enrichit quotidiennement le menu de cette faune aquatique d'une bonne poignée de médicaments en guise de compléments alimentaires.

Au retour dans sa chambre, le 30 octobre, il découvre un télégramme sur son lit ; « Raymond sauvé Stop t'attendons avec impatience Stop ». Il répond par le même canal : « Vais mieux Stop Arriverai 17 novembre Stop Embrasse Raymond Stop ».

Inévitablement, les autorités militaires allaient lire son texte et se réjouir de l'amélioration de la santé de leur patient qu'elles allaient bientôt renvoyer à la vie civile sans craindre qu'il n'engage une procédure pour obtenir une pension militaire d'invalidité. D'une telle procédure, Julien n'en a cure. Non, ce qu'il veut, lui, c'est partir le 17 novembre. Or, il sait qu'on le gardera dans ce service hospitalier aussi longtemps que son état le justifiera. Il est donc temps qu'il décide de guérir en étalant son rétablissement sur les quinze jours qui viennent.

Conformément au plan qu'il a établi et imposé aux toubibs qui n'y ont vu que du feu, le 15 au soir, il reçoit son bon de sortie et rejoint Radolfzell. Le 16, il se présente au commandant du 42e RI.

— Mon commandant, je regrette de ne pas avoir pu servir sous vos ordres.

— Mon lieutenant, j'ai quand même eu le plaisir de vous accueillir et, maintenant, celui de vous souhaiter un bon retour dans vos foyers. Mais, auparavant, permettez-moi de vous féliciter pour les services que vous venez de rendre à la France et de vous remettre le présent certificat de bonne conduite qui atteste que vous avez servi sous les drapeaux avec honneur et fidélité.

Julien manque de pouffer de rire. Le commandant est-il sérieux ? Se prêtant à un humour pourtant peu fréquent dans le milieu militaire, ne serait-ce pas un oscar du meilleur comédien de l'armée qu'il lui remet ?

Par prudence, il se contente d'adresser un sourire à l'officier supérieur. Il saisit le précieux document et prend congé. Il remet les clés de sa chambre, récupère son livret militaire falsifié, et fouette cocher !

De toute la vélocité de ses vingt et un chevaux-vapeur, la 4 CV fonce vers la mère patrie. Elle quitte l'Allemagne par la Suisse qu'elle traverse sans s'arrêter ; elle en oublie même, vers minuit, de stopper au poste-frontière helvético-français où des douaniers suisses, à demi-endormis, la regardent passer sans réagir. À midi sonnant, elle fait une irruption triomphale à Laguillemie.

Julien est harassé, mais la joie de retrouver les siens dissipe très vite sa fatigue.

Il est surtout heureux de serrer Jeanne dans ses bras.

XVI

Rien n'est parfait : les lilas vont pleurer

— Tu as des nouvelles de notre petit Polonais ?

— Oui, il s'est très bien rétabli et si tu savais comme il me tarde de le revoir !

— Nous rentrerons à Cours dès demain. Je dois me préparer à reprendre le boulot début janvier.

Julien et Jeanne se réinstallent tranquillement dans le logement de l'école en écoutant France Musique. Nous sommes le 22 novembre. À 12h30, la station interrompt brusquement son programme musical. Que se passe-t-il donc ? Une voix altérée par l'émotion annonce la funeste nouvelle : le président John Fitzgerald Kennedy est transporté à l'hôpital de Dallas après avoir été atteint de trois balles. Trente minutes plus tard, la speakerine précise qu'il a succombé à ses blessures.

— Mais dans quel monde sommes-nous ? s'indigne Julien.

— Tu ne le referas pas, mon chéri. Faisons simplement tout ce qui est en notre pouvoir pour le rendre meilleur. En donnant une bonne éducation aux élèves de nos écoles, par exemple.

Julien en convient, Jeanne a raison. Allez ! pensons justement à la rentrée.

Il n'est pas le seul à se soucier de son retour à l'enseignement. L'inspecteur d'académie compte sur lui. La révolte des parents gronde dans certaines écoles où l'administration n'a affecté que des remplaçants éphémères. C'est le cas à l'école de Cours, où les enseignants se succèdent à un rythme effréné. Dans quelques autres villages également.

Mi-décembre, le maire rencontre Julien à l'épicerie du village.

— Enfin, Julien ! Vous voilà revenu ! Si vous saviez combien les gens sont contents de vous savoir là ! Quand allez-vous reprendre la classe ?

— À la rentrée de janvier, monsieur Desgranges, mais je n'ai pas encore reçu officiellement mon affectation.

— Peu importe, Julien. L'essentiel, c'est que vous soyez là !

Le maire se trompe. L'essentiel est ailleurs, mentionné sur l'arrêté d'affectation.

Le 19 décembre, la veille du début des congés scolaires de Noël, Julien reçoit une lettre de « Jaune d'œuf » qui l'invite à formuler ses vœux d'affectation et précise qu'il peut solliciter n'importe lequel des postes vacants du département sauf celui de Cours.

Il n'en croit pas ses yeux. Il se précipite, le jour même, au siège du Syndicat national des instituteurs à Agen, où un responsable téléphone mollement au secrétariat de l'académie, raccroche le combiné et conseille au jeune instituteur rebelle de se calmer et d'obtempérer.

Julien n'est pas de nature à subir passivement les injustices. Il sort de six mois de confrontation avec les autorités militaires qui n'ont pas réussi à le faire plier ; ce n'est pas l'inspecteur d'académie qui va y parvenir !

Il court chez le maire, lui montre la lettre.

— Monsieur Desgranges, je voudrais bien reprendre la classe à Cours mais, vous le voyez vous-même, l'académie s'y oppose. Je vais fournir une liste de vœux dans laquelle le poste de Cours, bien qu'il soit vacant, ne figurera pas.

— Je vous comprends, Julien. Faites votre devoir. Nous, nous allons faire le nôtre et je vous garantis que ça va chauffer !

De retour à son logement, Julien surprend Jeanne et Raymond en grande conversation. L'enfant rayonne de bonheur. Jeanne vient de lui apprendre que Julien ne repartira pas à l'armée et il en a conclu que le couple allait rester à Cours. Julien tente de lui expliquer les incertitudes qui planent sur sa prochaine affectation.

— Tu sais, mon petit bonhomme, ce n'est pas encore sûr que je reste ici.

— Pourquoi tu veux pas rester ?

— Moi, je veux bien, mais mon inspecteur ne voudra peut-être pas.

— Dis-lui que je veux que Jeanne reste à Cours.

— C'est promis, je le lui dirai.

Rassuré, l'enfant change de sujet.

— T'as vu, Julien ? J'ai porté un bouquet à Jeanne. Maman m'a dit que c'était du jasmin. Je ne trouve plus de lilas.

— Le jasmin, c'est très joli aussi.

— Moi, je préfère le lilas.

— Dans quelques mois, il va refleurir et tu pourras en cueillir à nouveau.

— J'en porterai à Jeanne et maintenant que Jeanne reste ici, le lilas ne pleurera plus.

Julien a raccompagné l'enfant chez sa maman et, dans le silence absolu de cette nuit hivernale, accoudé sur son bureau, il sélectionne dix postes vacants en espérant être affecté sur l'un d'eux à défaut de pouvoir obtenir celui de Cours.

Le 20, à 9 heures, il vient déposer sa liste au secrétariat de l'académie où il est accueilli comme un chien dans un jeu de quilles. Visages fermés, regards fuyants, échanges lapidaires, tout indique qu'il n'est pas le bienvenu et que sa présence indispose. Une secrétaire va jusqu'à se permettre de lui indiquer de la main la direction de la sortie. Il se contient parce qu'il se méfie de lui-même : il sait que s'il commence à répliquer, la situation peut déraper et qu'il est capable de tout balancer, les dossiers empilés sur les bureaux, les téléphones, les vases de fleurs, les chaises et les machines à écrire, sans se soucier des conséquences. Car trop, c'est trop !

Pourquoi cet acharnement morbide de ce psychopathe d'inspecteur d'académie ? En quoi, lui, Julien, est-il responsable du chaos que l'académie a provoqué en nommant uniquement des remplaçants instables à l'école de Cours dès son départ sous les drapeaux ? Bien sûr, l'inspecteur lui en veut de ne pas avoir voulu s'engager à revenir à Cours lorsqu'il le lui avait demandé, mais Julien n'avait aucune raison de le faire pendant qu'il était militaire, d'autant plus qu'une telle demande était parfaitement illégale. Et cette mesure de rétorsion, également illégale, lui interdisant de solliciter le poste vacant de Cours, n'est-elle pas l'expression d'un esprit dérangé ?

Julien était encore en deçà de la vérité lorsqu'il analysait ainsi les raisons du comportement de « Jaune d'œuf ».

Le courrier qu'il reçoit huit jours plus tard atteste, de manière éclatante, qu'il a affaire à un déséquilibré chronique.

« Julien Delsol est nommé, à compter du 1er janvier 1964, au camp de harkis de Bias-Cara[1], en qualité d'instituteur titulaire. »

Ce poste ne figure pas dans la liste des vœux de Julien ; il ignore même l'existence de ce camp qu'il découvre le 4 janvier, le jour de la rentrée.

Premier contact, première surprise ; le camp, entouré par une enceinte grillagée avec chevaux de frise, n'est accessible que par un portail surveillé par un militaire de garde qui lui demande de présenter son ordre d'affectation. Julien s'exécute et demande où se trouve l'école.

— Tout droit, à cinquante mètres, indique le soldat.

Julien avance entre deux rangées de baraquements en bois et parvient à l'école, construite en bois également. Ses collègues, déjà informés de sa venue, l'accueillent cordialement.

---

1. *Centre d'accueil des rapatriés d'Algérie, implanté à Bias, près de Villeneuve-sur-Lot (Lot-et-Garonne).*

— Bienvenue, Julien, dans l'établissement pénitentiaire de Bias.

— Pénitentiaire pour les élèves ou pour les instits ?

— Pour les instits, bien sûr. Pas officiellement, tu t'en doutes, mais nous sommes tous déportés dans ce camp pour avoir déplu à « Jaune d'œuf », un jour ou l'autre.

— Pas pour longtemps, cependant. Dans six mois, l'année scolaire se termine.

— Et pendant ces six mois, tu t'es attaché aux élèves du camp, aux parents aussi, et tu fais comme moi, tu rempiles.

Julien observe les élèves qui jouent autour des maîtres. Ils ont de petites frimousses basanées, souvent des cheveux crépus, des yeux rieurs ; de vrais petits indigènes d'Afrique du Nord que l'engagement des pères dans les harkas[1] a conduits dans cet univers quasi carcéral de seize hectares où s'entassent mille familles soumises au couvre-feu nocturne et au contrôle permanent de leurs déplacements diurnes. Ils sont gais comme des pinsons, courent dans tous les sens, s'interpellent en arabe.

— Ils ne parlent pas le français ? demande Julien.

— Les plus jeunes, pas du tout ou si peu. Ils sont encore en classe d'initiation à notre langue. Les autres, plus ou moins bien, pendant la classe seulement. Dehors ils reviennent instinctivement à l'arabe.

— Et en classe, ils ont des cours d'arabe ?

---

1. *Dans l'armée française, formation de supplétifs indigènes (les harkis) recrutés en Afrique du Nord.*

— Tu veux rire ? Il est interdit de parler en arabe dans la classe.

— Comme il nous était interdit de parler en patois dans nos écoles de campagne, poursuit Julien.

La sonnerie retentit. Un petit essaim d'enfants se forme devant chaque classe. Julien repère son groupe : trente élèves de classe d'initiation, qu'il invite à rentrer dans la salle. Il ne sait pas par quoi commencer. Pis, il ne sait ni ce qu'il doit enseigner, ni comment le faire. C'est sûrement ce que voulait « Jaune d'œuf ». Prisonnier de ses ruminations mentales et de sa recherche obsessionnelle d'autorité à défaut de respectabilité, l'inspecteur d'académie ne cherche qu'une chose, fut-ce au détriment des élèves : mettre Julien en difficulté en l'envoyant dans ce camp, sans stage de formation préalable, et dépêcher aussitôt l'inspecteur primaire pour le saquer avant qu'il ne refasse surface.

Pour en avoir le cœur net, Julien décide de rencontrer son inspecteur primaire après la classe, sous prétexte de se présenter à son supérieur hiérarchique immédiat, comme le recommande *Le petit guide du jeune enseignant*.

Au moment de quitter l'école, il est interpellé par le père d'un élève.

— Monsieur, monsieur, je suis Kaddour, le papa de Zoubir, qui est dans ta classe.

— Oui, j'ai fait sa connaissance aujourd'hui.

— Tu lui apprends bien tout, monsieur, tout, comme si c'est ton fils. S'il n'est pas sage, tu le frappes, comme si tu es son père, monsieur. Toi et moi, c'est pareil. Nous sommes tous les deux

Français. Regarde, c'est en me battant pour la France que j'ai reçu ces balles !

Il soulève la veste, le tricot, arrache la chemise de son pantalon et dégage son torse où apparaissent cinq cicatrices violettes. Julien rabat les vêtements du harki.

— Rhabille-toi, Kaddour, tu vas prendre froid.

— Tu as bien vu, monsieur. Cinq balles dans la poitrine. Kaddour est un bon Français et mon fils Zoubir aussi ; tu l'enseignes bien pour qu'il est un Français comme tes enfants. Tu es mon frère et mon fils, c'est comme ton fils.

— Mais oui, Kaddour. Ne t'inquiète pas. Tu es bien ici, dans ce camp ?

— Je me plains pas. J'ai la chance d'être en France, grâce au lieutenant Masset qui m'a emmené avec lui en désobéissant aux ordres de de Gaulle. Mes frères harkis, que l'armée française a désarmés avant de les abandonner, ont tous été massacrés par le FLN. Moi, je suis là, avec ma famille. *Inch Allah !* Allez, monsieur ; tu viens boire le thé chez moi.

— Pas aujourd'hui, Kaddour. Je suis pressé, mais je te promets de venir un autre jour.

En s'éloignant, Julien commence à comprendre pourquoi son collègue a rempilé à l'expiration des six mois de bannissement.

Bias n'est qu'à quelques minutes de Villeneuve-sur-Lot. Julien sonne à la porte du secrétariat de l'inspection primaire. La secrétaire le reçoit très courtoisement jusqu'à ce qu'il décline son identité. Elle se précipite dans le bureau voisin et revient, accompagnée de son patron.

— Bonjour, monsieur l'inspecteur. Je suis venu me présenter : Julien Del...

— Inutile mon cher. Je vous connais très bien. J'ai beaucoup entendu parler de vous...

— Mais, monsieur l'inspect...

— N'insistez pas, monsieur Delsol. Je sais tout sur vous : les difficultés que vous avez causées à l'académie, la pétition actuelle que vous avez suscitée à Cours, tout, je sais tout, y compris que vous êtes chargé d'une classe d'initiation où je vais venir vous inspecter. Pour vous faire une confidence, entre nous et sans témoins (l'inspecteur baisse le ton), je n'aspire qu'à une chose : vous voir quitter au plutôt ma circonscription.

Julien encaisse stoïquement le laïus de son inspecteur. Soudain, un éclair de lucidité traverse son esprit.

Il a souvent entendu dire que les administrations, pour se séparer d'un élément indésirable, lui accordent une promotion assortie d'une mutation afin qu'il débarrasse le plancher. Vu le sombre avenir que lui réserve sa hiérarchie actuelle, ne pourrait-il pas surfer sur cette vague de réprobation à son encontre pour filer sous des cieux plus cléments ?

— Monsieur l'inspecteur, je suis prêt à quitter votre circonscription.

— Et qui voudra de vous ?

— Je ne demande à personne de m'accueillir dans le département, mais je suis prêt à partir à l'étranger. Vous savez, monsieur l'inspecteur, ça ne me dépaysera pas plus que d'enseigner à l'école de Bias-Cara.

— Seriez-vous volontaire pour être détaché en coopération en Algérie ?

— Oui, monsieur l'inspecteur.

Julien respire un bon coup. C'est le moment de négocier avantageusement.

— À une condition, monsieur l'inspecteur : que mon épouse, qui est bachelière, soit également recrutée en coopération.

La perspective de se défaire de Julien enchante visiblement l'inspecteur et le prédispose à tout accepter pour mener à bien le projet de détachement.

— Mon cher Delsol, j'ai des contacts à la Mission culturelle française à Alger. J'envoie un télégramme ce soir et vous aurez une réponse dans le courant de la semaine prochaine.

Le soir, Julien raconte tout à Jeanne.

— Tu crois vraiment que ton inspecteur a le bras assez long pour décider le Ministère des Affaires étrangères à nous envoyer en coopération en Algérie ? Sans passer par l'inspecteur d'académie ?

— Je vois tellement de choses bizarres depuis un an que plus rien ne m'étonne. Attendons, chérie, et nous verrons bien.

Mardi 7 janvier. Jeanne a intercepté Raymond à la sortie de l'école.

— Mon petit bonhomme, c'est ta fête aujourd'hui. J'ai préparé un gâteau. Tu le mangeras avec ta maman et ta grand-mère. Tiens, je te l'ai emballé dans cette boîte en carton.

L'enfant s'éloigne avec son précieux colis. Jeanne le suit des yeux avec tendresse. Elle aimerait bien avoir des enfants qui ressemblent à Raymond :

blonds, avec des yeux bleus illuminant une petite bouille ronde. Elle caresse son ventre.

Elle n'a encore rien dit à Julien. Il est tellement tourmenté ! Il n'a pas besoin de soucis supplémentaires. Pourtant, il faudra bien qu'elle le lui dise avant que cela ne se voit.

Pendant qu'il était en Allemagne, elle avait cessé d'avoir ses règles. Le gynécologue avait confirmé son intuition : elle était enceinte.

Le mois dernier, nouvelle visite. Le spécialiste paraissait préoccupé.

— Qu'y a-t-il, docteur ? Vous avez l'air inquiet.

— Non, ma petite dame, pas inquiet, mais incertain.

Il avait longuement promené le pavillon de son stéthoscope sur l'abdomen de Jeanne.

— Je crois bien qu'il y a deux petits cœurs qui battent là-dedans.

— Qu'est-ce que ça veut dire, docteur ?

— Tout simplement qu'il y a deux fœtus et que vous allez accoucher de jumeaux.

Depuis, elle attendait le moment favorable pour annoncer la nouvelle à Julien.

— Jeanne ! Jeanne ! J'ai un télégramme pour vous ! Justine est devant le portail, agitant un papier au bout de son bras levé à la verticale.

Jeanne s'approche.

— C'est pour moi ou pour mon mari ?

— Pour tous les deux Jeanne. Je crois que c'est une bonne nouvelle.

Jeanne saisit le papier.

— Alors, Jeanne, c'est une bonne nouvelle, oui ou non ?

— Oui et non, Justine.

— Comment çà, oui et non ?

— Je vous expliquerai plus tard. Maintenant je rentre. Excusez-moi, Justine, mais j'ai froid.

Sur ces entrefaites arrive Julien. Il gare la 4 CV et rejoint sa femme.

— Mon chéri, j'ai deux bonnes nouvelles à t'annoncer !

— La première, je m'en doute : le télégramme d'Alger est arrivé.

— Exact. Justine vient de l'apporter.

— Où est-il, ma chérie ?

— Devant toi, sur la table ?

— Quoi ? Ce coin de la page de décembre du calendrier des pompiers ?

— Oui. Regarde au dos.

Julien retourne le morceau de papier et lit : « De mission culturelle ambassade France à Alger à Julien et Jeanne Delsol Stop Affectés école Eucalyptus Oued Smar Alger Stop Prise fonction 1er février prochain Stop Rejoindre immédiatement Stop ».

Julien saute de joie, enlace Jeanne, la soulève du sol, la repose. Il plane sur un nuage, loin de tous ceux qui lui ont pourri la vie pendant un an, loin des Bonnevent, des Renaudy et autres empoisonneurs patentés qui n'existent que s'ils enquiquinent le monde autour d'eux.

— Tu veux connaître la deuxième bonne nouvelle, mon chéri ?

— Oui, bien que la première suffise à mon bonheur.

— Tu vas être papa, mon amour.

Pire qu'un crochet au plexus ! Pendant quelques secondes, le futur père fait piètre figure. Il était si loin de penser à cette éventualité ! Et puis, tout ça en même temps ! Il n'a pas encore totalement intégré la première annonce que, vlan ! la seconde survient ! Ses réseaux de nerfs sont saturés et ses fibres émotives en surtension. Il finit tout de même par prendre la mesure de ce bonheur immense qui lui arrive d'un seul coup et compense mille fois les contrariétés des derniers mois.

Nouvelles démonstrations d'allégresse et d'optimisme jusqu'à ce que Jeanne annonce :

— Mais tu ne sais pas tout, mon chéri.

— Quoi ? Encore une bonne nouvelle ?

— Oui, Julien. Encore une bonne nouvelle.

— Ô Jeanne ! Tu es une femme merveilleuse, aussi divine qu'Iris.

Jeanne fait mine d'être contrariée.

— Iris ? Tu peux m'expliquer qui est cette Iris que tu trouves si divine ?

— Ne sois pas jalouse, mon amour. Iris est un personnage de la mythologie grecque. Elle est la messagère des dieux et les poètes prétendent que l'arc-en-ciel est la trace du pied d'Iris descendant de l'Olympe vers la terre pour délivrer de merveilleux messages aux hommes. Alors, ma délicieuse Iris, quelle est donc cette bonne nouvelle ?

— Tu vas être papa deux fois.

— Deux fois ? Que veux-tu dire ?

— Que je vais te faire deux adorables jumeaux.

— Tu en es sûre ?

— Oui, tout à fait.

Julien ne se sent plus de bonheur. Il enlace Jeanne, lui couvre le visage de baisers, la serre contre lui.

— Pas si fort, Julien ! Tu vas nous étouffer.

— Tu te rends bien compte, ma chérie, de toute cette chance qui nous arrive ?

— Oh oui, mon chéri ! Par contre, quand je pense que nous allons nous éloigner de Raymond, j'ai beaucoup de peine.

— Moi aussi, ma chérie. Mais je te promets que nous reviendrons le voir chaque été, pendant les vacances scolaires et si sa mère est d'accord, nous pourrons l'emmener en vacances avec nous. Je suis sûr qu'il s'entendra très bien avec nos jumeaux.

— Oui, tu as raison, mais je suis certaine que pendant les premiers mois, les lilas vont pleurer.

Table des matières

Dans la même collection

www.deboree.com
livres@centrefrance.com

Imprimé en France par CPI
en octobre 2022
N° d'impression : 2068149
Dépôt légal : décembre 2022
ISBN : 978-2-8129-2970-0
ISSN : 1627-6779